Evelyn Jancke ist nur noch ein Schatten ihrer selbst, seit ihr Bruder Fabian zwei Jahre zuvor auf einem Wohnmobil-Trip spurlos verschwand. Es gibt kein Lebenszeichen von ihm, die Ermittlungen wurden eingestellt. Allein ihre Arbeit als forensische Psychologin hält Evelyn aufrecht, vor allem, als die Oldenburger Polizei um ihre Mithilfe bei einer Mordserie bittet. Im norddeutschen Raum tötet ein Unbekannter scheinbar wahllos Menschen auf Campingplätzen. Er kommt immer nachts und verschwindet unerkannt wieder. Bis es einen Zeugen gibt. Und daraufhin ein Phantombild. Evelyn traut ihren Augen nicht, als sie es sieht. Und fasst einen verzweifelten Entschluss.

»Geht an die Nerven und ist wahrlich ein Pageturner« *Ulli Wagner, SR 3*

Arno Strobel liebt Grenzerfahrungen und nimmt seine Leserinnen und Leser dabei gerne mit. Deshalb machen seine Thriller auch vor den größten Urängsten nicht Halt.
Seine Themen spürt er dabei meist im Alltag auf und erst, wenn ihn eine Idee nicht mehr loslässt und er den Hintergründen sofort mit Hilfe seines Netzwerks aus Experten auf den Grund gehen will, weiß er, dass der Grundstein für seinen nächsten Roman gelegt ist. Alle seine bisherigen Thriller waren Bestseller, standen wochenlang auf Platz 1 der Bestsellerliste. Arno Strobel engagiert sich für den Opferschutz und ist Förderer des Weißen Rings e.V. Er lebt als freier Autor in der Nähe von Trier.

www. arno-strobel.de
www.facebook.com/arnostrobel.de
@arno.strobel

Außerdem bei FISCHER Taschenbuch erschienen:
»Der Trakt«, »Das Wesen«, »Das Skript«, »Der Sarg«, »Das Rachespiel«,» Das Dorf«, »Die Flut«, »Im Kopf des Mörders – Tiefe Narbe«, »Im Kopf des Mörders – Kalte Angst«, »Im Kopf des Mörders – Toter Schrei«, »Offline«, »Die App«, »Sharing«, »Fake«, »Mörderfinder – Die Spur der Mädchen«, »Mörderfinder – Die Macht des Täters«, »Mörderfinder – Mit den Augen des Opfers«, »Mörderfinder – Stimme der Angst«

ARNO STROBEL

DER TRIP

DU HAST DICH FREI GEFÜHLT. BIS ER DICH FAND.

PSYCHOTHRILLER

FISCHER TASCHENBUCH

MIX
Papier | Fördert gute Waldnutzung
FSC® C083411

Erschienen bei FISCHER Taschenbuch
Frankfurt am Main, August 2024

Dieses Werk wurde vermittelt durch die Literarische Agentur
Thomas Schlück GmbH, 30161 Hannover.

Redaktion: Ilse Wagner

Bei Erfahrungen mit Gewalt oder Missbrauch können manche Passagen in diesem Buch triggernd wirken. Wenn es Ihnen damit nicht gut geht, finden Sie hier Hilfe:
www.hilfetelefon.de oder www.weisser-ring.de.

Satz: Dörlemann Satz, Lemförde
Druck und Bindung: CPI books GmbH, Leck
ISBN 978-3-596-70803-1

Der spannendste Trip ist der Trip zu sich selbst;
alles andere sind Ersatzreisen.
Ute Lauterbach, Autorin

PROLOG

Er hockt zusammengekauert vor der Bretterwand auf dem feuchten Boden. Die Beine hat er angezogen, die Arme um die Unterschenkel geschlungen, den Kopf gesenkt. Um seine Schultern hat er die stinkende, schwere Decke gelegt, mit der er sich nachts auch zudeckt. Er friert nicht, es ist Sommer, aber der Druck des harten Stoffs auf seinen Schultern gibt ihm zumindest die Ahnung einer Berührung, vor der er nicht weglaufen möchte.

Er wiegt sich leicht hin und her, als bewege er sich zu einer Musik, die nur er hören kann. Seine Augen sind geöffnet, doch er sieht nichts von dem Schmutz um ihn herum und den Essensresten, die hier und da auf der festgetretenen Erde liegen. Sein Blick ist nicht auf Dinge gerichtet, sondern in eine andere Zeit. Als er noch bei seiner Mama und seinem Papa sein durfte. Ohne die immer präsente Furcht. Glücklich.

Er weiß nicht mehr, wie es ist, keine Angst zu haben. Er weiß nicht, wie lange es her ist, dass er zum letzten Mal gelacht hat. Er hat keine Vorstellung davon, wie oft sie seitdem gekommen sind und ihn geholt haben.

Meist kommen sie zu zweit, Karl und Otto, manchmal auch nur einer von ihnen. Karl ist ein großer Kerl mit vielen Falten, der schlimm aus dem Mund stinkt. Otto ist kleiner und dick. Alles an Otto ist eklig weich und teigig. Alles. Er weiß das.

Als sie ihn das erste Mal aus der Grube gezogen und in das

Wohnmobil gezerrt haben, da hat er noch gehofft, er darf wieder zurück zu Mama und Papa. Das war, kurz nachdem sie ihn auf dem Nachhauseweg von seinem Freund Kai in ihr Auto gezerrt hatten.

Aber sie haben ihn nicht gehen lassen.

Otto hat ihm ein Messer mit einer langen, blitzenden Klinge gezeigt und zu ihm gesagt: »Wenn du schreist oder nach Hilfe rufst, werde ich dir damit den Bauch aufschneiden. Und dann fahre ich zu euch nach Hause und schlitze deiner Mama und deinem Papa den Bauch auf. Hast du das verstanden?«

Er hatte es verstanden. Er hatte es geglaubt. Und er glaubt es bis heute.

Sie haben in diesem Wohnmobil Dinge mit ihm gemacht und ihn gezwungen, Dinge zu tun. Unaussprechliche Dinge.

Nach einer endlos langen Zeit haben sie ihn zurückgebracht in die Grube und die Falltür geschlossen. Dann hat er dagesessen und versucht, nicht an die pochenden Schmerzen zu denken. Und er hat sich geschämt. So sehr wie noch nie zuvor in seinem kurzen Leben.

In diesem kalten, feuchten Erdloch, das an den Wänden notdürftig mit groben Brettern ausgekleidet ist, hat er schnell das Gefühl für die Zeit verloren. Er hat viel geweint in den ersten Tagen. Lautlos. Nach innen. Trotz der Schmerzen und der Scham und der Angst.

Wann immer er es nicht unterdrücken konnte und ein Schluchzen über seine Lippen kam, hat er sich angstvoll zusammengekrümmt, sich verzweifelt in die zur Faust geballte Hand gebissen und gehofft, dass Karl und Otto es nicht gehört haben. Dass sie nicht kommen und ihm den Bauch aufschneiden würden. Oder, noch schlimmer, zu seiner Mama und seinem Papa nach

Hause fuhren und ihnen den Bauch aufschnitten. Er war sicher, dass sie das tun würden.

Irgendwann ist die Falltür aufgegangen, und er hat etwas zu essen bekommen. Irgendwann später haben sie ihn wieder nach oben geholt und in das Wohnmobil gebracht. Und so ist es weitergegangen. Tag für Tag.

Dann ist zum ersten Mal ein Besucher gekommen.

Karl und Otto hatten ihn wie immer zum Eingang des Wohnmobils geführt und dann hineingestoßen, doch dieses Mal waren sie selbst draußen geblieben.

Wie lange ist das her? Wochen? Monate?

Jetzt sitzt er wieder da und wartet. Darauf, dass sie kommen. Vielleicht sind sie allein, vielleicht ist ein Besucher da. Vielleicht mehrere Besucher. Vielleicht sollte er einfach laut schreien. Dann wird Otto kommen und ihm den Bauch aufschneiden. Dann kann er für immer schlafen, und keiner der Besucher kann ihm mehr weh tun. Und Karl und Otto auch nicht. Aber dann denkt er an Mama und Papa. Was Otto auch mit ihnen machen würde. Und er weiß, dass er nicht schreien wird.

Der Teller, auf dem die Brote gelegen haben, die er eben gierig in sich hineingeschlungen hat, steht vor ihm auf dem Boden. Die halb leere Flasche Cola liegt daneben.

Sie geben ihm die Cola zur Belohnung, haben sie gesagt. Weil er so ein braver Junge ist. Er greift danach, öffnet den Verschluss und trinkt einen Schluck.

Gerade als er sie wieder schließt, hört er von oben Geräusche. Erst Schritte, dann die klickenden und kratzenden Laute, mit denen das Schloss geöffnet wird. Sekunden später wird die Falltür aufgezogen, und Karl schaut auf ihn herab.

»Komm«, befiehlt er.

1

Es dauerte nur drei, vier Sekunden, als es passierte, und doch erlebte Fabian Jancke jedes Segment dieser Zeitspanne so glasklar, als würde sie in extremer Zeitlupe ablaufen. Der Aufprall geschah am Samstag, dem vierten Juni, um neunzehn Uhr zweiundfünfzig auf der französischen A31, etwa fünfzehn Kilometer hinter Dijon.

Fabian registrierte den braunen Körper, als er hinter dem Brückenpfeiler auftauchte und auf die Straße sprang. Er sah den Blick aus den schwarzbraunen Augen, glaubte sogar, die Erkenntnis des Tieres darin zu sehen, dass sein Leben in der nächsten Sekunde vorüber sein würde, und die Erstarrung, die dieses Bewusstsein in dem Reh auslöste. Bei dem unausweichlichen dumpfen Knall übernahm Fabians Unterbewusstsein die Kontrolle und dirigierte seinen rechten Fuß auf das Bremspedal, während seine Hände das Lenkrad fest umklammerten, ohne es herumzureißen. Fünfzig Meter weiter kam das Wohnmobil auf dem Standstreifen der Autobahn zum Stehen.

Zwei, drei Sekunden herrschte absolute Ruhe in der Fahrerkabine, dann sah Fabian seine Frau an und sagte: »Scheiße!«

Erst in diesem Moment erwachte sie aus einer Art Schockstarre. »O mein Gott! Wie … wie kommt das Reh auf die Autobahn?«, sprudelte sie aufgeregt heraus. Sie sah blass aus, und eine Strähne ihrer schulterlangen blonden Haare hing ihr wirr ins Gesicht. »Wie konnte das passieren? Ist es tot? Siehst du es?«

»Ich weiß es nicht«, entgegnete Fabian und löste seinen Sicherheitsgurt. Noch unter dem Eindruck des gerade Erlebten, blickte Fabian in den Rückspiegel an der Frontscheibe, der in einem Wohnmobil ein vollkommen unsinniges Utensil war, weil der Blick nach hinten wegen der fensterlosen Rückwand normalerweise nichts zeigte als den Innenraum. Fabian hatte den Spiegel irgendwann so gedreht, dass er sich selbst darin sehen konnte. Er stellte fest, dass er in diesem Moment nicht wie ein Achtundvierzigjähriger aussah, sondern eher wie ein Mann Mitte fünfzig. In einer instinktiven Geste fuhr er sich mit einer Hand erst über das Gesicht und dann über die kurzen braunen Haare, bevor ihm ein Blick in den Außenspiegel zeigte, dass das Reh mit unnatürlich verdrehtem Körper schräg hinter ihnen reglos auf der Überholspur der Autobahn lag. Es war tot, daran bestand nicht der geringste Zweifel.

Als er die Tür öffnete, schlug ihm eine Welle heißer Luft entgegen. Obwohl es schon Abend war, herrschten noch Temperaturen von über dreißig Grad.

Fabian stieg aus und überlegte, dass die Autobahn an diesem Abschnitt und um diese Uhrzeit zum Glück kaum befahren war. In dem Moment, als er die Tür zugeschlagen hatte, näherte sich ein einzelner silberner Peugeot, umfuhr mit verminderter Geschwindigkeit den Tierkadaver und gab dann wieder Gas. Kein Anhalten auf dem Standstreifen vor ihnen, kein Nachfragen, ob jemandem etwas passiert war.

Andererseits hätte Fabian sowieso kaum ein Wort verstanden und noch weniger erklären können. Seine rudimentären Französischkenntnisse beschränkten sich auf die Überbleibsel von ein paar Jahren Französischunterricht in der Schule, und das war rund fünfunddreißig Jahre her.

Fabian ging vor der Front des Wohnmobils in die Hocke, betrachtete den Schaden und wusste im selben Moment, dass sie nicht mehr weiterfahren konnten. Neben dem stark verbeulten Kotflügel, dem zersplitterten Glas des linken Scheinwerfers und den abgerissenen Plastikteilen des Kühlergrills war es der Kühler selbst, der dies verhindern würde. Er war eingerissen und hatte schon fast alles Wasser verloren, wie die Lache auf der Straße darunter zeigte. Zudem lief noch eine andere, ölige Flüssigkeit von einer Stelle irgendwo hinter dem Kühler in einem dünnen Rinnsal aus.

»Und?«

Fabian richtete sich wieder auf und sah Isabel an, die mittlerweile ebenfalls ausgestiegen war und ihm einen fragenden Blick zuwarf.

»Das war's.« Er deutete auf die zerbeulte Front. »Der Kühler ist hin. Damit fahren wir keinen Meter mehr.«

»O nein! Und jetzt?«

»Zuallererst muss ich ein Warndreieck aufstellen«, erklärte Fabian und ging los zur Klappe des hinteren Stauraums, in dem er das Dreieck untergebracht hatte. »Zum Glück ist hier kaum Verkehr.«

Als wollten sie das dementieren, kamen gleich drei Autos nacheinander angefahren, bremsten ein wenig ab und beschleunigten wieder, nachdem sie das tote Tier umfahren hatten.

Kurz darauf entfernte sich Fabian mit dem Warndreieck in der Hand auf der Standspur vom Wohnmobil, hielt auf Höhe des toten Rehs an und betrachtete den Kadaver. Er war sehr tierlieb, und ein Tier zu überfahren – was ihm bis auf ein Kaninchen und ein paar Frösche bisher zum Glück erspart geblieben war – empfand er als sehr schlimm. Als sein Blick nun aber auf dem toten Reh ruhte, stellte er fest, dass sich sein Mitleid mit dem Tier dieses Mal sehr in Grenzen hielt. Zwei Wochen Urlaub in Spanien hatten sie geplant, auf einem wundervollen Campingplatz direkt am Meer. Seit Monaten schon hatten sie sich auf diese Zeit gefreut. Kein Stress, keine Termine, nur die Seele baumeln und sich treiben lassen. Und nun war wahrscheinlich alles vorbei.

Er wandte sich ab und ging weiter. Auf Autobahnen sollte das Warndreieck in zwei- bis dreihundert Metern Entfernung aufgestellt werden, erinnerte er sich.

Etwa zwanzig Meter weiter entdeckte er sein Nummernschild, das auf der rechten Spur der Straße lag. Die Autobahn war leer, also sprintete er auf die Fahrbahn und griff sich das verbeulte Kennzeichen.

Als er Minuten später wieder am Fahrzeug ankam, war sein T-Shirt durchgeschwitzt, und seine Stirn und der Nacken waren schweißnass. Die drückende Hitze, die zusätzlich noch vom Asphalt reflektiert wurde, war kaum zu ertragen. Hier und da fuhren Autos an ihm vorbei, manch neugieriger Blick wurde durch die geschlossenen Autoscheiben auf ihn und das Wohnmobil gerichtet, doch kein einziger Wagen hielt an.

Gemeinsam mit seiner Frau stieg Fabian ein, nahm sein Handy aus der Halterung am Armaturenbrett und setzte sich im Wohnbereich auf die gepolsterte Bank. »Ich versuche mal die Notrufnummer«, erklärte er. »Hoffentlich können die Englisch.«

Das konnte zumindest der Mann, der sich gleich darauf meldete, nicht.

»D'accord«, sagte Fabian enttäuscht und suchte in seinem kaum vorhandenen französischen Vokabular fieberhaft nach Worten. »J'ai un accident avec mon voiture. Sur l'autoroute 31.« Er wusste das Wort für Reh nicht mehr. Aber was *Tier* hieß, daran erinnerte er sich. »Un animal.«

»Des personnes ont-elles été blessées?«

»Pardon?«

»Blesser. Quelqu'un est-il blessé?«

Blesser … das hieß verletzt, glaubte Fabian, sich zu erinnern. Der Mann wollte wissen, ob jemand verletzt war.

»Non. Mais l'animal est mort. Sur la rue.«

Das schien der Mann zu verstehen, denn aus dem, was er anschließend erklärte, hörte Fabian heraus – auch weil er sich wieder daran erinnerte, dass das in Frankreich so geregelt war –, dass die Polizei nur zu Unfällen mit Personenschäden kam.

Nachdem er mehrfach versuchte, zu fragen und zu verstehen, was er nun tun musste, gab Fabian entnervt auf und beendete das Gespräch.

»Und?«

»Ach, großer Mist! Ich hab kaum was verstanden. Es kann doch nicht wahr sein, dass an einer Notrufnummer in der Urlaubszeit jemand sitzt, der kein Englisch spricht. Verdammt. Jedenfalls kommt die Polizei nicht, wenn niemand verletzt ist.«

»Und was sollen wir jetzt tun?«

Fabian atmete tief durch und wischte sich mit dem Unterarm den Schweiß von der Stirn. »Ich werde beim ADAC anrufen. Die sollen sich darum kümmern. Dafür zahlen wir ja schließlich Beiträge.«

Nachdem er von seiner Mitgliedskarte die Nummer für Auslandsschadensfälle abgetippt hatte, wurde er durch eine aufgezeichnete Ansage begrüßt und darüber informiert, dass zurzeit alle Mitarbeiter im Gespräch waren und er sich bitte gedulden solle, der nächste freie Mitarbeiter sei für ihn da.

»Was denkst du, kann man das so weit reparieren, dass wir trotzdem weiterfahren können?«, wollte Isabel wissen, und ihre Stimme klang dabei so zaghaft, als hätte sie Angst vor der Antwort. »Ich bräuchte diesen Urlaub wirklich dringend.«

Fabian stellte auf Lautsprecher um und legte das Handy vor sich auf den Tisch. »Ich weiß es nicht. Der Kühler ist kaputt. Vielleicht können die einen neuen einsetzen, und wir können die Plastikteile notdürftig mit Klebeband fixieren, aber morgen ist Sonntag, da arbeitet niemand. Das heißt, vor Montagabend oder sogar Dienstag kommen wir hier auf keinen Fall weg.«

»So ein Mist.«

»Kann man so sagen«, bestätigte Fabian, dann starrten beide vor sich hin und hörten der nervtötenden Musik der Warteschleife aus dem Telefon zu.

Es waren etwa fünfzehn Minuten vergangen, in denen sie darüber spekulierten, wie es nun weitergehen würde, während die Musik der Warteschleife des ADAC vor sich hin dudelte, nur alle zwei, drei Minuten unterbrochen von der Ansage, dass sämtliche Mitarbeiter in Gesprächen seien, als es an die Tür des Wohnmobils klopfte.

Fabian wechselte einen Blick mit seiner Frau, dann erhob er sich und öffnete. Vor ihm stand ein Mann mit raspelkurzen schwarzen Haaren und lächelte ihn an. Er trug einen grauen Arbeitsanzug über einem blauen T-Shirt und ausgetretene Sneakers, die wahrscheinlich einmal weiß gewesen waren.

»Puis-je vous aider?«, fragte er und deutete auf das Wohnmobil. »J'appartiens au *Service Autoroute*, je peux la remorquer.«

Fabian zuckte hilflos die Schultern. *Service Autoroute* klang zwar grundsätzlich gut, aber vom Rest hatte er kein Wort verstanden. »Pardon? Ehm … je ne parle pas français. Do you speak English? Parlez-vous anglais?«

Der Mann schüttelte den Kopf und deutete Fabian an, er möge sich draußen etwas anschauen. Als Fabian der Aufforderung folgte, war er erleichtert. Hinter dem Wohnmobil stand ein Abschleppwagen auf dem Standstreifen.

Mit einem erlösten Lächeln nickte er dem Mann zu und hob den Daumen. »Oui, merci! Merci bien!«

»Schatz, er hat einen Abschleppwagen«, rief er ins Innere des Wohnmobils, woraufhin Isabel ebenfalls nach draußen kam und sagte: »Na, Gott sei Dank.«

Während der Mann in den Abschleppwagen stieg und ihn vor das Wohnmobil bugsierte, stellte Fabian fest, dass das tote Reh verschwunden war. Zurückgeblieben waren ein dunkler Fleck sowie eine schmale, dunkle Schleifspur quer über die Autobahn bis hin zum Standstreifen. Wahrscheinlich hatte der Mann das Tier von der Straße gezogen und dann hinter der Leitplanke abgelegt.

Das Aufladen des großen Wohnmobils gestaltete sich schwierig, doch nach etwa zwanzig Minuten war es geschafft. Sie stiegen in die Fahrerkabine des Abschleppwagens ein und setzten sich auf die Rückbank. Im Inneren roch es nach Öl, und es herrschte ein heilloses Durcheinander an Werkzeugen, Dosen, Gurten und Ketten, doch das störte sie nicht. Sie kamen endlich von der Autobahn herunter und wurden in eine Werkstatt abgeschleppt. Alles andere würde sich dann zeigen.

Bevor der Fahrer einstieg, führte er draußen noch ein Telefonat, bei dem er mit ernster Miene ein paarmal nickte. Als sie kurz darauf schließlich losfuhren, witzelte Fabian darüber, dass sie ohne Aufpreis eine Abenteuerkomponente zu ihrem Urlaub dazubekommen hatten, woraufhin er und seine Frau erleichtert lachten. Dieser Anflug von Galgenhumor hielt allerdings nicht lange vor.

Sie verließen die Autobahn über die nächste Ausfahrt und fuhren an einer kleinen, schäbig aussehenden Ansiedlung vorbei, dann bog der Fahrer in eine schmale Straße ab, die durch ein Waldstück führte.

»Mein Gott, wo bringt der uns hin?«, sagte Fabian nach etwa zehn Minuten, in denen sie durch unwirtliches Gelände gefahren und dabei an keinem einzigen Haus vorbeigekommen waren. Mittlerweile hatte die Dämmerung eingesetzt, was die Felder und vereinzelten Wäldchen, an denen sie entlangfuhren, noch unfreundlicher erscheinen ließ.

»Keine Ahnung. Jedenfalls ist es hier ganz schön unheimlich.«

Weitere zehn Minuten später beugte Fabian sich nach vorn und versuchte, den Fahrer zu fragen, wohin sie fuhren, doch der schien ihn nicht zu verstehen und redete auf Französisch so schnell auf ihn ein, dass Fabian auch kein einziges Wort verstand.

»Vielleicht rufst du besser mal jemanden zu Hause an und sagst denen, was passiert ist und wo wir sind«, schlug Isabel vor. »Wer weiß …«

Fabian zog sein Handy aus der Tasche und tippte darauf, ließ es aber gleich wieder sinken. »Kein Netz.« Er warf erneut einen Blick nach draußen. »Hätte mich hier aber auch gewundert. Ich versuche es, wenn wir angekommen sind.«

Er sah seine Frau grinsend an. »Du hast aber jetzt nicht wirklich Angst, oder?«

»Nun tu das nicht so ab. Es ist unheimlich hier, oder etwa nicht?«

Fabians Grinsen wurde breiter. »Jetzt hör aber auf. Das ist ein Abschleppwagen, und der Mann bringt uns in eine Werkstatt. Ich weiß zwar noch nicht, wie wir das mit der Übernachtung machen, aber wenn wir angekommen sind, öffnen wir eine Flasche Wein und trinken ein Glas, dann sieht die Welt schon anders aus. Es kann ja nicht mehr lange dauern.«

Fabian blickte wieder durch die Seitenscheibe nach draußen und musste sich dabei eingestehen, dass diese ganze Fahrt wirklich sehr ungewöhnlich war und er die Bedenken seiner Frau durchaus nachvollziehen konnte.

Tatsächlich bog der Fahrer wenige Minuten später auf einen schmalen Weg ab, der ein paar hundert Meter weiter durch ein geöffnetes Tor führte. Es war in einen etwa zwei

Meter hohen Zaun eingelassen, der ein großes Grundstück einfasste.

»Na also«, sagte Fabian erleichtert, auch wenn diese Anlage nicht so aussah, wie er sich das erhofft hatte.

Vor einem Gebäude, das Fabian anhand der verwitterten Schilder mit Logos von bekannten französischen Automarken als Werkstatt identifizierte, standen etliche alte, verbeulte Autos und Lkws herum. Selbst das Skelett eines offenbar ausgebrannten Busses entdeckte er neben dem Zaun.

Der Platz vor der Werkstatt, auf dem der Abschleppwagen schließlich zum Stehen kam, war nicht betoniert, sondern bestand aus Schotter und festgestampfter Erde. Alles in allem machte diese Werkstatt – oder was immer es auch war – keinen sehr vertrauenerweckenden Eindruck.

Der Fahrer sagte etwas, das Fabian nicht verstand, und stieg dann aus. Fabian öffnete die Tür und machte Anstalten, ebenfalls auszusteigen, während Isabel nach vorn durch die Windschutzscheibe blickte und sagte: »Mein Gott, wo sind wir denn hier gelandet?«

Die Dämmerung war mittlerweile so weit fortgeschritten, dass es nicht mehr lange dauern würde, bis die Umrisse der Gegenstände in der Umgebung unkenntlich werden würden.

»Das werden wir herausfinden«, versicherte Fabian ihr und schwang sich aus dem Fahrzeug. Nachdem er einen Blick auf sein Handy geworfen und festgestellt hatte, dass es in dieser Gegend kein Netz gab, hielt er nach dem Fahrer Ausschau, entdeckte ihn jedoch nicht wie erwartet an der Ladefläche des Abschleppwagens, sondern am Tor, durch das sie gefahren waren und das er in diesem Moment zuzog. Anschließend legte er eine schwere Kette um die Holme der beiden Torhälften und verband sie mit einem Schloss, das er einrasten ließ.

Fabian fand das mehr als seltsam, schließlich würden sie ja gleich noch zu einem Hotel fahren müssen, wo sie übernachten konnten.

Er ging dem Fahrer entgegen, als der zurückkam, deutete auf das verschlossene Tor und hob dann die Schultern zum Zeichen, dass er nicht verstand, warum er es geschlossen hatte.

Der Mann ignorierte ihn und ging einfach weiter. Der finstere Ausdruck, der plötzlich auf seinem Gesicht lag, sorgte dafür, dass etwas nach Fabians Magen griff und begann, ihn langsam zuzudrücken.

»Hey!«, rief er dem Mann nach und ging ihm hinterher, doch schon nach wenigen Metern blieb er stehen und starrte auf die in das verrostete Tor des Werkstattgebäudes eingelassene Tür, die sich geöffnet hatte und durch die nun mehrere Männer ins Freie traten. Fabian zählte vier, fünf … nach dem sechsten war Schluss. Die Kerle waren etwa zwischen zwanzig und vierzig Jahre alt, einige von ihnen trugen abgewetzte Jeans, andere Arbeitsoveralls. Zwei von ihnen standen mit nacktem Oberkörper da, ihr Schweiß glänzte im Licht, das aus dem Inneren des Gebäudes drang. Sie machten allesamt einen sehr ungepflegten Eindruck, aber was Fabians Puls rasen ließ, war etwas anderes: Sie wirkten gefährlich.

Vor dem Abschleppwagen blieben sie in einem Halbkreis stehen und starrten mit feist grinsenden Gesichtern an dem großen Fahrzeug vorbei auf etwas, das Fabian von seinem Standort aus nicht sehen konnte. Als ihm aber schwante, was es war, schoss eine Angst in ihm hoch, wie er sie noch nie zuvor in seinem Leben empfunden hatte.

Was diese Männer unverhohlen anstarrten, war seine Frau.

2

ZWEI JAHRE SPÄTER

Evelyn tastete nach dem Wecker und schaltete ihn aus, dann öffnete sie die Augen und betrachtete eine Weile unbeteiligt die schemenhaften Umrisse der Einrichtung ihres Schlafzimmers, während ihre Gedanken sich mit dem Verlauf der letzten Nacht beschäftigten.

Mit dem Teil, den sie erlebt hatte, und dem, den ihr Unterbewusstsein ihr in wirren Bildern vorgaukelte, als sie irgendwann gegen drei Uhr endlich in einen bleiernen Schlaf gefallen war.

Sie war erst eine Weile durch Oldenburgs Kneipen gezogen, hatte hier und da einen Drink bestellt und sich nie länger als eine Viertelstunde aufgehalten, nachdem sie die Umgebung gescannt und festgestellt hatte, dass nichts für sie dabei war.

Es musste gegen elf Uhr gewesen sein, als sie in diesem Irish Pub gelandet war. Der Typ, an dessen Namen sie sich nicht erinnerte, weil er nicht wichtig war, hatte an der Bar gesessen und ihr zugezwinkert, als sie sich zwei Meter von ihm entfernt auf den Hocker geschoben und einen Mojito geordert hatte.

Er war weder gutaussehend noch auf irgendeine andere Art anziehend, sondern einfach nur nicht abstoßend gewesen, was schon genügte, ihn aus der Masse an Typen, die man an einem Wochentag nachts in Bars und Kneipen traf, herausstechen zu lassen. Sie war nicht anspruchsvoll.

Eine halbe Stunde später hatten sie gemeinsam den Pub verlassen und waren zu ihm gegangen. Sie nahm nie einen Kerl mit zu sich nach Hause. Ihre Wohnung war ihr Castle, ihre Festung, in der kein Fremder etwas zu suchen hatte. Es waren immer Fremde, die sie bei ihren abendlichen Streifzügen suchte, und sie sorgte stets dafür, dass sie das auch blieben.

Um kurz vor drei war sie wieder zu Hause angekommen, hatte den Geruch und die Berührungen des Kerls unter der Dusche von ihrer Haut geschrubbt und sich dann ins Bett fallen lassen, wo kurz danach der übliche Horror ihrer Albträume begonnen hatte.

Evelyn schlug die Bettdecke zurück und schob die Beine aus dem Bett. Einige Sekunden blieb sie mit vorgebeugtem Oberkörper und hängendem Kopf sitzen und ergab sich dem hämmernden Pochen in ihrem Kopf, dann erhob sie sich seufzend und schlurfte ins Bad.

Der Blick in den Spiegel und das, was sie dort sah, erschreckten sie schon längst nicht mehr. Eine Zweiundfünfzigjährige mit den dunklen Augenringen und der fahlgrauen Haut einer Frau von siebzig. Zudem war sie mittlerweile für ihr Empfinden zu schlank geworden. Fast schon mager. Lediglich die hellbraun gefärbten Haare ließen sie etwas jünger aussehen.

Zum zweiten Mal innerhalb von vier Stunden stellte sie sich unter die Dusche und drehte nach wenigen Sekunden das Wasser mit einem Schlag auf kalt. Sie stöhnte kurz auf, während sich ihr ganzer Körper unter dem Eisregen zusammenzog, doch schon nach kurzer Zeit spürte sie die Lebensgeister, die der Kreislaufschock in ihre Glieder und vor allem in ihren Kopf zurückkehren ließ.

Nachdem sie sich abgetrocknet und angekleidet hatte, richtete sie ihr Gesicht mit Cremes, Make-up und Puder halbwegs ansehnlich her, trank zwei Tassen schwarzen Kaffee und machte sich dann auf den Weg zur Polizeiinspektion Oldenburg, wo sie sich wie fast jeden Morgen seit geraumer Zeit mit Kriminalhauptkommissar Gerhard Tillmann treffen würde.

Evelyn und Tillmann kannten sich bereits eine ganze Weile und arbeiteten häufig zusammen. Da war auch schon mehr zwischen ihnen gewesen, doch nach einer Weile war ihr bewusst geworden, dass sie Tillmann als Freund mehr brauchte als in der Rolle des Geliebten.

Sie hatte Tillmann angemerkt, wie schwer es ihm gefallen war, ihren Entschluss zu akzeptieren, aber letztendlich hatte er sich damit abgefunden, mit Evelyn nur befreundet zu sein. Das war nach seiner eigenen Aussage immer noch besser, als sie komplett zu verlieren.

Dass sie sich gerade in den letzten beiden Monaten regelmäßig mit ihm traf, war dem aktuellen Fall geschuldet, der Deutschland in Atem hielt. Innerhalb von neun Wochen waren fünf Menschen – quer über Norddeutschland verteilt – getötet worden. Alle Morde geschahen entweder auf Camping- oder auf Wohnmobilstellplätzen und waren mit äußerster Brutalität begangen worden. Bisher war, abgesehen vom Ort der Taten, noch keine Gemeinsamkeit zwischen den Opfern gefunden worden.

Evelyns Aufgabe bei der Zusammenarbeit mit der Polizei bestand darin, die Fahndung nach dem Täter mit ihrem Fachwissen als forensische Psychologin zu unterstützen.

Da im Bereich Oldenburg die ersten beiden Verbrechen begangen worden waren und man von einem Serientäter ausging, war dort die *Sonderkommission Camping* gebildet worden, der mittlerweile Mordkommissionen aus den verschiedenen norddeutschen Städten angehörten, in denen der Täter ebenfalls gemordet hatte.

Sie alle gemeinsam jagten diesen Mann, der es zumindest bisher hervorragend verstanden hatte, einem Phantom gleich zuzuschlagen und wieder zu verschwinden, ohne gesehen zu werden.

Evelyn nickte dem Portier im Eingangsbereich der Inspektion zu, woraufhin der zurückgrüßte und die erste Glastür der Schleuse öffnete. Als die hinter ihr wieder zugefallen war, entriegelte er die zweite Tür, und Evelyn konnte auf den Flur treten, über den sie zum Aufzug gelangte.

Als die Tür sich mit einem schleifenden Geräusch geschlossen hatte, presste sie die Mittelfinger beider Hände auf ihre Schläfen und massierte sie mit kreisenden Bewegungen. Die rasenden Kopfschmerzen konnten entweder an zu wenig Schlaf oder an den Mojitos liegen, die sie am Vorabend getrunken hatte. Wahrscheinlich aber waren sie ein Resultat von beidem.

Kurz dachte sie an den Kerl, in dessen Bett sie gelandet war, schaffte es jedoch nicht mehr, sich daran zu erinnern, wie er ausgesehen hatte. Es spielte auch keine Rolle.

Schon beim Betreten von Tillmanns Büro sah sie dem Hauptkommissar an, dass wieder etwas geschehen sein musste. Seine moderne Frisur mit kurzgeschnittenen Seiten und längerem, dunkelblondem Deckhaar, war durcheinander. Die ausgeprägten Kieferknochen traten noch etwas deutlicher hervor als sonst. Evelyn kannte diesen Ausdruck zwischen Schmerz und Wut in seinen blaugrauen Augen, so wie sie mittlerweile viele Nuancen von Gerhard Tillmann kannte. Das mochte daran liegen, dass es sonst niemanden mehr gab, mit dem sie sich näher beschäftigte.

»Morgen«, begrüßte Tillmann sie, und bevor sie etwas erwidern konnte, fügte er hinzu: »Er hat wieder zugeschlagen.«

»Verdammt!« Evelyn stellte ihre Tasche auf einem der beiden Stühle vor Tillmanns Schreibtisch ab. »Wo?«

»Nicht sehr weit von hier, in … Moment.« Er sah auf seinen Computermonitor und verengte die Augen zu Schlitzen. »Hier: Campingplatz am Timmeler Meer in Großefehn. Das ist etwa fünfzig Kilometer von hier.« Tillmann richtete den Blick wieder auf Evelyn, die sich mittlerweile auf den freien Stuhl gesetzt hatte. »Ein Mann Mitte dreißig. Der Täter hat ihn übel zugerichtet.« Mit einer Kopfbewegung deutete Tillmann auf seinen Monitor. »Wenn du möchtest … aber ich muss dich warnen. Kein schöner Anblick.«

Evelyn stand auf, ging um den Schreibtisch herum und blieb neben Tillmann stehen, während der mit ein paar Mausklicks ein Foto öffnete und auf die Größe des Monitors aufzog. Überflüssigerweise fiel ihr in diesem Moment, als sie ihn von oben betrachtete, auf, dass er abgenommen hatte. Tillmann war schon immer sportlich gewesen, hatte sich aber in der Zeit, als sie noch zusammen gewesen waren, ein wenig Speck an den Hüften angefuttert. Der schien nun verschwunden zu sein. Sie fragte sich, wie sie in dieser Situation auf solche Gedanken kam, und konzentrierte sich auf den Monitor.

Sie hatte schon viele Leichen gesehen, auf Fotos und real, aber beim Anblick dessen, was Tillmann ihr auf dem Monitor in hoher Auflösung zeigte, musste sie mehrmals schlucken.

Die männliche Leiche lag auf sandigem Untergrund. Der Körper war so sehr mit Blut überzogen, dass selbst das Gesicht und die Haare unter einer verkrusteten, dunklen Schicht lagen. Das Shirt war völlig zerfetzt, Brust, Bauch und offensichtlich auch der Unterleib waren übersät mit teils wulstigen Einstichstellen. Am Unterbauch war dem Mann eine derart breite Wunde zugefügt worden, dass Teile des Darms daraus hervorquollen.

»Mein Gott!«, entfuhr es Evelyn, während sie wie gebannt auf den Monitor starrte.

»Ähnlich wie bei den anderen Opfern, nur dieser breite Schnitt am Bauch ist neu. Der Täter scheint in Rage zu geraten, wenn er auf seine Opfer einsticht, und so, wie es aussieht, wird seine Wut mit jedem Opfer größer.«

»Er liegt auf einem sandigen Untergrund«, sagte Evelyn und schaffte es endlich, den Blick von dem misshandelten Körper abzuwenden und wieder zu ihrem Platz zurückzugehen. »Ist das auch der Tatort?«

»Höchstwahrscheinlich, ja. Der Mann stand seit vorgestern mit seinem Wohnwagen auf dem Platz. Seine Frau und seine kleine Tochter sind dabei. Sie sind gestern Abend am Wohnwagen geblieben, während er vor dem Zubettgehen noch mal mit dem Hund eine Runde drehen wollte. In der

Nähe des Platzes am Ufer des Sees hat er dann wohl seinen Mörder getroffen.

Ob der dort auf irgendwen gelauert hat und zufällig auf ihn getroffen ist oder ob er sich speziell diesen Mann ausgesucht hat, ist nicht klar.«

»Und natürlich gibt es wieder niemanden, der ihn gesehen hat.«

»Das weiß ich nicht, die Befragungen durch die Kollegen vor Ort laufen noch. Wenn ich in den nächsten Stunden irgendetwas Neues erfahre, melde ich mich. Du hast heute Vormittag noch einen Termin in der Klinik mit Kleinbauer, nicht wahr?«

»Ja.« Evelyn sah auf die Armbanduhr. »In einer Stunde, um zehn.«

Nils Kleinbauer war dreiundzwanzig Jahre alt und hatte eine Prostituierte getötet, indem er sie während des Geschlechtsverkehrs erwürgte. Anschließend hatte er sich stundenlang an ihrer Leiche vergangen und dabei eindeutige Spuren hinterlassen, so dass er schnell gefasst werden konnte. Er war auf Anordnung des Haftrichters in der Forensischen Psychiatrie der Universitätsmedizin Oldenburg untergebracht worden, und man hatte Evelyn als Psychologin hinzugezogen, um eine Expertise für den Prozess zu erstellen. Dass ausgerechnet sie als Gutachterin in diesem Fall eingesetzt worden war, hatte einen plausiblen Grund: Kleinbauer hatte sie verlangt. Er hatte erklärt, sich ausschließlich mit ihr unterhalten zu wollen, denn sie kannte ihn und seine Geschichte.

Schon als Kind war bei Nils Kleinbauer das Asperger-Syndrom diagnostiziert worden. Als er dann als junger

Erwachsener in Evelyns Praxis kam, war sie nach etlichen Therapiestunden zu dem Schluss gelangt, dass Nils Kleinbauer eher Anzeichen einer Schizophrenie aufwies. In seinem Fall waren es sogenannte *positive Schizophrenie-Symptome*, die darauf hindeuteten, dass er nach und nach den Kontakt zu einigen Bereichen der Realität verlor. Dazu gehörten teils ungewöhnliche, dysfunktionale Denkweisen und eine – noch – leichte Form von Wahnvorstellungen. Evelyn hielt eine Behandlung mit Psychopharmaka für dringend angezeigt und empfahl ihm einen befreundeten Psychiater, der ihn entsprechend medikamentös einstellte. Das war nun ein Jahr her.

An diesem Vormittag hatte sie das erste Gespräch mit Kleinbauer seit dieser Zeit.

Evelyn zuckte zusammen, als sie merkte, dass Tillmann sie mit zur Seite geneigtem Kopf ansah.

»Wie geht es dir?«

»Geht schon«, wiegelte Evelyn die Frage ab.

»Wieder Albträume gehabt?«

Sie nickte.

»Schlimm?«

»Nicht schlimmer als sonst.«

»Möchtest du darüber reden?« Falls Tillmann eine Antwort erwartet hatte, ließ er ihr nicht die Zeit dazu. »Komm!«, sagte er und erhob sich. »In der Kantine ist jetzt nichts los. Ich spendiere dir einen Kaffee und ein Brötchen. Du hast doch sicher noch nichts gegessen, oder?«

»Nein. Aber …«

»Keine Widerrede«, fiel Tillmann ihr ins Wort, während er an ihr vorbeiging und das Büro verließ. Mit einem

Seufzer stand Evelyn auf und folgte ihm. Er war ein guter Freund.

Wie Tillmann es vorausgesagt hatte, war die Kantine bis auf zwei uniformierte Polizistinnen und einen Mann in Zivil leer.

»Setz dich«, ordnete Tillmann an. »Ich bringe dir was mit. Käse und Salami, richtig?«

Evelyn nickte und setzte sich an einen Vierertisch.

»Findest du nicht auch, es wäre an der Zeit, endlich eine Therapie zu machen?«, fragte Tillmann kurz darauf, bevor er in sein Brötchen biss.

Evelyn stieß ein humorloses Lachen aus. »Ja, sicher. Ich halte eine Therapiestunde mit Kleinbauer ab, und sobald der den Raum verlassen hat, setze ich mich auf seinen Stuhl und warte auf meinen Therapeuten, oder wie?«

»Evelyn …«

»Mein Gott, Gerhard, was soll das denn bringen? Fabian ist vor über zwei Jahren verschwunden. Man sagt mir, ich solle mich damit abfinden, dass er mit großer Wahrscheinlichkeit tot ist. Er war mein Bruder, da ist es völlig normal, dass es mir schwerfällt, damit klarzukommen. Du kannst mir glauben, ich weiß, wovon ich rede. Ich bin vom Fach.«

Tillmann wischte sich mit dem Handrücken den Mund ab. »Nein, es ist eben nicht normal, dass eine Frau Anfang fünfzig ihr komplettes Leben wegwirft, dass sie sich von allen Freunden zurückzieht und nur noch für ihre Arbeit lebt. Und dass sie …« Er beugte sich nach vorn und senkte die Stimme. »Dass sie nachts durch Kneipen zieht und mit irgendwelchen Pennern, die sie nicht kennt, nach Hause geht.«

Evelyn verzog den Mund zu einem schiefen Grinsen, dem jeder Anflug von Humor fehlte. »Tja, mein Lieber. Dann solltest du mir dafür danken, dass ich dich vor mir bewahrt habe.«

»Nun lenk nicht ab, Evelyn. Du bist eine hervorragende Psychologin mit einem messerscharfen Verstand, aber ich habe Angst, dass du den irgendwann verlieren wirst, wenn du so konsequent daran weiterarbeitest, dich zugrunde zu richten.«

Sie trank einen Schluck Kaffee und betrachtete das Brötchen, das noch unangetastet vor ihr auf dem Teller lag.

»Ich weiß ja, dass du recht hast. Ich denke noch mal darüber nach, okay? Und vielleicht unterhalte ich mich mal mit Dr. Gersmann, dem Leiter der Klinik.«

»Nicht vielleicht. Versprochen!«

»Ach, komm, nun hör aber ...«

»Versprich es mir.«

»Also gut, ich verspreche dir, ich werde mit Dr. Gersmann reden.«

»Danke!«, sagte Tillmann und legte seine freie Hand auf ihre. »Das ist mir wichtig, weil du mir wichtig bist.«

»Ich weiß.«

Evelyn zog ihre Hand unter seiner heraus, stand auf und griff nach ihrer Handtasche. »Melde dich, wenn du was aus Großefehn hörst.«

Als sie kurz darauf im Aufzug stand, massierte sie sich wieder mit den beiden Mittelfingern die Schläfen.

Eine halbe Stunde später betrat sie den Therapieraum, in dem Nils Kleinbauer schon auf sie wartete. Seit ihrem letzten Aufeinandertreffen hatte er sich nicht sehr verändert.

Soweit sie es sehen konnte, war er nach wie vor schlank, das braune, lockige Haar war kurz geschnitten, die Haut in seinem länglichen Gesicht wirkte blass.

Man hatte ihm Handschellen angelegt, die mit einer Kette mit dem Stuhl verbunden waren, auf dem er saß, so dass er seine Hände zwar ein Stück weit bewegen, aber nicht von dem auf dem Boden festgeschraubten Stuhl aufstehen konnte.

Er sah Evelyn mit ausdruckslosem Gesicht entgegen, bis sie vor ihm stehen blieb und sagte: »Guten Morgen, Nils. Wir haben uns eine Weile nicht gesehen.«

3

»Ja«, antwortete er. »Sie dachten sicher, Sie wären mich los, nicht wahr?«

Die Art, wie er das sagte, ließ Evelyn aufhorchen. Es klang lauernd. Sie setzte sich Kleinbauer gegenüber und beschloss, die Frage zu ignorieren.

»Gehen Sie noch regelmäßig zu Dr. Klarfeld?«

Kleinbauer lehnte sich in seinem Stuhl zurück. »Nein.«

»Warum nicht?«

»Bei Ihnen ging es mir besser, aber Sie wollten mich ja leider nicht mehr als Patienten haben.«

»Das stimmt nicht, und das wissen Sie auch. Sie haben eine medikamentöse Behandlung gebraucht, und die konnten Sie bei mir nicht bekommen. Ich kann keine Psychopharmaka verschreiben. Das ist der Grund, warum ich Sie an Dr. Klarfeld verwiesen habe.«

»Bei Ihnen ging es mir besser«, wiederholte Kleinbauer.

»Warum haben Sie die Frau getötet?« Evelyn schoss die Frage regelrecht ab und beobachtete dabei genau Kleinbauers Miene, doch er zeigte keinerlei Regung.

»Keine Ahnung. Ich habe irgendwann gemerkt, dass sie tot war.« Ein schiefes Grinsen legte sich auf sein Gesicht. »Aber ich war noch nicht fertig, also habe ich weitergemacht.«

Er will dich provozieren, sagte Evelyn sich, und das weitere Gespräch bestätigte ihre Meinung. Kleinbauer beantwortete jede ihrer Fragen mit Zynismus oder Aussagen, die darauf ausgelegt waren, sie herauszufordern.

Lediglich nach etwa einer Dreiviertelstunde, als Evelyn am Ende der Sitzung so tat, als lese sie laut mit, was sie gerade aufschrieb, und murmelte: »Patient tötete offenbar vollkommen grund- und motivlos«, sagte Kleinbauer mit geradezu sanfter Stimme: »Ich wollte nur eine Freundin, die mich liebt.«

Daraufhin sah Evelyn ihn an und sagte: »Danke, das war's für heute.«

Beim nächsten Mal würde sie die Sitzung mit diesem letzten Satz von ihm beginnen, und sie hoffte, er würde darauf anspringen.

Nachdem Kleinbauer abgeholt worden war, packte sie den Block in ihre Tasche und verließ das Zimmer.

Auf dem Weg zu Dr. Gersmanns Büro kam ihr der medizinische Leiter der Klinik auf dem Flur entgegen.

»Ich wollte gerade zu Ihnen kommen«, erklärte Evelyn dem leicht untersetzten, dunkelhaarigen Mann, der für sein Alter von Mitte fünfzig eine erstaunlich glatte Gesichtshaut hatte. So glatt, dass hier und da hinter vorgehaltener Hand darüber spekuliert wurde, ob er mit Botox herumexperimentierte.

»Ich denke, Nils hat sich seit meinem letzten Kontakt mit ihm verändert, und das nicht unbedingt zum Positiven. Aber ich bin sicher, er wird mit mir über seine Tat reden.«

Gersmann nickte anerkennend. »Das klingt vielversprechend, wundert mich aber nicht. Ich wusste, wenn jemand zu ihm vordringen kann, dann Sie.«

»Danke«, sagte Evelyn und wollte sich schon abwenden, als ihr das Versprechen einfiel, das sie Tillmann gegeben hatte.

»Ach, sagen Sie, haben Sie zufällig gerade ein wenig Zeit?«

»Ja, worum geht es? Möchten Sie das weitere Vorgehen mit Kleinbauer besprechen?«

»Nein, ich …« Evelyn atmete tief durch und gab sich einen Ruck. »Es geht um mich. Um die Sache mit meinem Bruder.«

Gersmann hob sichtbar überrascht die Brauen und warf dann einen Blick auf seine Armbanduhr, bevor er sagte: »Kommen Sie.«

Ohne auf eine Reaktion zu warten, drehte er sich um und ging den Flur entlang auf sein Büro zu. Nachdem sie beide eingetreten waren, griff Gersmann zum Telefon, tippte darauf und sagte: »Verschieben Sie bitte den Termin, den ich um elf Uhr dreißig mit dieser Journalistin habe, auf heute Nachmittag. Mir ist etwas Wichtiges dazwischengekommen.« Er legte auf und deutete auf die Sitzgruppe aus drei bequemen Polstersesseln, die in der Ecke des großzügigen Büros um einen nierenförmigen Tisch herumstanden. »Bitte, setzen Sie sich, Evelyn.«

Nachdem sie Platz genommen hatten, nickte er ihr auffordernd zu. »Was kann ich für Sie tun?«

Evelyn überlegte, wo und wie sie beginnen sollte, und sagte schließlich: »Ich denke, ich schaffe es nicht, den Tod meines Bruders zu verarbeiten.«

Auf Gersmanns glatter Stirn zeigten sich Fältchen. »Seinen Tod? Ich dachte, er ist vor zwei Jahren in Frankreich verschwunden?«

»Ich glaube, dass er tot ist. Andernfalls hätte er es irgendwie geschafft, sich bei mir zu melden.«

»Hm … Ich muss gestehen, nur wenig darüber zu wissen. Möchten Sie mir erzählen, was genau damals passiert ist?«

Einem Impuls folgend, wollte Evelyn ihm sagen, dass es eine dumme Idee von ihr gewesen war, damit anzufangen, und dass sie lieber wieder gehen würde, doch dann sah sie Gerhard Tillmanns sorgenvolles Gesicht vor sich und dachte daran, dass sie es ihm schuldete, ihr Versprechen einzuhalten.

»Kann ich ein Glas Wasser haben, bitte?«

»Ja, natürlich.« Gersmann stand auf, ging zu einer Art Minibar, die in eine Regalwand hinter seinem Schreibtisch eingelassen war, und griff nach zwei kleinen Flaschen Wasser. Zusammen mit zwei Gläsern, die er aus einer Nische daneben nahm, kam er zurück und stellte alles auf dem Tisch ab.

Nachdem Evelyn einen großen Schluck getrunken hatte, lehnte sie sich zurück.

»Da gibt es im Grunde nicht viel zu erzählen, weil man so gut wie nichts weiß. Fabian war vor zwei Jahren im Juni gemeinsam mit seiner Frau auf dem Weg nach Spanien, als er irgendwo bei Dijon einen Unfall mit einem Reh hatte. Er hat mir eine WhatsApp geschickt und geschrieben, dass sie auf der Autobahn stehen und er gleich den ADAC anrufen wird, damit die einen Abschleppwagen schicken. Er würde sich später noch mal melden. Das war das Letzte, was ich von ihm gehört habe.

Die französische Polizei hat dann festgestellt, dass sein Handy sich ein Stück hinter Dijon zum letzten Mal in einer Funkzelle angemeldet hat, danach verliert der weitere Weg sich im Nichts. Weder von ihm oder seiner Frau noch von ihrem Wohnmobil wurde irgendeine Spur gefunden.«

»Verstehe«, sagte Gersmann, nachdem er ein paar Sekunden lang darauf gewartet hatte, ob Evelyn weitersprechen würde.

»Und dieses schlimme Ereignis lässt Sie bis heute nicht los. Haben Sie Albträume?«

»Fast jede Nacht.«

»Wie sehen diese Träume aus?«

»Ganz schlimm. Und das Merkwürdige daran ist, dass nicht immer Fabian darin auftaucht, sondern es oft um mich geht. Und dass es fast immer die gleiche Situation ist, in der ich mich befinde. Ich bin eingesperrt in einem dunklen Raum und kann mich nicht bewegen. Ich habe fürchterliche Angst, weil ich nicht weiß, wo ich bin, und weil ich mich vollkommen allein in dem Raum befinde. Ich rufe und schreie, aber niemand scheint mich zu hören. Und dann irgendwann merke ich, wie eine Tür geöffnet wird. Ich kann nichts sehen, aber ich spüre den Luftzug und weiß, dass das, was in den Raum kommt, abgrundtief böse ist und mir etwas Schlimmes antun will. Dann beginne ich, wie von Sinnen zu schreien und immer wieder zu schreien …« Evelyn merkte selbst, dass sie sehr laut und sehr schnell gesprochen hatte. Deutlich leiser und langsamer redete sie weiter. »Und dann wache ich auf. Wahrscheinlich von meinen eigenen Schreien. Meist geschieht das mitten in der Nacht. Ich habe Angst davor, wieder einzuschlafen, weil ich weiß, was dann kommen wird. Aber irgendwann schlafe ich doch wieder ein, und prompt beginnen diese furchtbaren Bilder. Mal wird Fabian erschossen, mal mit einem Knüppel erschlagen … Auf jeden Fall sehe ich immer wieder, wie er umgebracht wird, und ich höre, wie er mich anfleht, ich soll ihm helfen, aber ich bin wie erstarrt.«

Evelyn spürte, dass ihr eine Träne über die Wange lief, und tupfte sie mit dem Handrücken weg.

Dr. Gersmann sah ihr eine Weile nachdenklich in die Augen, bevor er nickte. »Evelyn, wenn einer Ihrer Patienten Ihnen das erzählen würde, was Sie mir gerade mitgeteilt haben, was würden Sie ihm sagen?«

Sie dachte einen Moment nach, obwohl das nicht notwendig gewesen wäre. Gersmanns Frage hatte sie sich selbst schon unzählige Male gestellt, und sie war immer wieder zum gleichen Ergebnis gekommen: Sie würde diesem Patienten sagen, dass die Albträume das vollkommen logische Resultat des Traumas waren, das die Nachricht vom spurlosen Verschwinden des Bruders verursacht hatte. Erst das Eingesperrtsein als Synonym für das Gefühl der Einsamkeit und Leere, das durch das Verschwinden des Bruders entstanden war, dann die Vorstellung, was mit dem Bruder alles geschehen sein konnte, wobei das Unterbewusstsein die verschiedenen Möglichkeiten in den Träumen in den schlimmsten Farben ausmalte. Sie sagte Dr. Gersmann genau das und war insgeheim enttäuscht, dass ihm nichts anderes eingefallen war, als ihr eine Frage zu stellen, die jeder Psychologie-Student im ersten Semester lernte.

Gersmann nickte. »Sehen Sie, und genau da liegt das Problem: in Ihrer Unsicherheit darüber, was mit Ihrem Bruder geschehen ist. Sie sagten zwar, Sie gehen davon aus, dass er tot ist, aber Sie wissen es nicht mit absoluter Sicherheit. Ich brauche Ihnen nicht zu sagen, dass genau das der Grund für viele Hinterbliebene ist, auch nach Jahrzehnten noch darauf zu hoffen, zu erfahren, was genau mit dem Verschwundenen geschehen ist. Damit sie endlich mit der Sache abschließen können und ihre Ruhe finden. Selbst wenn es bedeutet, dass derjenige tot ist.«

Evelyn nickte, auch von diesem Resümee enttäuscht, das wahrscheinlich jeder Stammtischpsychologe zustande bringen würde, und sagte: »Ich danke Ihnen und weiß, dass Sie damit richtigliegen. Das löst aber leider mein Problem nicht, denn es ist nun einmal so, dass mir niemand diese Gewissheit geben kann. Ich weiß auch nach über zwei Jahren nicht, was mit Fabian und seiner Frau geschehen ist, und ich befürchte, ich werde es wohl auch nicht mehr erfahren. Die französische Polizei beteuert zwar immer wieder, noch nicht aufgegeben zu haben und die Sache weiter zu untersuchen, aber ich mache mir nichts vor. Wenn sie zwei Jahre lang nichts herausgefunden haben, ist die Wahrscheinlichkeit, dass sich das noch ändert, recht gering.«

Es entstand eine Pause, die Evelyn irgendwann unangenehm wurde, weshalb sie sich mit den Händen auf die Oberschenkel schlug und sagte: »Wie dem auch sei, es hat gutgetan, mich mit Ihnen darüber zu unterhalten. Ich muss jetzt aber langsam wieder los und möchte Ihre kostbare Zeit nicht länger beanspruchen.«

»War Ihr Bruder glücklich?«

»Was?«

»War Ihr Bruder zufrieden mit seinem Leben? Mit seiner Ehe, seinem Beruf, mit allem?«

»Ja«, erwiderte Evelyn wahrheitsgemäß, »es ging ihm sehr gut. Er führte eine gute Ehe und hatte einen tollen Job, war Abteilungsleiter einer Softwarefirma mit Firmenwagen und gutem Gehalt. Zudem war er sportlich sehr erfolgreich. Unser Vater ist recht früh gestorben, und Fabian hat alles dafür getan, mich an seiner Stelle zu beschützen. Er ist jünger als ich, aber das hat ihn nicht davon abgehalten, sich auch mit älteren Jungs anzulegen, wenn sie sich mir gegenüber schlecht benommen haben. Damals hat er sogar angefangen, Kampfsport zu betreiben, und das hat er auch bis zu seinem Verschwinden beibehalten. Fabian war einer der ausgeglichensten und zufriedensten Menschen, die ich je gekannt habe.«

Gersmann nickte. »Und er hatte keinerlei Schwierigkeiten, Streitereien mit irgendwem oder sonst etwas, das dieses tolle Leben hätte trüben können?«

Evelyn nahm sich eine Weile Zeit, ehe sie antwortete: »Nein, da war absolut nichts. Wie schon gesagt, Fabian war rundum zufrieden und glücklich.«

»Dann greife ich das auf, was Sie eingangs schon andeuteten. Wenn das alles so stimmt, und davon gehe ich aus, so wie Sie Ihren Bruder schildern, dann gibt es für sein Verschwinden und das seiner Frau nur eine einzige mögliche Erklärung.« Gersmann machte eine Pause, bevor er Evelyn ernst in die Augen sah und sagte: »Das, was Sie insgeheim für sich wissen, ist richtig. Ihr Bruder und seine Frau sind mit an Sicherheit grenzender Wahrscheinlichkeit nicht mehr am Leben.«

Obwohl Evelyn bewusst war, was Dr. Gersmann mit dieser Aussage bezweckte, und obwohl es genau das war, was sie sich selbst wieder und wieder sagte, traf es sie wie ein harter Schlag. Nur mit Mühe konnte sie die Tränen zurückhalten und halbwegs Haltung bewahren.

»Ja.« Sie griff nach ihrer Tasche und stand auf. »Also, danke für Ihre Zeit. Ich werde noch mal über alles nachdenken, was Sie gesagt haben. Ich komme übermorgen wieder zu Kleinbauer.«

Sie verabschiedete sich und verließ kurz darauf die Klinik.

Während der Autofahrt zu ihrer Wohnung hallte immer wieder dieser Satz in ihr nach: *Ihr Bruder und seine Frau sind nicht mehr am Leben.*

Zehn kleine Wörter, die den Unterschied zwischen Himmel und Hölle ausmachen konnten oder auf Dauer den zwischen einem menschenwürdigen Leben und dem, auf das sie geradewegs zusteuerte. Was immer das auch sein mochte.

Zu Hause angekommen, dachte Evelyn daran, dass sie das Brötchen in der Polizeikantine doch hätte essen sollen, denn sie spürte, dass ihr zunehmend übel wurde. Also machte sie sich einen Toast und trank dazu noch einen Kaffee. Anschließend legte sie sich auf die Couch und schloss die Augen. Sie war todmüde, so wie eigentlich immer nach Nächten wie der letzten. Da sie keine weiteren Termine an diesem Tag hatte, wehrte sie sich nicht dagegen, als der Schlaf nach ihr griff.

Als sie aufwachte, war sie davon überzeugt, nur ein paar Minuten weggenickt zu sein, doch ein Blick auf die Uhr zeigte ihr, dass sie fast zwei Stunden traumlos geschlafen hatte. Das Ergebnis war, dass die Kopfschmerzen zwar nicht verschwunden, aber zumindest erträglich geworden waren.

Tillmanns Anruf kam, als Evelyn kurz darauf mit ihrem Notebook am Esstisch saß und den Bericht über ihre Sitzung mit Nils Kleinbauer schrieb.

»Hallo, ich bin's«, meldete er sich überflüssigerweise. Evelyn hatte seine Nummer gespeichert und wusste natürlich, dass er es war. Was ihr aber sofort auffiel, war die Aufregung in seiner Stimme.

»Stell dir vor, wir haben einen Zeugen, der ihn vielleicht gesehen hat. Und zwar deutlich gesehen.«

»Was?«, stieß sie ehrlich überrascht aus. »Das ist ja … Mein Gott, das wäre ja wirklich phantastisch.«

»Ja. Die Kollegen haben mir gerade das Phantombild geschickt, das sie mit ihm zusammen angefertigt haben. Der Zeuge sagt, er hat vor seinem Wohnwagen eine Zigarette geraucht, als dieser Mann vom See aus auf ihn zukam. Der Kerl war schon recht nahe, als er den Zeugen bemerkte. So nahe, dass der Zeuge ihn deutlich im Schein einer Laterne gesehen hat und ihn anschließend genau beschreiben konnte. Als der Kerl ihn wahrnahm, hat er sich umgedreht und ist auffallend schnell weggegangen. Offensichtlich ist er kein Gast des Campingplatzes. Evelyn, wir wissen jetzt mit großer Wahrscheinlichkeit, wie unser Täter aussieht.«

»Wow! Das wäre ja phänomenal. Kannst du mir das Phantombild zuschicken?«

»Ja, klar, mache ich gleich. Aber kurz noch was anderes … Wie war dein Gespräch mit Kleinbauer?«

Sie schilderte es ihm knapp und verschwieg ihre anschließende Unterhaltung mit Dr. Gersmann. Darüber würde sie Tillmann später berichten. Im Moment war der Campingplatzmörder wichtiger.

Kurz nachdem sie aufgelegt hatte, kündigte ihr Handy mit einem *Pling* den Erhalt einer Datei über WhatsApp an.

Evelyn öffnete das von einem Computer erstellte Bild und warf einen Blick darauf. Dann hielt sie unwillkürlich den Atem an.

4

Evelyn kniff die Augen zusammen, streckte den Arm mit dem Telefon aus und hielt das Gerät dann wieder ganz nahe vor ihr Gesicht. Diese Augen, der Mund …

Sie schüttelte den Kopf, als versuche sie, einen Schwindelanfall zu vertreiben, und blinzelte mehrmals, doch es änderte nichts. Sie ließ das Telefon sinken und starrte blicklos auf die gegenüberliegende Wand. Sie hob das Handy wieder hoch und betrachtete das Phantombild erneut. Die Haare des Mannes waren deutlich länger und etwas dunkler, das Gesicht schmaler, aber dennoch …

Sie vergrößerte mit Daumen und Mittelfinger die Mundpartie, die Augen, die Nase, aber egal, wie oft sie diesen Vorgang wiederholte, der Eindruck blieb der gleiche.

Schließlich legte sie das Smartphone auf dem Tisch vor sich ab, stützte die Ellbogen auf die Tischplatte und vergrub das Gesicht in den Händen.

Was geschah hier gerade? Konnte das sein? Nein, das konnte es nicht. Oder?

Eine Weile – sie hatte kein Empfinden dafür, wie lange – saß sie so da und versuchte, Ordnung in das Chaos in ihrem Kopf zu bringen, doch der Erfolg blieb aus. Wie sollte sie auch einen einzigen klaren Gedanken fassen können angesichts dessen, was sie gerade gesehen hatte?

Irgendwann hob sie den Kopf und ließ die Hände sinken. Sie musste mit Tillmann reden. Ihm vertraute sie als Einzigem. Zudem betraf das, was sie gerade völlig aus der Bahn warf, ja auch ihn. Aber was, wenn er sie endgültig für verrückt erklärte? Oder, noch schlimmer, wenn er ihre Vermutung weitergab? Was, wenn die Polizei daraufhin gezielt fahndete? Womöglich über alle Medien? Aber würde das mit dem Phantombild nicht sowieso passieren? Wahrscheinlich schon, aber es wäre eine Suche nach dem großen Unbekannten, solange sie nicht weitergab, was sie vermutete. Was sie sah, wenn sie das Computerbild anschaute. *Wen* sie sah.

Erneut hob sie das Handy hoch und starrte auf das Display. »Nein, das kann einfach nicht sein«, flüsterte sie und erschrak, als sie ihre eigene Stimme hörte. »Das ist doch verrückt.« Sie wählte Tillmanns Nummer.

Sekunden später nahm er das Gespräch an. »Na, ist das Foto bei dir angekommen?«

»Ja, ist es.« Evelyn erschrak über ihre krächzende Stimme. Auch Tillmann schien sie zu bemerken. »Was ist los? Du klingst seltsam.«

»Es ist wegen des Phantombildes.« Sie brauchte einige Sekunden, bevor sie weiterreden konnte. Offenbar zu lange für Tillmann. »Was ist damit? Erinnert der Kerl auf dem Bild dich etwa an jemanden?«

»Ja. Die Frisur ist zwar anders, aber der Mann auf dem Bild gleicht jemandem, den ich sehr gut kenne.«

»Was?«, stieß Tillmann so laut aus, dass es in Evelyns Ohr weh tat. »Wer, denkst du, ist es? Nun sag schon.«

»Er … er hat eine große Ähnlichkeit mit Fabian. Meinem Bruder.«

Stille. Drei Sekunden, vier …

»Evelyn«, brachte Tillmann irgendwann heraus, »du weißt, dass das so gut wie unmöglich ist. Du musst dich irren.«

»Ich weiß, aber die Ähnlichkeit ist wirklich da, ich bin völlig verwirrt. Wenn der Zeuge sicher ist, dass der Mann, den er gesehen hat, genauso aussieht wie der auf dem Phantombild, dann gleicht er meinem Bruder entweder, oder …«, sie stockte, sprach so leise weiter, dass es kaum mehr zu verstehen war, »er ist es.«

»Mein Gott, das … Ich weiß gar nicht, was ich dazu sagen soll. Ja, gut, jetzt, wo du es sagst … Eine gewisse Ähnlichkeit ist vielleicht da, aber im Ernst, wir sind uns einig, dass es nicht wirklich dein Bruder sein kann, nicht wahr?«

Es dauerte eine Weile, bis sie antwortete. »Ich weiß es nicht. Nein, ehrlich gesagt, sind wir uns nicht einig. Die Ähnlichkeit ist geradezu erschreckend.«

»Du denkst tatsächlich, dein Bruder, der vor über zwei Jahren samt seiner Frau und seinem Wohnmobil in Frankreich verschwunden ist und von dem es seitdem keine einzige Spur gibt, taucht plötzlich wieder auf und bringt reihenweise Leute um?«

Evelyn atmete tief durch. »Nein. Wenn ich mir dieses Phantombild anschaue, dann halte ich es für möglich, dass der Zeuge an diesem See tatsächlich meinen Bruder gesehen hat, aber ich glaube nicht, dass Fabian der Serienkiller ist, nach dem wir seit zwei Monaten suchen. Du hast es selbst gesagt, er ist mitsamt seinem Wohnmobil verschwunden. Und jetzt wird ausgerechnet auf einem Campingplatz ein Mann gesehen, der genauso aussieht wie Fabian. Das kann doch kein Zufall sein.«

»Okay, warte … Ich halte es zwar für ziemlich verrückt, aber lass uns den Faden mal weiterspinnen: Wenn das dein Bruder gewesen sein sollte, warum ist er vor zwei Jahren verschwunden, und – noch interessanter – warum ist er offensichtlich geflüchtet, als er bemerkt hat, dass er gesehen wurde?«

»Ich weiß nicht, warum er damals verschwunden ist, aber wenn das freiwillig geschehen ist, dann wird er seine Gründe dafür gehabt haben. Und genau aus den gleichen Gründen ist er jetzt weggelaufen. Er möchte weiterhin als verschwunden gelten. Das ist doch logisch, oder nicht?« Während sie das sagte, spürte Evelyn ein unangenehmes Ziehen in der Magengegend.

»Das *wäre* halbwegs logisch, wenn es nicht so weit hergeholt wäre. Außerdem gibt es da ja auch noch deine Schwägerin. Was ist mit ihr? Glaubst du, sie ist damals mit ihm zusammen untergetaucht, und nun fahren sie zu zweit mit ihrem Wohnmobil von Campingplatz zu Campingplatz? Ohne Ausweis, ohne Arbeit? Ohne Geld? Wovon leben sie?«

»Das weiß ich nicht, aber ich weiß, was ich sehe, wenn ich das Phantombild betrachte. Ich verstehe dich nicht, Gerhard. Dir ist doch klar, wie sehr mich diese Sache mit Fabian belastet, und jetzt, wo es nach der langen Zeit einen Lichtblick gibt, eine Möglichkeit, dass er vielleicht tatsächlich noch am Leben ist, redest du nur dagegen und ziehst es nicht einmal in Betracht? Ich dachte, wir sind Freunde.«

»Das sind wir auch, und ich sage dir, was ich denke, gerade weil ich weiß, wie es dir seit damals geht. Ich versuche, dich vor einer riesigen Enttäuschung zu bewahren. Merkst du denn nicht, was du gerade tust? Du glaubst einerseits, dass der Mann, den unser Zeuge gesehen hat, dein Bruder sein könnte, blendest aber andererseits aus, dass derjenige unter dem Verdacht steht, ein Serienmörder zu sein. Du bastelst dir eine Geschichte zurecht, in der alles gut wird, aber, Evelyn … so funktioniert das Leben leider nicht.«

»Manchmal vielleicht doch«, entgegnete sie und beendete das Gespräch.

Nachdem sie das Telefon auf den Tisch gelegt hatte, klappte sie ihr Notebook auf, deaktivierte den Bildschirmschoner und klickte sich durch ein paar Ordner, bevor sie den richtigen fand. Während sie sich die einzelnen Fotodateien nacheinander in einem kleinen Vorschaufenster anzeigen ließ, dachte sie daran, dass es schon über ein Jahr her war, seit sie diesen Ordner zum letzten Mal geöffnet hatte.

Das siebte Foto entsprach dem, wonach sie gesucht hatte. Sie öffnete es mit einem Doppelklick und konnte nichts dagegen tun, dass ihr sofort die Tränen in die Augen schossen, als sie in Fabians lachendes Gesicht blickte, Wange an Wange mit ihrer Mutter. Das Foto war etwa zwei Monate vor Fabians Verschwinden in der Pflegeeinrichtung aufgenommen worden, in der ihre Mutter ein Jahr zuvor untergekommen war. Die Demenz hatte an dem Tag ein Einsehen mit ihnen gehabt und Maria Jancke einige lichte Momente geschenkt, die Evelyn und Fabian ausgenutzt hatten, um ein paar Fotos mit ihr zu machen.

Evelyn schob die Erinnerung an den Tag beiseite und griff wieder nach ihrem Handy. Sie öffnete das Phantombild aus Tillmanns WhatsApp-Nachricht und hielt es neben das Display ihres Notebooks. Eine Weile sah sie es an und musste sich zwischendurch die Tränen aus den Augen wischen, weil sie nichts mehr erkennen konnte, dann legte sie die Fingerspitzen behutsam erst auf das Foto ihres Bruders und dann auf das Phantombild.

»Fabian«, flüsterte sie, und gleich darauf erneut: »Fabian. Kann das sein? Bist du das?«

Das Klingeln des Handys ließ sie aufschrecken. Tillmann.

»Entschuldige bitte, wenn ich dich vor den Kopf gestoßen habe«, sagte er. »Ich habe dabei nur an dich gedacht, aber du hast recht. Wenn du es wirklich für möglich hältst, dass der Mann am See dein Bruder war, dann müssen wir dem nachgehen. Du hättest sonst wahrscheinlich keine Ruhe mehr, weil du nie mit Sicherheit wüsstest, ob er es war oder nicht.«

»Ich danke dir«, sagte Evelyn ehrlich.

»Ich werde die Kollegen über deinen Verdacht informieren, und dann hoffen wir, dass wir ihn so schnell wie möglich finden.«

»Moment … nein, das möchte ich nicht.«

»Wie? Ich verstehe nicht … Sagtest du nicht gerade, du glaubst, dass der Mann auf dem Phantombild dein Bruder sein könnte?«

»Ja, aber wenn du das offiziell machst, dann werden sie ihn als den vermutlichen Täter jagen.«

»Nein, Evelyn. Wir werden nach dem Mann auf dem Phantombild aufgrund der Aussage unseres Zeugen suchen, aber erst einmal nicht als Verdächtigen. Er war in der

Nähe des Tatortes und hat sich angeblich auffällig verhalten, aber damit ist er erst einmal nichts weiter als ein möglicher Zeuge. Das müsstest du doch wissen, wir arbeiten lange genug zusammen. Das Einzige, was sich durch deinen Verdacht ändert, ist, dass dieser Unbekannte, nach dem wir suchen, nun möglicherweise einen Namen hat.«

»Trotzdem … können wir das *bitte* für uns behalten? Ich möchte nicht, dass offiziell wird, was ich glaube.«

»Evelyn, das kann ich nicht. Ich bin Polizeibeamter. Wenn du wirklich denkst, es könnte dein seit zwei Jahren verschwundener Bruder sein, der am See gesehen worden ist, dann *muss* ich das den Kolleginnen und Kollegen der Soko sagen. Ich würde mich strafbar machen, wenn ich diese Information zurückhalte.«

»Ja«, sagte Evelyn nach einer Pause, »klar, du hast natürlich recht. Es ist meine eigene Schuld. Warum habe ich nicht meinen Mund gehalten, sondern dachte, wenn ich mit einem Freund rede, hilft mir das. Das war wohl eine Fehleinschätzung.«

»Das ist nicht fair. Das eine hat mit dem anderen nichts zu tun. Ich halte immer zu dir, das weißt du. Aber du weißt auch, dass ich in diesem Fall nicht anders kann. Ich hoffe zumindest, dass du das weißt.«

»Natürlich könntest du, wenn du wolltest. Aber vergiss einfach, was ich gesagt habe. Ich habe mir das Phantombild noch mal angesehen und festgestellt, dass ich mich geirrt habe. Das muss damit zusammenhängen, dass es gerade wieder schwer für mich ist und ich mir so sehr wünsche, Fabian wäre wieder da.«

»Evelyn …«

»Genauso werde ich es jedem sagen, der mich fragt. Der Mann auf dem Bild hat keine Ähnlichkeit mit meinem Bruder. Das war nur ein verrückter Wunschgedanke.« Sie ließ einige Sekunden verstreichen, dann fügte sie leise hinzu: »Ich hätte mir gewünscht, dich ohne Wenn und Aber auf meiner Seite zu haben. Gerade angesichts dessen, wie nahe wir uns gestanden haben.«

Tillmann setzte an, etwas zu erwidern, doch Evelyn fuhr, Bitterkeit in der Stimme, fort: »Und dabei habe ich gehofft, wir könnten vielleicht irgendwann …«

»Wir könnten was?«, hakte Tillmann nach, als sie nicht weitersprach.

»Nichts, schon gut. Bis morgen.«

Evelyn beendete das Gespräch und warf das Telefon auf den Tisch. Dann vergrub sie das Gesicht wieder in den Händen. Nach einer Weile legte sie sich auf die Couch und schloss die Augen. Sofort tauchte das Phantombild vor ihr auf, oder besser gesagt, ihre eigene Version davon. Und in dieser Version glich die Person auf dem Polizeibild nicht nur ihrem Bruder, sondern er war es.

5

Evelyn öffnete die Augen und sah sich irritiert um, bevor sie sich daran erinnerte, dass sie schon wieder auf der Couch eingeschlafen sein musste. Einige Sekunden blieb sie noch liegen, dann richtete sie sich auf, griff nach ihrem Handy und warf einen Blick auf das Display. Sechzehn Uhr achtundvierzig. Keine Anrufe. Eine WhatsApp-Nachricht, etwa eine Stunde alt. Von Tillmann.

Tut mir leid! Lass uns noch mal darüber reden.

Erneut richtete sich ihr Blick auf das von einem Polizeicomputer generierte Phantombild über Tillmanns letzter Nachricht. Sekundenlang studierte sie es, suchend, hoffend. Zweifelnd. Mit einigem Abstand betrachtet, war die Ähnlichkeit des Mannes auf dem Bild mit ihrem Bruder vielleicht doch nicht so gravierend, wie sie anfangs gedacht hatte. Aber dennoch war sie vorhanden.

Evelyn legte das Telefon zur Seite, stützte die Unterarme auf den Oberschenkeln ab und senkte mit geschlossenen Augen den Kopf.

Hatte Tillmann am Ende recht, und es war nur der brennende Wunsch nach einem Lebenszeichen von Fabian gewesen, der sie eine Ähnlichkeit hatte sehen lassen? Sollte sie auf Tillmanns Nachricht eingehen und noch mal mit ihm darüber reden? Nein, entschied sie, erst musste sie sich klar darüber werden, was es mit der Ähnlichkeit des Phantombilds mit ihrem Bruder auf sich hatte.

Sie stand auf und begann, im Zimmer auf und ab zu gehen.

Nach nicht mal einer Minute blieb sie stehen und schüttelte über sich selbst den Kopf. Der nächste Schritt lag doch auf der Hand, und er würde ihr Klarheit bringen. Zumindest mehr, als sie in diesem Moment hatte.

Dazu brauchte sie allerdings Tillmann.

Sie nahm ihr Handy und wollte ihn gerade anrufen, als es an ihrer Wohnungstür klopfte. Als sie öffnete, stand Tillmann vor ihr und zuckte entschuldigend mit den Schultern.

»Du hast nicht auf meine Nachricht geantwortet, da dachte ich, ich schaue mal nach, wie es dir geht.«

Evelyn trat zur Seite. »Komm rein.«

Tillmann machte ein paar Schritte in das geräumige Wohnzimmer und drehte sich dann zu ihr um. »Evelyn, es tut mir leid, dass ich deine Gedanken so abgetan habe. Fabian ist dein Bruder, und wenn du das Gefühl hast, dass der Mann auf dem Phantombild ihm ähnlich sieht, dann ist es vermessen von mir, das auszuschließen. Wenn du der Sache also nachgehen möchtest, werde ich dir helfen, und ich werde es nicht an die große Glocke hängen.«

»Das ist …« Evelyn ging auf ihn zu, bis sie dicht vor ihm stand, und hauchte ihm einen Kuss auf die Wange. »Danke. Das bedeutet mir sehr viel.«

»Das ist mir auch klargeworden. Du sollst wissen, dass ich hinter dir stehe.«

»Ich möchte mit dem Mann sprechen, nach dessen Angaben das Phantombild erstellt worden ist.«

Tillmann nickte, als hätte er damit gerechnet. »Ich denke, das bekommen wir hin. Lass uns gleich morgen früh mit ihm telefonieren.«

»Nein, nicht telefonieren. Ich möchte persönlich mit ihm reden und ihm ein Foto von Fabian zeigen. Heute.«

»Heute noch? Wie stellst du dir das vor?«

»Wir setzen uns ins Auto und fahren dahin. Es sind doch nur fünfzig Kilometer bis zu dem Campingplatz.«

Tillmann machte ein nachdenkliches Gesicht. »Ich glaube nicht, dass der Mann überhaupt noch dort ist. Immerhin ist da gerade ein Mord geschehen.«

»Aber ihr habt doch seine Adresse, oder?«

Tillmann zuckte mit den Schultern. »Ja, zum Glück ist er Dauercamper und wohnt nur etwa zwanzig Kilometer entfernt.«

»Dann ist das ja kein Problem. Lass uns fahren.«

Tillmann dachte einen Moment nach. »Und was möchtest du ihm sagen, wer der Mann auf dem Foto ist?«

»Die Wahrheit.«

»Keine gute Idee. Die Kollegen vor Ort werden noch das eine oder andere Gespräch mit dem Mann führen. Was, wenn er denen erzählt, dass du ihm ein Foto deines Bruders gezeigt hast? Die Kollegen werden mir natürlich Fragen stellen, und ich kann und will sie nicht belügen.«

»Er wird sicher verstehen, dass ich nicht möchte, dass er das weitererzählt. Es geht immerhin um meinen Bruder.«

Tillmann schüttelte den Kopf und sagte mit ruhiger Stimme: »Evelyn, hörst du dir eigentlich selbst zu? Ich kann ja verstehen, dass diese Sache dich aufwühlt, aber du bist forensische Psychologin mit einem messerscharfen

Verstand. Benutze ihn bitte auch jetzt. Während dieser Mann mit seiner Frau ein paar unbeschwerte Tage in ihrem Wohnwagen am See verbringen möchte, ist er vielleicht einem Serientäter begegnet, unmittelbar nachdem dieser einen brutalen Mord begangen hat. Denkst du wirklich, er belügt die Polizei, nur weil du nicht möchtest, dass dein Bruder genannt wird? Obwohl du es für möglich hältst, dass er es war, den der Zeuge gesehen hat? Es reicht schon, dass ich diese Information nicht weitergebe.«

Evelyn ging an Tillmann vorbei und ließ sich auf einen der beiden Ledersessel fallen, die der Couch gegenüber vor dem niedrigen Couchtisch standen. »Du hast recht«, sagte sie leise. »Aber dieser Zeuge ist der Einzige, der mir sagen kann, ob es vielleicht wirklich mein Bruder war, den er gesehen hat. Doch dazu muss ich ihm ein Foto von Fabian zeigen.«

Tillmann setzte sich auf die Couch und verschränkte die Hände. Nach einer Weile zuckte er mit den Schultern. »Na ja, die Kollegen sind sowieso bereits die Datenbank durchgegangen und haben nach bekannten Tätern gesucht, die irgendeine Ähnlichkeit mit dem Mann auf dem Phantombild aufweisen. Die werden sie dem Zeugen entweder schon gezeigt haben, oder sie tun es gerade. Wenn wir neben dem Foto deines Bruders noch zwei, drei andere aus der Datenbank mitnehmen würden …« Er sah Evelyn an. »Also gut, ich fahre mit dir dorthin, aber erst morgen Vormittag. Bis dahin weiß ich, wer mit dem Mann gesprochen hat und was dabei herausgekommen ist. Außerdem sind die Kollegen bis dahin die Liste mit den Leuten durchgegangen, die zum Tatzeitpunkt auf dem Campingplatz waren. Sie vergleichen die Namen mit denen der Camper der anderen Plätze, auf denen Morde geschehen sind. Vielleicht finden sie ja eine Überschneidung.«

Evelyn wollte protestieren, konnte aber in Tillmanns Gesicht lesen, dass es nichts nützen würde. Sie nickte. »Also gut, dann morgen früh.«

Nachdem sie die Tür hinter Tillmann zugezogen hatte, legte Evelyn sich auf die Couch und schloss die Augen.

Sie ahnte, wie schwer ihm der Entschluss gefallen sein musste, ihr zu helfen, ohne seinen Kollegen von ihrem Verdacht zu erzählen.

Und es stimmte, was sie ihm gesagt hatte. Das bedeutete ihr viel. Umso mehr tat es ihr für ihn leid, dass sie sich zu der Frau entwickelt hatte, die sie nun war. Eine Einzelgängerin, die sich von fast allen Menschen zurückgezogen hatte, die ihr einmal etwas bedeutet hatten. Eine Verzweifelte, die nicht mehr fähig war, eine Beziehung zu führen, die stattdessen nachts durch Bars streifte, sich betrank und von fremden Männern mit nach Hause nehmen ließ. Die ständig getrieben war, auf einer unbestimmten Suche, ohne die Hoffnung zu haben, etwas zu finden. Bisher.

Und warum war sie so geworden? Weil der Mensch, dem sie mehr vertraut hatte als irgendjemand anderem, den sie mehr liebte als ihr eigenes Leben, plötzlich mitsamt seiner Frau spurlos verschwunden war. Weil sie die Leere nicht ertrug, die ihr Bruder in ihrem Leben hinterlassen hatte.

Evelyns Gedanken reisten weit in die Vergangenheit zurück, zu dem Tag, als die beiden Polizisten vor ihrer Tür gestanden und ihrer Mutter erklärt hatten, dass ihr Mann Peter, der Vater ihrer beiden kleinen Kinder, nicht mehr nach Hause kommen würde, weil ein Lkw-Fahrer wohl hinter dem Steuer eingeschlafen war und das kleine Auto von Peter Jancke auf der Autobahn unter seinem riesigen Truck zermalmt hatte.

Evelyn war damals zehn, Fabian erst acht Jahre alt gewesen. Und obwohl er der Jüngere war, hatte ihr Bruder nach und nach die Rolle des Vaters für sie übernommen. Er hatte sie beschützt, als sie in der Schule gemobbt wurde, und sie getröstet, als sie sich zum ersten Mal unglücklich verliebte. Er war stets für sie dagewesen und hatte seine Interessen hintangestellt.

Wann immer sie in ihrem Leben Schwierigkeiten gehabt hatte, war Fabian bedingungslos für sie da gewesen, sogar dann noch, als er verheiratet war. Und obwohl Evelyn eine selbständige Frau war, die mit beiden Beinen im Leben gestanden hatte, war es trotzdem wichtig für sie gewesen zu wissen, dass es immer eine Konstante gab, auf die sie sich bedingungslos verlassen konnte: Fabian.

Als sie Jonas, ihren spielsüchtigen Mann, verlassen hatte, der sie jahrelang belogen und betrogen und am Ende sogar ihren Schmuck versetzt hatte, um seine Sucht zu befriedigen, war Fabian bei ihr gewesen und hatte geholfen, das Nötigste aus der Wohnung zu räumen. Und er hatte sich schützend vor sie gestellt, als Jonas sie anschrie und auf sie losgehen wollte. Fabian und Isabel hatten sie bei sich wohnen lassen, bis sie in eine eigene Wohnung umziehen konnte …

Und dann war er plötzlich nicht mehr da gewesen, und obwohl die Polizei sowohl in Frankreich als auch in Deutschland davon ausging, dass er und Isabel einem Verbrechen zum Opfer gefallen waren, fühlte Evelyn sich von ihm alleingelassen.

Sie hatte sich für dieses Gefühl gehasst, weil sie wusste, wie unfair das Fabian gegenüber war.

Evelyn zwang ihre Gedanken wieder in die Zeit, als es ihren Bruder noch in ihrem Leben gegeben hatte. Sie dachte an schöne Momente, die sie mit ihm erlebt hatte. An sein strahlendes Lachen und die verrückten Dinge, die er manchmal getan hatte. Irgendwann verschwammen die Bilder mehr und mehr, wurden die Erinnerungen schwächer, bis sie schließlich in einer samtenen Dunkelheit verschwanden.

Als Evelyn die Augen öffnete, drang durch die beiden breiten Fenster des Wohnzimmers nur noch schwaches Licht in den Raum, es musste also mindestens schon neun Uhr abends sein.

Noch bevor sie den Schlaf völlig abgeschüttelt hatte, waren die Gedanken an Fabian wieder da. Sie horchte in sich hinein und versuchte zu ergründen, mit welchen Erwartungen sie am nächsten Morgen mit Tillmann zu dem Zeugen vom Campingplatz fahren würde, als plötzlich ein Gedanke da war, der ihren Herzschlag beschleunigte.

Wenn sich herausstellen würde, dass der Mann, den der Zeuge am See gesehen und beschrieben hatte, doch Fabian gewesen war, würde das bedeuten, dass er absichtlich von einem Tag auf den nächsten verschwunden war und sie vorsätzlich in der Ungewissheit darüber zurückgelassen hatte, was mit ihm geschehen war. In dem Bewusstsein, wie sehr sie darunter leiden würde.

Mit einem Ruck schwang sie die Beine von der Couch,

setzte sich aufrecht hin und schüttelte den Kopf, als könne sie so diese Gedanken vertreiben.

Nein, das war schlicht unmöglich. Auch wenn tatsächlich eine Ähnlichkeit zwischen dem Mann auf dem Phantombild und ihrem Bruder bestand, konnte es sich nicht um Fabian handeln, weil er ihr das niemals angetan hätte.

Oder?

Sie stand auf, blieb aber vor der Couch stehen und starrte ins Leere. Und wenn Fabian nicht mehr wusste, dass er eine Schwester hatte? Wenn er durch was auch immer sein Gedächtnis verloren und vielleicht sogar vergessen hatte, wer er selbst war?

Sie stöhnte auf und ging zur Garderobe, wo sie ihre Handtasche von dem hüfthohen Schränkchen nahm. Sie konnte die Zeit bis zum Morgen nicht in ihrer Wohnung hocken und über diese Dinge nachdenken. Das würde sie verrückt machen. Noch verrückter, als sie es ohnehin schon war. Und an Schlaf war nicht mehr zu denken. Zumindest nicht nüchtern. Sie öffnete die Wohnungstür.

Sie brauchte Ablenkung. Und etwas zu trinken.

6

Als Evelyn aufwachte, dauerte es nur zwei, drei Sekunden, bis sie erschrocken nach ihrem Handy tastete, doch es lag nicht auf dem Nachttisch. Noch während die Erinnerung an den vergangenen Abend langsam wiederkehrte, schlug sie die Bettdecke zurück und stand auf. Sie war im *Schalander* gewesen, einer schicken Bar, die so was wie ihr Stammlokal geworden war. Hier startete sie die meisten ihrer nächtlichen Streifzüge durch die Stadt. Hier trank sie die ersten Gläser Wein, bevor sie sich auf die Suche nach etwas machte, das nicht selten in einem fremden Schlafzimmer endete und in ihr stets am nächsten Morgen das fade Gefühl zurückließ, dass ihr Leben ihr entglitten war.

Evelyn ging ins Wohnzimmer, wo ihre Tasche stand. Dieses Mal hatte es nicht so geendet. Sie war im *Schalander* geblieben, hatte mit Tom, dem Barkeeper, über unwichtige Dinge geredet und dabei mehr Wein getrunken, als ihr guttat. Als sie um Mitternacht nach Hause gekommen war, hatte sie genug Alkohol intus gehabt, um innerhalb von Sekunden in einen traumlosen, bleiernen Schlaf zu fallen.

Ihr Handy befand sich tatsächlich in ihrer Tasche. Mit einem Blick auf das Display stellte sie fest, dass es keine Anrufe in Abwesenheit gegeben hatte und kurz vor acht Uhr war.

Tillmann würde also erst in einer Stunde bei ihr klingeln. Zeit genug für eine ausgiebige Dusche und zwei oder drei Tassen Kaffee.

Tillmann war fast auf die Minute pünktlich. Mit ernster Miene hielt er Evelyn einen silberfarbenen Tablet-PC entgegen, als sie ihm die Tür geöffnet hatte.

»Guten Morgen«, begrüßte sie ihn und nahm ihm das Gerät verdutzt aus der Hand. »Was ist das?«

»Ein Tablet. Da sind ein paar Fotos aus unserer Datenbank drauf«, erklärte Tillmann und deutete an Evelyn vorbei in die Wohnung. »Bekomme ich einen Kaffee, oder muss ich hier draußen warten, bis du fertig bist?«

Noch während Evelyn einen Schritt zur Seite machte, drückte sich Tillmann an ihr vorbei. »Ich habe das Passwort deaktiviert«, erklärte er und steuerte auf die Küche zu. »Wir müssen nur noch ein Foto von deinem Bruder hochladen.«

»Ja, ich …«, setzte Evelyn an, doch Tillmann war schon in der Küche verschwunden, wo er sich an der Kaffeemaschine zu schaffen machte.

Sie ging zu dem kleinen Tisch, der vor dem Fenster stand, und legte das Tablet darauf ab, während das Mahlwerk des Vollautomaten mit dem typischen Geräusch seine Arbeit begann.

»Möchtest du auch eine Tasse?«

Evelyn schüttelte den Kopf und setzte sich. Als der Kaffee fertig war, ließ sich Tillmann ihr gegenüber nieder und sah sie, die Stirn gerunzelt, an. »Du siehst nicht gerade fit aus. Hast du schlecht geschlafen?«

»Nein, ich …« Sie schaltete das Tablet ein und betrachtete die wenigen Apps auf hellgrauem Hintergrund. »Ich war gestern Abend noch was trinken.«

Tillmann stieß ein Schnauben aus und schüttelte den Kopf. »Evelyn, du …«

»Nein, nicht«, unterbrach sie ihn. »Ich weiß, was du sagen möchtest, aber das gehört jetzt nicht hierher. Es geht jetzt nicht um mich, sondern um Fabian.«

Erneut schüttelte Tillmann den Kopf. »Genau genommen geht es weder um dich noch um Fabian, sondern darum, dass ein Irrer auf Campingplätzen Menschen umbringt. Und darum, dass ich Informationen zurückhalte, die ich nicht verschweigen dürfte. Denn – und ich weiß, dass ich mich wiederhole – dass du glaubst, in dem Phantombild eine Ähnlichkeit mit deinem Bruder zu sehen, könnte ihn mit den Taten in Verbindung bringen, wenn sich dein Verdacht tatsächlich bestätigen sollte.«

Evelyn wollte schon zu einer Entgegnung ansetzen, ließ es aber sein und sagte lediglich mit leiser Stimme: »Erst muss ich wissen, ob die Möglichkeit besteht, dass Fabian tatsächlich noch lebt und von diesem Mann auf dem Campingplatz gesehen worden ist. Dann kann ich mir über alles andere Gedanken machen.« Erneut fiel ihr Blick auf das Display des Tablets. »Wo kann ich diese Fotos sehen?«

»Du musst auf die Foto-App klicken. Ganz oben rechts.«

Die App beinhaltete drei Porträts von Männern, die sich zwar nicht unbedingt ähnlich sahen, aber alle dem gleichen Typ entsprachen. Schmales Gesicht, dunkelblonde bis hellbraune Haare, das Alter zwischen vierzig und fünfzig.

Während sie die ernst dreinblickenden Gesichter betrachtete, wurde ihr wieder die Tragweite dessen bewusst, was sie sich für diesen Vormittag vorgenommen hatten. Der Gedanke an mögliche Antworten des Zeugen, wenn er das Foto von Fabian sehen würde, verursachte ihr ein unangenehmes Ziehen im Bauch.

»Also gut.« Tillmann trank seine Tasse leer und stand auf. »Dann schlage ich vor, du suchst ein Foto deines Bruders aus, das von der Art der Aufnahme halbwegs zu den anderen passt. Wir laden es hoch und fahren los.«

»Weißt du denn, wo wir den Mann finden?«

»Ja. Ich habe es zwar nicht geglaubt, aber er hält sich noch immer auf dem Campingplatz auf. Ich habe schon mit ihm telefoniert und ihm gesagt, dass wir kommen.«

Es dauerte eine Weile, bis Evelyn ein Foto von Fabian gefunden hatte, das ihn allein und von vorne zeigte und das zudem nicht zu alt war. Es war zwar in seinem Wohnzimmer aufgenommen worden, doch mit einem Fotobearbeitungsprogramm hatte Evelyn die Aufnahme schnell so zurechtgeschnitten, dass sie halbwegs zu den Fotos der Männer aus der Polizeidatenbank passte.

Die knapp einstündige Fahrt nach Großefehn verging für Evelyn wie im Flug, weil sie gleich, nachdem sie losgefahren waren, die Augen geschlossen hatte und kurz darauf eingeschlafen war.

Als Tillmann sie weckte, fuhr er gerade auf die Einfahrt des Campingplatzes zu, die mit einer Schranke gesichert war.

Evelyn richtete sich im Sitz auf. »Ich bin eingeschlafen, tut mir leid.«

»So ist das eben, wenn man nachts …«, setzte Tillmann an, beendete den Satz aber nicht, sondern parkte den Wagen auf einem Schotterplatz vor der Schranke und zog das Tablet aus der Spalte zwischen Sitz und Mittelkonsole hervor.

Der Wohnwagen von Hans-Jörg und Ilse Grövich stand auf einem etwa hundert Quadratmeter großen Platz unweit des Ufers. Der direkte Blick auf den See wurde fast vollständig von mannshohen Büschen versperrt, lediglich durch die schmale Schneise eines ausgetretenen Pfades war in etwa dreißig Metern Entfernung ein Streifen des sandigen Ufers zu erkennen.

Noch während Evelyn und Tillmann sich umsahen, trat ein Mann aus dem Vorzelt, dessen Alter Evelyn auf Ende sechzig schätzte. Seine noch vollen, aber fast weißen Haare waren kurz geschnitten, bis auf einen kleinen Bauchansatz war er noch recht schlank.

»Lass mich reden«, flüsterte Tillmann, bevor der Mann sie erreicht hatte.

»Sind Sie der Hauptkommissar aus Oldenburg, der mich angerufen hat?«, fragte Grövich an Tillmann gewandt, nachdem er Evelyn kurz gemustert hatte.

»Ja, der bin ich.« Tillmann streckte Grövich die Hand entgegen, doch der winkte ab. »Nee, lassen Sie mal. Seit Corona hab ich mir das abgewöhnt. Geht auch so.«

»Kein Problem.« Tillmann deutete auf Evelyn. »Das ist Frau Jancke. Sie ist forensische Psychologin und arbeitet mit uns zusammen.«

Hans-Jörg Grövichs buschige Braue schob sich ein Stück

nach oben, während er Evelyn erneut von Kopf bis Fuß betrachtete. »Psychologin, aha.«

»Herr Grövich« – Tillmann lenkte die Aufmerksamkeit wieder auf sich – »ich würde Ihnen gern ein paar Fotos zeigen, wenn das für Sie in Ordnung ist.«

»Schon wieder? Da waren doch gerade erst zwei Kollegen von Ihnen hier mit Fotos. Am Telefon sagten Sie nur, Sie hätten noch Fragen.«

»Ich weiß, dass die Kollegen schon bei Ihnen waren, aber wir würden Ihnen trotzdem gern noch ein paar Aufnahmen zeigen. Es geht ganz schnell, es sind nur vier.«

Grövich nickte. »Also gut, wenn es hilft, den Kerl zu finden.«

»Ist Ihnen an dem Mann, den Sie gesehen haben, etwas Ungewöhnliches aufgefallen?«, fragte Evelyn einer Eingebung folgend und ignorierte den Blick, den Tillmann ihr zuwarf.

»Was Ungewöhnliches? Nee. Was soll das denn sein, was Ungewöhnliches?«

»Eine Tätowierung vielleicht oder eine Narbe?«

Grövich gab einen Zischlaut von sich. »Ich hab doch beschrieben, wie der Kerl aussieht. Glauben Sie nicht, ich hätte das gesagt, wenn der 'ne Narbe oder sonst was im Gesicht gehabt hätte?«

»Ich meinte auch eher an den Armen oder den Händen.«

Grövichs Unterlippe schob sich ein Stück vor, während er nachzudenken schien. »Nee, ich hab nichts dergleichen gesehen. Außerdem ging das alles ziemlich schnell. Ich bin froh, dass ich mir sein Gesicht so gut eingeprägt hab.«

»Apropos Gesicht.« Tillmann schaltete das Tablet ein, tippte zwei-, dreimal darauf herum und stellte sich so neben den Mann, dass der den Bildschirm sehen konnte. »Wollen wir uns die Fotos anschauen?«

Grövich betrachtete das erste Bild eine Weile, dann schüttelte er den Kopf. »Nee, der sah anders aus.«

»Beachten Sie bitte, dass die Fotos bereits etwas älter sein können. Das Aussehen des Mannes könnte sich also ein wenig verändert haben.«

»Trotzdem, der ist es nicht«, wiederholte Grövich.

Beim nächsten Foto zögerte er und verengte die Augen zu Schlitzen. Evelyn spürte, dass sich ihr Puls beschleunigte. Zeigte Tillmann ihm gerade das Foto von Fabian?

»Hm … der könnte vielleicht …« Dann schüttelte er jedoch den Kopf. »Nein. Nein, das ist er nicht. Auch nicht, wenn das Foto schon älter ist. Die Nase passt nicht, und die Augen auch nicht.«

Evelyn sah fragend zu Tillmann hinüber, doch der schüttelte kaum merklich den Kopf. Es war nicht das Foto ihres Bruders.

Aber das nächste zeigte Fabian, wie der Blick ihr sagte, den Tillmann ihr zuwarf.

Evelyn hätte Grövich am liebsten gedrängt, etwas zu sagen, als der eine Weile schweigend auf das Display starrte. Dann aber schüttelte er erneut den Kopf. »Nein. Der hat zwar eine gewisse Ähnlichkeit mit dem Kerl, aber …« Er richtete den Blick noch mal auf das Display. »Ich sag's mal so. Von allen Fotos, die ich bisher gesehen habe, gleicht der da dem Typen noch am ehesten, aber ich glaube nicht, dass er es ist.«

»Sie glauben nicht?«, hakte Tillmann nach. »Heißt das, er könnte es vielleicht sein?«

Grövich sah Tillmann an, als hätte der etwas Obszönes gesagt. »Das heißt, er gleicht ihm, aber ich glaube nicht, dass er es ist.«

Evelyn hielt es nicht mehr aus. »Schauen Sie sich das Bild bitte genau an«, forderte sie Grövich auf. »Die Aufnahme ist schon etwas älter. Vielleicht sieht er nicht mehr genauso aus wie auf dem Foto.« Als Grövich ihr einen ähnlichen Blick zuwarf wie zuvor Tillmann, wiederholte sie: »Bitte.«

Grövich rollte mit den Augen, betrachtete das Foto aber trotzdem eine ganze Weile, bevor er den Kopf schüttelte. »Es ändert nichts. Eine Ähnlichkeit ist da, aber meiner Meinung nach ist er es nicht. Etwas anderes kann ich nicht sagen. Aber ich habe eine Frage: Sie sagten, das Foto sei schon älter. Woher wissen Sie, welches Foto ich mir gerade angeschaut habe?«

»Weil ein Foto dabei ist, bei dem ich auch eine Ähnlichkeit mit dem Phantombild gesehen habe, das nach Ihren Angaben erstellt worden ist, und ich weiß, wer der Mann ist.«

Evelyn bemerkte den warnenden Blick, den Tillmann ihr zuwarf, doch sie kam gar nicht erst in die Verlegenheit, zu erläutern, woher sie den Mann kannte, denn Grövich schien sich mit ihrer Erklärung zufriedenzugeben.

Den Mann auf dem nächsten Foto schloss er schon nach dem ersten Blick aus, doch das interessierte Evelyn nicht mehr. Obwohl ihr von Anfang an klar gewesen war, dass die Wahrscheinlichkeit, dass es sich tatsächlich um Fabian handelte, den Grövich in der Tatnacht gesehen hatte, verschwindend gering war, war sie enttäuscht. Eine Leere breitete sich in ihr aus, die ihr alle Kraft aus dem Körper zu ziehen schien. Sie hatte das Bedürfnis, sich hinzusetzen und die Augen zu schließen, und war Tillmann dankbar, als er sagte: »Das war's auch schon, Herr Grövich. Alles andere haben Sie ja den Kollegen bereits erzählt. Vielen Dank für Ihre Hilfe.«

»Schon gut.« Grövich deutete auf den Tablet-PC in Tillmanns Hand. »Ich hätte Ihnen gern bestätigt, dass es einer dieser Männer gewesen ist. Aber bis auf diesen einen gleichen sie dem Kerl nicht annähernd. Kann ich das Foto noch mal sehen?«

»Ja, sicher.« Tillmann hielt ihm das Tablet wieder hin.

»Hm …«, brummte Grövich. »Es ist schwierig. Ich denke nach wie vor, dass das nicht der Kerl ist, aber hundertprozentig ausschließen kann ich es auch nicht. Vielleicht, wenn ich ihn mal live sehen könnte …«

»Das geht leider nicht«, erklärte Tillmann, und bevor Grövich nachfragen konnte, warum das nicht ging, fügte Tillmann hinzu: »Wie gesagt, wir danken Ihnen.« Dann nickte er Evelyn zu.

»Fahren wir.«

7

Er setzt das Wohnmobil im Schritttempo zurück, bis es an der richtigen Stelle steht, dreht den Schlüssel herum und steigt aus. Der Platz ist von hüfthohen, teils verdorrten Büschen umgeben und liegt am äußersten Rand des Campingplatzes. Der Boden ist steinig und leicht abschüssig, Gras wächst nur noch in kleinen Inseln hier und da. Alles in allem kein sonderlich schöner Platz, aber das ist ihm egal. Er wird sowieso nur ein, zwei Nächte bleiben. Je nachdem …

Er macht ein paar Schritte und betrachtet die umliegenden Stellplätze. Einige davon sind mit Wohnmobilen, andere mit Wohnwagen belegt, von denen die meisten Vorzelte haben. Die Besitzer der Wohnmobile begnügen sich meist mit ausgefahrenen Markisen. Vor einigen der mobilen Behausungen sitzen Leute beim Frühstück. Auf dem Platz schräg gegenüber hocken ein Mann und eine Frau um die fünfzig unter der Markise und sehen zu ihm herüber. Er zwingt sich zu einem Lächeln und hebt zur Begrüßung die Hand, was beide mit einem freundlichen Kopfnicken beantworten.

Da sitzt ihr mit euren fetten Ärschen in euren Campingstühlen und grinst dämlich, *denkt er, während er den Blick von den beiden abwendet und sich angewidert umdreht.* Aber in Wahrheit schert ihr euch einen Dreck darum, was um euch herum passiert. Nur wenn es um euer eigenes beschissenes Leben geht, fangt ihr an zu winseln und zu betteln und wünscht euch, es käme jemand, der euch hilft. Feiges Pack.

Er öffnet die Tür des Wohnmobils und geht hinein. Er ist müde und durcheinander. Es fällt ihm plötzlich schwer, seine Gedanken zusammenzuhalten. Er wird ein paar Tabletten nehmen und sich ein wenig hinlegen. Nach ein paar Stunden Schlaf wird es ihm wieder besser gehen. Nicht gut, aber besser. Dass es ihm gut gegangen ist, ist schon so lange her, dass er vergessen hat, wie es sich anfühlt.

Sein Blick fällt auf die Anmeldung, die auf dem Tisch liegt. Dieses Mal war es simpel. Er hat einfach einen Phantasienamen und eine Adresse in Verona in das Formular eingetragen und den Preis für zwei Nächte in bar bezahlt, und der Kerl an der Rezeption war zufrieden. Die Adresse hat er im Internet gefunden, dort hat ein italienischer Arzt seine Praxis.

Er hat sie herausgesucht, weil das italienische Kennzeichen, das er von einem ausgemusterten Auto abmontiert hat, aus der Provinz Verona stammt. Bisher ist niemand in Deutschland auf die Idee gekommen, nachzuforschen, ob das Kennzeichen überhaupt gültig und auf welchen Namen es eingetragen ist.

Auf manchen Plätzen ist es schwieriger, dort wollen sie einen Ausweis sehen. Er sagt dann mit angedeutetem italienischem Akzent, dass er ihn zu Hause vergessen hat. Oft ist das kein Problem, wenn er die Platzmiete im Voraus bezahlt, aber manchmal sind die Betreiber stur, dann muss er weiterfahren.

Er wendet sich ab und öffnet die Tür zu dem kleinen Bad, wo in einem Hängeschrank seine Tabletten liegen.

Nachdem er sich drei Stück auf die Handfläche gelegt und geschluckt hat, lässt er sich auf das breite Bett fallen, das das ge-

samte Heck des Wohnmobils ausfüllt, und schließt die Augen. Es dauert nur Sekunden, bis die Bilder wieder da sind, und mit ihnen steigt der Hass in ihm hoch. Er weiß, beides wird bald wieder verschwinden, und er wird in einen tiefen, traumlosen Schlaf fallen, dafür werden die Tabletten sorgen.

In ein oder zwei Stunden wird er wieder aufwachen und sich so fit fühlen, dass er sich auf die Suche machen kann. Nach jemandem, der es verdient hat, bestraft zu werden. Wegen Selbstsucht und Feigheit. Noch einmal lodert der Hass wie glühend heiße Lava durch seinen Körper, dann lässt er nach, und alles wird egal.

8

»Wie fühlst du dich?«

Tillmann lenkte den Wagen vom Parkplatz auf die schmale Straße.

»Ich weiß nicht«, antwortete Evelyn wahrheitsgetreu. »Einerseits bin ich enttäuscht, andererseits froh.«

Tillmann sah kurz zu ihr hinüber. »Froh?«

»Ja, froh.« Sie hörte selbst den Trotz in ihrer Stimme. »Wenn Grövich meinen Bruder tatsächlich wiedererkannt hätte, dann hätte das Fragen aufgeworfen, auf die ich vielleicht gar keine Antwort haben möchte.«

Tillmann nickte schweigend und konzentrierte sich auf die Straße. Nach zwei, drei Minuten sagte er: »Das heißt also, du siehst jetzt ein, dass es nicht dein Bruder gewesen sein kann, der dort am See herumgelaufen ist?«

Als sie nicht antwortete, sagte er: »Evelyn?«

»Ich weiß es nicht.« Und auch das war die Wahrheit.

Erneut verstrichen Minuten, in denen sie schweigend weiterfuhren, bis Tillmann sagte: »Darf ich dich etwas sehr Persönliches fragen?« Es klang, als kostete es ihn Überwindung, was Evelyn ahnen ließ, worum sich seine Frage drehte.

»Ja«, antwortete sie dennoch.

»Warum tust du das?«

»Was meinst du?« Sie kam sich dabei selbst scheinheilig vor.

»Ich meine die Nächte, die du in Bars und Kneipen verbringst. Warum tust du dir das an?«

Sie hatte also recht gehabt mit ihrer Vermutung.

»Vielleicht, weil es mir Spaß macht?«

Erneut ein Blick, dieses Mal zweifelnd. »Nein. Ich kann und will nicht glauben, dass es dir Spaß macht, dich zu betrinken und dann mit irgendwelchen dahergelaufenen Typen nach Hause zu gehen. Du quälst dich doch selbst.«

Nun sah Evelyn Tillmann an. »Was macht dich da so sicher?«

»Die Tatsache, dass ich dich kenne.«

Evelyn stieß einen Zischlaut aus. »Du *glaubst*, mich zu kennen.«

»Ja, vielleicht hast du recht, vielleicht glaube ich es wirklich nur.« Tillmann klang so verletzt, dass er Evelyn leidtat. Er hatte es verdient, dass sie ihm eine ehrliche Antwort gab.

»Also gut. Es mag dir seltsam vorkommen, aber ich kann mich auch nach zwei Jahren einfach nicht damit abfinden, dass Fabian nicht mehr da ist. Etwas in mir sagt mir, dass er noch lebt. Es macht mich verrückt, abends zu Hause herumzusitzen und mir wieder und wieder auszumalen, was vor zwei Jahren auf der französischen Autobahn mit ihm passiert sein könnte. Wenn ich nachts durch die Stadt ziehe, lenkt mich das zumindest für kurze Zeit ab.« Sie atmete tief durch und fügte dann hinzu: »Als ich dieses Phantombild sah, hatte ich die Hoffnung, dass zumindest die Chance besteht, dass es Fabian war, den Grövich gesehen hat. Dass er noch am Leben ist.«

»Und was wäre dann?«

»Dann hätte ich eine Aufgabe. Ich würde alles daransetzen, ihn zu finden.«

»Ich dachte, deine Arbeit sei deine Aufgabe.«

»Ja, damit kann ich mich tagsüber beschäftigen. Aber die Nächte sind lang.«

»Ich verstehe dich«, sagte Tillmann, und Evelyn glaubte ihm.

Den Rest der Fahrt verbrachten sie überwiegend schweigend. Nur hier und da unterhielten sie sich über Belanglosigkeiten. Kurz bevor sie in Oldenburg ankamen, fragte Tillmann, wann die nächste Sitzung mit Kleinbauer stattfinden würde.

»Morgen Vormittag«, erklärte Evelyn. »Ich denke, ich werde morgen mit ihm ein Stück weiterkommen.«

»Das klingt gut.«

Als Tillmann den Wagen um die Mittagszeit vor dem Haus mit Evelyns Erdgeschosswohnung anhielt, sah er sie fragend an. »Kann ich noch etwas für dich tun? Möchtest du, dass ich mit reinkomme?«

Evelyn schüttelte den Kopf. »Das ist lieb von dir, aber ich glaube, ich möchte jetzt allein sein. Wir sehen uns dann morgen.« Sie legte ihre Hand auf seine. »Danke, dass du mit mir zum Campingplatz gefahren bist.«

»Das habe ich gern getan.«

»Ich danke dir trotzdem. Das bedeutet mir viel.« Drei, vier Sekunden ließ sie ihre Hand noch auf seiner liegen und sah Tillmann an, dann zog sie sie langsam zurück.

»Bis morgen.«

»Ja, bis morgen.«

In ihrer Wohnung angekommen, trank Evelyn ein Glas Wasser und ging ins Wohnzimmer, wo sie eine Schranktür öffnete und eine Pappkiste herauszog, die mit einem gelben Deckel verschlossen war. Evelyn stellte sie auf dem Tisch ab, setzte sich auf die Couch und sah die Box an.

Im Hintergrund zerhackte das Pendel der alten Standuhr ihrer Mutter die Zeit mit ihrem *Tack*, *Tack*, *Tack* in unendlich viele kurze Momente.

Schließlich fasste sie sich ein Herz, hob den Deckel ab und legte ihn neben sich auf die Couch. Die Kiste war bis kurz unter den Rand gefüllt. Zuoberst lag ein Schnellhefter, den Tillmann ihr damals besorgt hatte. Die Übersetzung der Ermittlungsergebnisse der französischen Polizei. Darunter befand sich das deutsche Pendant dazu, ebenfalls von Tillmann für sie kopiert. Damals waren sie noch ein Paar gewesen.

Außerdem befanden sich in der Kiste wichtige Dokumente aus Fabians Besitz. Evelyn hatte sie an sich genommen, als sie vom Gericht als Abwesenheitspflegerin für ihren Bruder und dessen Frau bestellt worden war. Fabians Haus am Stadtrand von Oldenburg hatte sie schweren Herzens eineinhalb Jahre nach seinem Verschwinden verkaufen müssen, weil sie es finanziell nicht länger schaffte, es instand zu halten. Das Geld, das sie dafür erhalten hatte, war auf einem Konto eingefroren und sollte das auch bleiben, bis Fabian und Isabel entweder wieder auftauchten oder für tot erklärt wurden. Das würde aber erst geschehen, nachdem sie mindestens zehn Jahre als verschollen galten.

Evelyn griff in die Kiste und zog den Schnellhefter heraus. Seit Monaten hatte sie die Box nicht mehr geöffnet. Ihr

Herz pochte, als sie den Faszikel aufschlug und den Blick auf die erste Seite richtete. Vielleicht war dieses Phantombild ein Wink des Schicksals, damit sie sich die Berichte über die Ermittlungsarbeit zu Fabians Verschwinden noch einmal genau durchlas. Vielleicht würde sie irgendeine Kleinigkeit entdecken, die bisher allen entgangen war. Vielleicht … ja, vielleicht musste sie sich auch einfach mit Fabian beschäftigen, um das Gefühl zu haben, ihm näher zu sein.

Sie verbrachte den ganzen Nachmittag mit dem Inhalt der Kiste und unterbrach das Lesen nur, um sich hin und wieder etwas zu trinken zu holen oder zur Toilette zu gehen. Gegen Abend musste sie aufhören, obwohl sie fast alle Unterlagen durchgesehen hatte. Ihre Augen brannten, und sie war zum Umfallen müde. Etwas Neues hatte sie bisher nicht entdeckt. Sie nahm ihr Handy und den Ordner, mit dem sie sich gerade beschäftigte, erst mit ins Bad und dann ins Schlafzimmer, wo sie sich auskleidete und ins Bett legte.

Fünf Minuten später war sie eingeschlafen.

Als sie aufwachte, wusste sie nicht, ob sie eine Stunde oder die ganze Nacht durchgeschlafen hatte. Dem schwachen Licht nach zu urteilen, das durch den Spalt zwischen den zugezogenen Vorhängen in den Raum fiel, konnte es später Abend oder früher Morgen sein. Sie griff nach ihrem Handy und warf einen Blick darauf. Es war zehn nach sechs, und um zwei Uhr sieben hatte sie eine SMS von einem Absender mit unterdrückter Nummer bekommen. Als sie die vier Wörter las, stockte ihr der Atem.

9

Ich habe dich gesehen, stand dort, und in der nächsten Zeile nur ein Buchstabe: *F.*

Evelyn starrte auf den Buchstaben, als sei er ein außerirdisches Schriftzeichen, dann las sie die Wörter wieder und wieder. Konnte diese Nachricht das bedeuten, was sie nach dem Gespräch mit Grövich fast nicht mehr zu hoffen gewagt hatte? Hatte ihr Bruder sie aus einem Versteck heraus beobachtet? Aber warum hatte er sich dann nicht gezeigt? Diese Nachricht – wenn sie denn von Fabian stammte – schloss die Möglichkeit aus, dass er sein Gedächtnis verloren hatte. Wenn er tatsächlich der Mann war, den Grövich gesehen hatte, und wenn er sie, seine Schwester, beobachtet, sich aber nicht gezeigt hatte, obwohl ihm klar sein musste, wie schrecklich die Ungewissheit für sie war, dann hatte Tillmann womöglich doch recht. Dann war Fabian vielleicht tatsächlich derjenige, der … nein! Sie konnte und wollte den Gedanken nicht zu Ende bringen.

Ohne lange darüber nachzudenken, tippte sie ein: *Fabian, bist du das?*, und sandte die Nachricht ab. Das Ergebnis kam sofort in Form eines roten Ausrufezeichens und dem Hinweis: *Nachricht nicht zugestellt.*

Sie warf das Handy auf die Bettdecke und schlug die Hände vors Gesicht.

Warum hatte sie diese Nachricht bekommen?

Ihre Gedanken überschlugen sich. Eine Weile blieb sie im Bett sitzen und überlegte fieberhaft, was sie nun tun sollte. Schließlich griff sie nach ihrem Handy und warf einen Blick auf die Uhrzeit: sechs Uhr zweiundzwanzig. Das war noch früh, aber sie musste jetzt mit jemandem reden. Und da kam nur einer in Frage. Sie wählte Tillmanns Nummer und hielt sich das Handy ans Ohr. Nach dem dritten Läuten nahm er das Gespräch an.

»Evelyn?«, fragte er mit verschlafener Stimme. »Ist alles in Ordnung?«

»Ich habe heute Nacht eine SMS bekommen. *Ich habe dich gesehen*, steht da. Und unterschrieben ist sie mit *F.* Die Nummer war unterdrückt.«

Eine Weile hörte sie nur Tillmanns Atem, bis er schließlich sagte: »Das ist ja … Ich weiß gar nicht, was ich sagen soll. Hast du darauf geantwortet?«

»Ja. Meine Nachricht konnte nicht zugestellt werden.«

»Mist. Und da steht nur *ich habe dich gesehen* und ein F?«

»Ja. Das kann doch kein Zufall sein. Wir waren gestern Vormittag auf dem Campingplatz, und dann bekomme ich nachts diese Nachricht.«

»Gibt es irgendjemanden, dem du zutraust, einen so üblen Scherz mit dir zu treiben?«

»Verdammt, Gerhard!«, entgegnete Evelyn zwischen Ärger und Verzweiflung. »Diese Nachricht ist von Fabian.«

Sie hörte das Rascheln von Bettwäsche, bevor Tillmann weitersprach.

»Ich weiß, wie sehr du das glauben möchtest, aber vergiss

bitte nicht, dass Grövich deinen Bruder auf dem Foto nicht erkannt hat.«

»Dann hat er sich in den zwei Jahren eben verändert. Vielleicht hat man ihn im Gesicht operiert, was weiß ich.«

»Also gut, ich werde über deinen Provider die Nummer in Erfahrung bringen, von der aus die SMS geschrieben worden ist, dann sehen wir weiter. Kommst du vor deinem Besuch bei Kleinbauer aufs Präsidium?«

»Der Termin ist um neun. Ab wann bist du im Büro?«

»Da ich jetzt eh nicht mehr schlafen kann, werde ich gegen acht da sein.«

»Dann sehen wir uns um acht.«

Als Evelyn das Haus verließ, beschlich sie ein ganz eigenartiges Gefühl. Sie blieb abrupt stehen und sah sich um. *Ich habe dich gesehen*, hatte der unbekannte Absender der Nachricht geschrieben. Was, wenn er irgendwo in der Nähe des Hauses Position bezogen hatte und sie in diesem Moment beobachtete? Der Gedanke, ihr Bruder könnte sie in diesem Moment sehen, jagte ihr einen Schauer über den Rücken. Als sie sich wieder in Bewegung setzte, erschienen ihr die eigenen Schritte staksig und ungelenk. So, wie es sich als Teenager angefühlt hatte, wenn sie wusste, dass jemand sie beobachtete.

Die Straßen der Innenstadt waren wie meist um diese Uhrzeit verstopft, und sie kam nur langsam voran. Vielleicht wäre es klüger gewesen, den Bus zu nehmen, aber da sie gleich im Anschluss in die Forensische Psychiatrie musste, war ihr das zu umständlich gewesen. Als sie ihren schon in die Jahre gekommenen BMW auf dem Parkplatz des Präsidiums abstellte, war es Viertel nach acht.

Zehn Minuten später stand sie vor Tillmann, der ihr mit ernstem Gesicht entgegensah.

»Weißt du schon was wegen der Nummer?«, fragte sie statt einer Begrüßung, nachdem sie die Tür seines Büros hinter sich geschlossen hatte.

Tillmann schüttelte den Kopf. »So schnell geht das nicht, das kann dauern.«

Evelyn ließ sich auf den einzigen Besucherstuhl fallen und sagte mit gedämpfter Stimme: »Was erzählst du eigentlich deinen Kollegen wegen der Recherche bei meinem Provider?«

»Gar nichts. Es weiß niemand davon, und das wird hoffentlich auch so bleiben. Solange ich nicht konkret danach gefragt werde …« Er ließ den Satz unvollendet.

»Und wenn doch?«

»Dann lasse ich mir was einfallen.« Tillmann beugte sich nach vorn und legte die Unterarme auf den Schreibtisch. »Ich habe über das alles noch mal nachgedacht, und ich finde, du solltest keine allzu großen Hoffnungen in diese Nachricht setzen. Die Wahrscheinlichkeit, dass …«

»Versuchst du jetzt wieder, mir zu sagen, dass diese Nachricht nicht von Fabian sein kann und alles nur ein riesiger Zufall ist?«, schnitt sie ihm das Wort ab.

Langsam schüttelte Tillmann den Kopf und sagte dann nachsichtig: »Bitte, lass mich ausreden, Evelyn. Die Wahrscheinlichkeit, dass es wirklich dein Bruder ist, der dir die Nachricht geschickt hat, ist gering, *aber* …« Er betonte das Wort und machte eine kurze Pause, bevor er weitersprach. »Ich werde dir helfen und für dich da sein, denn es geht hier nicht darum, was ich denke, sondern darum, was du fühlst. Und ich werde alles dafür tun, dass du dich besser fühlst. Du kannst dich auf mich verlassen. Ich möchte, dass du das weißt.«

Nachdem Evelyn Tillmann einige Sekunden angesehen hatte, stand sie auf, ging um den Schreibtisch herum und umarmte ihn. »Ich danke dir. Ich kann dir gar nicht sagen, wie viel mir das bedeutet.« *Ich habe sonst niemanden mehr, der für mich da ist*, dachte sie und löste ihre Arme von ihm. »Jetzt muss ich aber los. Kleinbauer wartet auf mich.«

Während der Fahrt griff sie zweimal nach ihrem Handy und warf einen Blick auf das Display. Keine weitere Nachricht von dem unbekannten Absender, der mit F. unterschrieb.

Nils Kleinbauer saß schon an dem einfachen Holztisch, als Evelyn den ansonsten leeren Raum betrat.

»Guten Morgen, Nils«, begrüßte sie den jungen Mann mit den braunen Locken. »Wie geht es Ihnen heute?«

Nach den Erfahrungen der ersten Sitzung erwartete sie eine provokante Antwort und war verwundert, als Kleinbauer mit leiser Stimme antwortete.

»Nicht gut. Ich fühle mich einsam.«

Evelyn stockte kurz und sagte: »Das kann ich verstehen.«

Sie setzte sich und legte Kleinbauers Patientenakte und ihr Handy auf dem Tisch ab, nachdem sie einen schnellen Blick auf das Display geworfen hatte. Sie wollte auf keinen Fall eine weitere Nachricht von F. verpassen.

»Sie sagten, Sie fühlen sich einsam. Vorgestern erwähnten Sie am Ende unseres Gespräches, dass Sie sich nur eine

Freundin gewünscht haben. Wollen wir über Ihre Einsamkeit reden?«

»Nein.«

»Also gut. Was halten Sie davon, wenn wir ein wenig über das letzte Jahr sprechen? Darüber, wie es Ihnen ergangen ist.«

»Ich habe nicht gemerkt, dass sie tot ist«, sagte Kleinbauer mit monotoner Stimme, als hätte er Evelyns Frage nicht gehört.

»Ich weiß«, entgegnete Evelyn. Wenn er von sich aus über den Mord reden wollte, griff sie das natürlich auf. »Erinnern Sie sich daran, dass Sie die Frau gewürgt haben?«

»Die Tabletten, die Dr. Klarfeld mir gegeben hat, haben mich müde gemacht.«

»Und dann haben Sie aufgehört, sie zu nehmen?«, fragte Evelyn, bemüht, Kleinbauers Gedankensprüngen zu folgen.

»Sie haben mich müde gemacht«, wiederholte er.

»Wann haben Sie aufgehört, sie zu nehmen?«

»Nach ein paar Wochen.«

»Und dann? Was ist dann geschehen?«

»Nichts. Außer dass ich nicht mehr so müde war.«

»Ich verstehe. Waren Sie öfter in Häusern wie dem, in dem Sie mit der Frau zusammen waren?«

»Sie meinen, in Puffs, mit Nutten?« Evelyn horchte auf. Kleinbauers Ton hatte sich verändert. Er hatte wieder den überheblichen Klang wie in der ersten Sitzung.

»Ja.«

»Das geht Sie nichts an.«

Evelyns Handy vibrierte auf dem Tisch, der Klingelton

war ausgeschaltet. Sie beugte sich vor und warf einen Blick auf das Display. Der Anruf kam von Tillmann.

Ihr Puls beschleunigte sich. Tillmann wusste, dass sie gerade mit Kleinbauer zusammensaß. Wenn er sie trotzdem anrief, musste das einen triftigen Grund haben.

»Ein wichtiger Anruf, da muss ich rangehen«, sagte sie zu Kleinbauer, griff nach dem Handy und stand auf. Im Gesicht des jungen Mannes war keinerlei Regung zu erkennen.

Evelyn verließ den Raum, schloss die Tür hinter sich und lehnte sich dagegen. Dass sie Kleinbauer dabei kurz allein ließ, konnte sie riskieren. Er war an seinem Stuhl festgekettet.

»Ja?«, meldete sie sich.

»Ich habe Antwort von deinem Provider. Die Nummer gehört zu einer SIM-Karte aus Marokko. Keine Chance, den Besitzer herauszufinden. Tut mir leid.«

Die Enttäuschung ließ kurz ein Vakuum in Evelyns Kopf entstehen, doch dann begann ihr Verstand wieder zu arbeiten.

»Marokko«, wiederholte sie. »In Frankreich leben sehr viele Marokkaner, oder?«

»Ja, ich glaube schon. Worauf willst du … Moment. Dein Bruder ist vor zwei Jahren in Frankreich verschwunden. Du denkst …«

»Ich denke, wenn Fabian sich irgendwo in Frankreich ein Handy besorgt hätte, vielleicht ohne Ausweis, dann wäre es denkbar, dass er einem Marokkaner eins abgekauft hat.«

»Findest du das nicht ziemlich konstruiert? Außerdem – warum sollte er das tun? Warum hat er sich nicht gleich bei dir gemeldet?«

»Was weiß ich? Vielleicht hat ihn jemand die ganze Zeit über gefangen gehalten, und er konnte erst jetzt fliehen. Vielleicht ist er gefoltert worden oder so schwer verletzt, dass er sein Gedächtnis verloren hat.«

»Und wie erklärst du dir dann die Nachricht, die du bekommen hast?«

»Ich weiß es doch auch nicht.«

Evelyn bemerkte, dass sie in der Aufregung lauter geworden war, und senkte wieder die Stimme.

»Wie auch immer, findest du es nicht einen extrem großen Zufall, dass es auf einmal so viele mögliche und logische Verbindungen zu meinem Bruder gibt? Das alles deutet doch darauf hin, dass er lebt.«

»Oder dass jemand will, dass du denkst, er lebt und ist plötzlich wieder aufgetaucht.«

»Gibt es vielleicht eine Möglichkeit, zurückzuverfolgen, von wo aus die SMS geschrieben worden ist?«

»Dazu wollte ich als Nächstes kommen«, erklärte Tillmann, und die Art, wie er das sagte, erzeugte augenblicklich einen Druck in Evelyns Magen. »Das Handy war in einer Funkzelle in Varel eingeloggt.«

»Varel … ist das nicht in der Nähe von Großefehn und dem Campingplatz?«

»Fünfzig Kilometer entfernt.«

»Also in der Nähe. Glaubst du jetzt immer noch, es kann nicht Fabian sein?«

»Ich ziehe zumindest in Betracht, dass er es gewesen sein könnte.«

Da gab es noch etwas, das er ihr nicht sagte, das spürte sie genau. »Ist sonst noch was?«

»Komm nach deiner Sitzung mit Kleinbauer zu mir, dann können wir über alles reden«, erwiderte Tillmann ausweichend.

Evelyn warf kurz einen Blick durch das Fenster in der Tür. Kleinbauer saß noch immer gelangweilt auf seinem Stuhl und sah sie an.

»Kannst du mir nicht wenigstens in Kurzform sagen, was los ist?«

»Komm nachher zu mir, dann besprechen wir, wie es jetzt weitergeht.«

»Also gut«, sagte sie entgegen ihrer Überzeugung. Der Gedanke, dass es etwas gab, das Tillmann ihr noch verschwieg, machte sie nervös, aber sie kannte ihn gut genug, um zu wissen, dass sie warten musste.

»Dann bis nachher.«

Evelyn legte auf und ging in den Raum zu Kleinbauer zurück, der sie anzüglich angrinste. »Ihr Freund?«

»Da greife ich das auf, was Sie mir eben geantwortet haben: Das geht Sie nichts an.«

Evelyn legte das Handy weg und atmete tief durch. »Okay. Reden wir über die Frau, die Sie erwürgt haben. Hat sie Sie auf irgendeine Art …«

»Nein«, fiel er ihr ins Wort. »Ich habe genug. Ich habe Kopfschmerzen. Schluss für heute.«

»Also gut.« Evelyn nahm ihre Sachen und stand auf. »Dann sehen wir uns morgen.«

10

Er schlendert über die schmalen Wege, betrachtet scheinbar gelangweilt die Wohnwagen-Vorzelte und Wohnmobile. Vor manchen sitzen Camper, einige von ihnen nicken ihm grüßend zu, andere ignorieren ihn. Das sind diejenigen, die er genauer betrachtet. Unter ihnen wird er den nächsten Feigling aussuchen, um ihn zu bestrafen.

Da, der dicke Alte mit seiner ebenso fetten Frau. Sie sitzen in ihrem über die gesamte Breite geöffneten Vorzelt auf gut gepolsterten Stühlen, starren aneinander vorbei und machen dabei Gesichter, als wären sie vom jeweils anderen tödlich beleidigt worden. Die Mundwinkel der Frau hängen bis zum Kinn, während er die Nase auf eine Art krausgezogen hat, als würden kleine Käfer darin ihr Unwesen treiben.

Er sieht sich möglichst unauffällig um und stellt fest, dass der Platz ungünstig ist. Zu viele andere Wohnwagen zu dicht außen herum.

Er müsste ihn oder sie irgendwo abpassen. Vielleicht, wenn sie abends vom Sanitärhaus zurückkommen. Das würde aber bedeuten, er müsste sich lange irgendwo auf die Lauer legen. Nein, er wird sicher noch bessere Kandidaten finden.

Der nächste Wohnwagen sieht verlassen aus. Vielleicht machen die Besitzer einen Spaziergang oder einen Ausflug.

Er erreicht ein Wohnmobil mit ausgefahrener Markise. Das

noch recht junge Paar darunter winkt ihm zu und wünscht ihm einen schönen Tag. Hier und da gibt es tatsächlich noch Menschen, denen andere nicht egal sind. Er lächelt sie an und nickt grüßend.

Der Weg gabelt sich. Er entschließt sich für die linke Seite. Es ist die letzte Reihe des Platzes, sie führt am Waldrand entlang.

Der Mann, der auf dem dritten Stellplatz vor einem Wohnmobil älteren Baujahres sitzt, ist um die vierzig und scheint allein unterwegs zu sein.

Er starrt ihn mit leicht angewidertem Gesicht an, während er im Drei-Sekunden-Takt an seiner Zigarette zieht. Schließlich schiebt er den Glimmstängel in die Öffnung einer Bierflasche vor sich, erhebt sich und verschwindet kurz darauf in seinem alten Wohnmobil.

Er geht langsamer und mustert die Umgebung, während er die Wut, aber auch die Art von Genugtuung in sich aufsteigen spürt, wie er sie immer empfindet, wenn er glaubt, einen Kandidaten gefunden zu haben.

Der Platz rechts neben dem Wohnmobil ist frei, vermutlich, weil er schattig und uneben ist. Links steht ein Wohnwagen mit verschlossenem Vorzelt und einem Zaun entlang der Grenze zum Weg. Ein Dauercamper, der zurzeit offensichtlich nicht da ist. Und gegenüber der Wald.

Er beschleunigt die Schritte und kehrt in einem Bogen zu seinem Wohnmobil zurück.

Heute Abend wird er wiederkommen.

11

»Also«, sagte Evelyn, kaum dass sie die Tür zu Tillmanns Büro hinter sich geschlossen hatte. »Was hast du mir eben verschwiegen?«

Tillmann deutete auf den Stuhl vor sich. »Setz dich, bitte.«

Er wartete, bis sie Platz genommen hatte.

»Ich habe ein Problem. Ich müsste meinen Kollegen von dieser SMS erzählen. Wer immer sie geschrieben hat, war nur fünfzig Kilometer vom letzten Tatort entfernt und könnte entweder mit dem Mord zu tun haben oder etwas darüber wissen. Ich riskiere Kopf und Kragen, wenn ich das verschweige.«

»Nein, bitte, gib mir wenigstens die Chance, etwas mehr herauszufinden. Wenn du mir dabei hilfst …«

Tillmann schnaubte. »Egal, ob es gegen alle Logik tatsächlich dein Bruder war, der dir diese Nachricht geschickt hat, oder jemand anderes. Derjenige hat möglicherweise etwas mit dem Mord am See zu tun, und ich würde durch mein Schweigen verhindern, dass ein Mörder gefasst wird.«

»Bitte.« Es war nicht viel mehr als ein verzweifeltes Flüstern. Sekundenlang sahen sie sich in die Augen, und Evelyn konnte erkennen, dass er einen inneren Kampf austrug.

Schließlich nickte er langsam. »Also gut. Warten wir

für den Moment ab, ob du noch weitere Nachrichten bekommst.«

»Ich danke dir von ganzem Herzen«, sagte Evelyn und stand auf. Tillmann sah sie fragend an. »Was hast du jetzt vor?«

»Ich weiß es noch nicht genau, zuerst fahre ich nach Hause. Ich bin im Moment ziemlich durcheinander.«

»Das verstehe ich. Melde dich, wenn irgendwas ist, ja?«

»Mach ich.« An der Tür drehte Evelyn sich kurz um. »Nochmals, danke. Das werde ich dir nie vergessen.«

Sie hatte gerade die Wohnungstür hinter sich geschlossen und den Schlüssel in die Schale auf dem niedrigen Garderobenschrank gelegt, als ihr Handy klingelte. Die Nummer wurde angezeigt, aber Evelyn kannte sie nicht.

Sie nahm das Gespräch an und hielt sich den Hörer mit plötzlich zitternden Fingern ans Ohr, während sie ins Wohnzimmer ging.

»Hallo?«, sagte sie entgegen ihrer sonstigen Gewohnheit, sich mit Namen zu melden.

»Evelyn Jancke?« Eine männliche Stimme, die definitiv nicht die von Fabian war, wie sie augenblicklich erkannte, auch wenn es schon lange her war, dass sie ihren Bruder sprechen gehört hatte.

»Ja. Wer spricht da?«

»Ich heiße Lars Jensen, vielleicht sagt Ihnen mein Name etwas?«

Evelyn dachte kurz nach. »Nein, das tut er nicht. Woher sollte ich Sie kennen?«

»Ich bin … ich war ein Freund Ihres Bruders.«

Eine kalte Hand umschloss Evelyns Herz, während sie versuchte, sich an den Namen zu erinnern. Vor der Couch blieb sie stehen. »Ein Freund?«, presste sie hervor. »Woher kennen Sie Fabian?«

Jensen, überlegte sie. Vielleicht hatte Fabian den Namen tatsächlich mal erwähnt.

»Wir waren erst gemeinsam bei der Bundeswehr und haben uns vor einigen Jahren dann durch Zufall im beruflichen Umfeld wiedergetroffen und angefreundet.«

Das konnte durchaus sein. Fabian hatte sich nach dem Abitur für zwei Jahre verpflichtet und war zu den Fallschirmjägern, einer der Eliteeinheiten der Bundeswehr, gekommen. Sie erinnerte sich, dass er dort aufgrund seiner körperlichen Fitness aus dem Kampfsport sogar eine recht harte Zusatzausbildung als Einzelkämpfer absolviert hatte.

»Das ist ja ein Zufall. Sie waren zusammen bei der Bundeswehr? Fabian war an verschiedenen Standorten. Wo war das denn?«

»Ich war wie Fabian Fallschirmjäger in Seedorf. Wir gehörten zur Oldenburger Luftlandebrigade 31.«

Das stimmte. Langsam schwand Evelyns Misstrauen.

»Wiedergetroffen haben wir uns, als ich viele Jahre später als Consultant einer Unternehmensberatung gearbeitet habe und bei einem Projekt tätig war, zu dem auch Fabian gehörte. Das ist schon viele Jahre her.«

Fabian hatte tatsächlich eine Weile für eine Softwarefirma gearbeitet und war öfter in anderen Unternehmen tätig gewesen, um Programme zu implementieren oder Mitarbeiterschulungen durchzuführen. Was der Mann sagte, konnte also stimmen.

»Und warum rufen Sie mich an? Woher haben Sie überhaupt meine Nummer?«

Es entstand eine Pause von einigen Sekunden, in der Evelyn ihren pochenden Puls an der Halsschlagader spürte.

»Ich habe im Internet nach Ihrem Namen gesucht und die Telefonnummer auf einer Liste von Psychologen und Psychiatern gefunden.«

Sie wusste, dass auch das gut möglich war. Es gab einige Seiten im Netz, auf der ihre Kontaktdaten zu finden waren.

»Und warum rufen Sie mich an?«

»Ich …«, setzte Lars Jensen an, und seine Stimme klang mit einem Mal dünn. »Ich weiß gar nicht, wie ich es sagen soll, aber …« Erneut verging eine Weile, bis er weitersprach. »Bitte nehmen Sie es mir nicht übel, aber ich musste Sie einfach anrufen, nachdem ich dieses Bild gesehen habe.«

»Bild?«, hakte Evelyn sofort nach, während aus dem Pochen an ihrer Halsschlagader binnen Sekunden ein Hämmern wurde.

»Ja, das Foto im Internet, auf den Online-Plattformen aller großen Zeitungen. Ein Phantombild der Polizei. Es geht dabei um …« Der Mann räusperte sich.

»Um die Camping-Morde?«, sagte Evelyn und fragte sich, warum Tillmann ihr nicht gesagt hatte, dass das Phantombild veröffentlicht worden war. Im nächsten Moment schalt sie sich aber eine Närrin. Natürlich wurde ein Phantombild im Rahmen der Fahndung veröffentlicht.

»Ja. Sie haben es also auch gesehen und wissen, wovon ich spreche.« Er klang erleichtert.

»Ich kenne das Foto. Aber ich verstehe immer noch

nicht, warum Sie mich anrufen.« Evelyn ahnte zwar die Antwort darauf, wusste aber nicht, ob sie sich freuen oder davor fürchten sollte, wenn sie erst einmal ausgesprochen war.

»Sie kennen das Foto und verstehen es nicht? Ich kann nicht glauben, dass Ihnen die Ähnlichkeit des Campers mit Fabian nicht aufgefallen ist.«

»Des … *Campers*?«

»Ja. So nennen ihn einige Zeitungen.«

»Camper …«, wiederholte sie leise, während sie versuchte, sich darüber klarzuwerden, wie sie dieses Gespräch einordnen sollte.

»Evelyn, haben Sie die Ähnlichkeit mit Fabian auch gesehen?«, fragte Jensen und riss sie aus ihren Gedanken. Dass er sie beim Vornamen nannte, registrierte sie nur nebenbei. Wichtiger war die Frage, was sie einem wildfremden Menschen am Telefon sagen konnte.

»Sie sagten, Sie sind ein Freund von Fabian. Wann haben Sie ihn das letzte Mal gesehen?«

»Etwa zwei Wochen bevor er verschwunden ist. Warum?«

»Ich wundere mich immer noch, dass ich mich an Ihren Namen nicht erinnern kann.«

»Ja, das verstehe ich auch nicht. Er hat öfter von Ihnen gesprochen und darüber, wie nah sie sich stehen. Deshalb dachte ich, Sie wissen auch, wer ich bin.«

»Vielleicht hat er Sie mal erwähnt, und ich kann mich nicht daran erinnern. Was das Phantombild betrifft … ja, ich habe eine gewisse Ähnlichkeit gesehen. Aber letztendlich ist es eben nicht mehr als das: eine Ähnlichkeit. Fabian ist vor über zwei Jahren verschwunden. Die Polizei ist sicher, dass er nicht mehr lebt, und das denke ich auch. Aber selbst wenn er noch leben würde … Wenn Sie sein Freund waren, dann wissen Sie, dass Fabian niemals ein Verbrechen begehen könnte, und erst recht keinen Mord. Danke für Ihren Anruf, Herr Jensen, aber ich muss jetzt auflegen.«

»Warten Sie bitte!«, sagte Jensen hastig. »Selbstverständlich sehe ich das genauso. Es geht mir auch überhaupt nicht um diesen Kerl, den sie den *Camper* nennen. Dass das unmöglich Fabian sein kann, ist völlig klar. Fabian war einer der anständigsten Menschen, die ich je kennenlernen durfte. Unter gar keinen Umständen wäre er zu so etwas fähig. Nein, es geht um Sie.«

»Um mich?«

»Ja. Nach zwei Jahren in dieses Gesicht zu schauen und mit aller Wucht an Fabian erinnert zu werden, das hat mich wieder über unsere Freundschaft und sein plötzliches Verschwinden nachdenken lassen. Dabei ist mir etwas aufgefallen, das mich sehr beschämt hat, und das ist der Grund meines Anrufs. Nachdem Fabian verschwunden ist, habe ich mich nie bei Ihnen gemeldet und nachgefragt, wie es Ihnen geht. Mich hat das damals alles sehr mitgenommen, und ich weiß noch sehr gut, wie schlecht ich mich nach Fabians Verschwinden gefühlt habe. Und dabei …« Erneut räusperte Jensen sich. Evelyn spürte, dass etwas an dem, was er gerade gesagt hatte, merkwürdig war. Aber sie hätte nicht sagen können, was genau.

»Das war so unglaublich egoistisch von mir. Ich habe mich selbst bemitleidet, weil mein Freund plötzlich nicht mehr da war, und habe überhaupt nicht daran gedacht, wie schrecklich das alles für Sie gewesen sein muss. Sie waren der Mensch, der ihm wohl am nächsten gestanden hat.«

Sie waren der Mensch, der ihm wohl am nächsten gestanden hat … Plötzlich wurde ihr klar, was sie merkwürdig fand.

Jensen atmete tief durch, wie um Anlauf zu nehmen für das, was er als Nächstes sagen wollte. »Ich habe Sie angerufen, um mich bei Ihnen dafür zu entschuldigen, dass ich mich nach Fabians Verschwinden nie erkundigt habe, ob ich irgendetwas für Sie tun kann in dieser schweren Zeit. Ich war sein Freund, und das wäre meine Pflicht seiner Schwester gegenüber gewesen. Es tut mir aufrichtig leid.«

»Sie brauchen sich bei mir nicht zu entschuldigen«, erklärte Evelyn, »ich wusste ja bis gerade eben gar nicht, wer Sie sind. Aber mir ist etwas aufgefallen: Sie sagten, Sie kennen Fabian seit vielen Jahren, und Sie reden die ganze Zeit über nur von *seinem* Verschwinden.«

»Ich verstehe nicht …«

»Was ist mit Isabel, seiner Frau? Sie ist mit ihm zusammen verschwunden.«

»Isabel, ja …« Erneut das Räuspern. Jensen schien Probleme mit der Stimme zu haben, wenn es darum ging, unangenehme Dinge auszusprechen. »Ich will ehrlich sein. Ich weiß von Fabian, dass Sie Isabel nicht gemocht haben. Deshalb dachte ich, es ist vielleicht besser …«

»Was sagen Sie da?«, unterbrach Evelyn ihn. »Das kann Fabian unmöglich gesagt haben. Es stimmt, Isabel war kein einfacher Mensch, und wir hatten unsere Differenzen, aber sie war meine Schwägerin und Fabians Frau. Und damit ein Mitglied der Familie.«

»Es tut mir leid. Ich wollte Sie nicht aufregen.«

»Schon gut. Ich muss jetzt wirklich auflegen.«

»Ja, okay. Machen Sie es gut.«

»Sie auch.«

Evelyn beendete das Gespräch und legte das Handy auf dem Couchtisch ab. Dieser Anruf war merkwürdig. Und damit reihte er sich nahtlos in die Ereignisse der letzten beiden Tage ein.

Ein langjähriger Freund Fabians, von dem sie noch nie gehört hatte. Und dann diese Sache mit Isabel … Sie konnte sich nicht vorstellen, dass Fabian tatsächlich mit diesem Jensen über das Verhältnis zwischen ihr und Isabel gesprochen hatte. Aber das war im Moment auch unwichtig.

Evelyn richtete den Blick nachdenklich auf das Handy. Aber hatte ihr Bruder diesen Lars Jensen wirklich nie erwähnt? Oder hatte sie es schlicht vergessen, wie so manches in den letzten beiden Jahren? Wie auch immer, sie konnte sich nicht an den Namen erinnern.

Ihre Gedanken wanderten wieder zu Isabel. Nein, sie hatte sie wirklich nicht sehr gemocht. Fabians Frau war sicher kein schlechter Mensch gewesen, aber sie hatte ihre eigene Vorstellung von den Dingen, und die verteidigte sie … Evelyn schüttelte über sich selbst den Kopf. Wem wollte sie eigentlich gerade etwas vormachen? Isabel war stur und rechthaberisch gewesen. Manchmal hatte sie andere so offensichtlich und vor allem unnötig vor den Kopf gestoßen, dass es fast wirkte, als mache es ihr Spaß, alle in ihrem Umfeld mit ihrer herablassenden Art zu beleidigen. Mehr als einmal hatte Evelyn mit Fabian darüber gesprochen, doch der hatte zwar gewusst, dass sie recht hatte, ihr aber stets erklärt, dass Isabel sich ihm gegenüber ganz anders verhielt und sehr fürsorglich und zärtlich sein konnte, wenn sie allein waren. Und dass er sie dafür liebte.

Letztendlich war das, was Jensen über Isabel und sie wusste, ein Punkt, der dafür sprach, dass er die Wahrheit gesagt hatte und wirklich Fabians Freund gewesen war.

Ihr fielen zwei Sätze aus dem Gespräch wieder ein: *Fabian war einer der anständigsten Menschen, die ich je kennenlernen durfte. Unter gar keinen Umständen wäre er zu so etwas fähig.*

Das empfand sie genauso, mehr noch, sie *wusste* mit absoluter Sicherheit, dass Fabian niemals einem unschuldigen Menschen etwas antun würde. Und deshalb war es auch völlig unmöglich, dass er es war, den Grövich auf dem Campingplatz am Seeufer gesehen hatte. Was der ja auch bestätigt hatte.

Nein, es wurde Zeit, dass sie sich wieder auf ihr Leben konzentrierte. Und es wurde Zeit, dass sie einen Weg fand, endlich loszulassen und sich damit abzufinden, dass ihr Bruder tot war.

Sie griff nach ihrem Telefon und wählte Tillmanns Nummer.

»Warum hast du mir nicht gesagt, dass das Phantombild bereits veröffentlicht wurde?«, fragte sie ohne Umschweife, aber mit ruhiger Stimme, als er das Gespräch angenommen hatte.

»Ich bin davon ausgegangen, dass dir das klar ist. Warum sonst sollten wir ein Phantombild anfertigen, wenn nicht zur Fahndung?«

Evelyn wollte ansetzen, Tillmann von Jensens Anruf zu erzählen, entschied sich dann aber intuitiv dagegen.

»Wo hast du es gesehen?«, wollte er wissen.

»Im Internet, auf der Website einer Zeitung«, schwindelte sie.

»Ja, das dachte ich mir. Ist alles okay?«

»Nein, es ist nicht alles okay, aber … ich denke, du hast recht.«

»Recht womit?«

»Damit, dass ich mich da in etwas verrannt habe. Mir ist bewusst, dass es eigentlich unmöglich Fabian sein kann, den Grövich gesehen hat, und ich werde damit aufhören, mich verrückt zu machen. Bleibt zwar immer noch die Frage, wer mir diese seltsame SMS geschickt hat, aber dafür wird es sicher eine plausible Erklärung geben. Jedenfalls höre ich jetzt auf, einem Phantom nachzurennen.«

»Wow!«, stieß Tillmann aus. »Das ist … wirklich gut. Ich meine, du kannst dich darauf verlassen, dass ich für dich da bin, und ich war auch bereit, die Dienstvorschriften zu dehnen, aber ehrlich gesagt, bin ich erleichtert.«

»Ich weiß, dass du zu mir stehst, und das war mir gerade in den letzten zwei Tagen auch sehr wichtig. Und ich verstehe auch, dass du jetzt erleichtert bist.«

»Das bin ich wirklich. Um deinetwillen. Wollen wir heute Abend zusammen essen?«

»Das ist lieb, aber ich verbringe den Abend heute, glaube ich, lieber allein.«

»Wirst du wieder durch die Bars ziehen?«

»Keine Ahnung, ich glaube aber nicht, dass mir der Kopf danach steht, doch selbst wenn … Gerhard, sei mir bitte nicht böse, aber das ist dann meine Sache.«

»Ja, natürlich, entschuldige. Natürlich ist das deine Sache. Ich meine immer noch, dich vor allen möglichen Dingen beschützen zu müssen. Damit muss ich aufhören.«

»Ja«, sagte sie mit sanfter Stimme. »Wir sehen uns morgen nach meiner Stunde mit Kleinbauer, okay?«

»Okay.«

Evelyn legte auf, erhob sich und ging in die Küche, um sich etwas zu essen zu machen. Das Handy nahm sie mit.

Etwa eine Dreiviertelstunde später, sie war gerade dabei, die Pfanne und das schmutzige Geschirr in die Spülmaschine zu räumen, kündigte ein Geräusch des Handys eine eingehende Nachricht an.

Als sie auf das Display blickte, stöhnte sie auf und ließ sich mit zitternden Knien auf einen Stuhl sinken.

12

Bitte hilf mir, Eve!, stand da.

Und darunter wieder nur ein Buchstabe: *F.*

Evelyn hörte sich aufstöhnen und starrte auf die Wörter, auf den letzten Buchstaben, zu keiner Bewegung, zu keinem Gedanken fähig. Sie wusste nicht, ob Sekunden oder Minuten vergangen waren, aber schließlich gelang es ihr, sich wieder zu fokussieren.

Eve. So hatte Fabian sie genannt. Schon als Kind, und auch als Erwachsene. Wie ferngesteuert hob sie die Hand und tippte zweimal auf das Display.

»Evelyn?«, hörte sie Tillmann sagen.

»Kannst du kommen?«, antwortete sie. »Jetzt.«

Dann legte sie auf, ging ins Wohnzimmer und ließ sich auf die Couch sinken. Kaum hatte sie die Augen geschlossen, sah sie wieder dieses eine Wort vor sich. *Eve …*

Sie fühlte sich, als herrsche in ihrem Kopf eine Leere, die keinen Gedanken zulassen wollte. Sie kämpfte dagegen an, denn sie *musste* nachdenken. Sie hatte, von der Nachricht vollkommen überfordert, Tillmann angerufen. Er war sicher schon auf dem Weg zu ihr. Plötzlich hatte sie seine Worte wieder im Ohr:

Ich müsste meinen Kollegen von dieser SMS erzählen. Ich riskiere Kopf und Kragen, wenn ich das verschweige.

Und auf ihr Bitten hin hatte er gesagt: *Warten wir für den Moment ab, ob du noch weitere Nachrichten bekommst.*

Sie hatte eine weitere Nachricht bekommen. Was würde er tun, wenn sie ihm davon erzählte? Das, was er angekündigt hatte. Er würde es offiziell machen. Und sie verstand ihn sogar. Er war Polizist und konnte nicht ihr zuliebe alles riskieren. Das Vertrauen seiner Kolleginnen und Kollegen und seines Chefs, letztendlich sogar seinen Job … Nein, sie durfte Tillmann gar nicht erst in diese Zwickmühle bringen.

Die Verzweiflung trieb ihr Tränen in die Augen, die überschwappten und ihr über die Wangen liefen. Es war ihr egal.

Bitte hilf mir, stand in der Nachricht. Wobei sollte sie helfen? Und wem? Wenn der Absender wirklich Fabian war, warum blieb er dann so vage? Warum schrieb er nicht einfach, *wobei* sie ihm helfen solle? Oder, noch offensichtlicher: Warum rief er sie nicht an?

Irgendwann klopfte es. Evelyn stand auf und ging mit hölzernen Bewegungen zur Wohnungstür.

»Evelyn! Gott sei Dank!« Tillmann betrat ihre Wohnung, wandte sich ihr zu und legte ihr die Hände auf die Oberarme. »Ich habe mir nach deinem Anruf große Sorgen gemacht. Was ist los? Du hast so verzweifelt geklungen. Und dann bist du nicht mehr ans Telefon gegangen.«

Sie sah ihn an, fühlte sich von ihm überrumpelt, obwohl *sie* es gewesen war, die *ihn* darum gebeten hatte, zu kommen. Und was redete er da vom Telefon?

Tillmann neigte mit sorgenvollem Gesichtsausdruck den Kopf. »Evelyn?«

»Ich … Ich konnte nicht allein sein. Erst dachte ich, es tut mir gut, aber plötzlich hatte ich das Gefühl, ich brauche jemanden. Dich.«

Evelyn wandte sich ab, ging zur Couch. Tillmann folgte ihr. Wie fremdbestimmt griff sie nach ihrem Handy, warf einen Blick aufs Display. Vier Anrufe von Tillmann in Abwesenheit. Sie hatte nichts davon mitbekommen.

»Diese Sache macht dir doch mehr zu schaffen, als du gedacht hast, oder?«

Sie war versucht, Tillmann von der Nachricht zu erzählen, tat es dann aber doch nicht.

»Ja, es scheint so.« Sie legte das Telefon zurück auf den Tisch. »Zwei Jahre lang habe ich gehofft, dass Fabian noch lebt, obwohl die Polizei und meine Vernunft mir etwas anderes sagten. Und dann überschlagen sich innerhalb von zwei Tagen die Ereignisse. Das ist einfach alles zu viel gerade.«

»Ich verstehe dich gut. Kann ich dir irgendwie helfen?«

Ja, wollte sie sagen. *Bleib bei mir. Nimm mich in den Arm. Sei einfach da.* Aber da war diese Nachricht, von der sie ihm nichts sagen konnte, weil er es dann offiziell machen musste und die Polizei nach Fabian fahnden würde. Und sein Name würde zwei Jahre nach seinem Verschwinden in den Schmutz gezogen werden. Auch wenn sich anschließend herausstellte, dass er unmöglich der Serienkiller sein konnte – der Name Fabian Jancke wäre für immer mit dieser furchtbaren Sache verknüpft.

»Lass uns einen Kaffee zusammen trinken«, sagte sie und stand auf. »Und einfach ein wenig quatschen. Vielleicht über Kleinbauer. Das bringt mich hoffentlich auf andere Gedanken.«

Sie verbrachten etwa eine Stunde zusammen in der Küche, in der sie tatsächlich über Kleinbauer redeten, dazwischen aber immer wieder minutenlang schwiegen. Evelyn spürte, dass Tillmann sich zurückhielt. Wenn sie schweigend und mit glasigen Augen an ihm vorbei in die Ferne starrte, ließ er sie eine Weile gewähren, bevor er mit einer belanglosen Frage ihre Aufmerksamkeit wieder auf sich zog.

Als er sich verabschiedete, umarmte sie ihn und blieb einige Sekunden dicht bei ihm stehen, bevor sie sich wieder zurückzog. Seine Nähe tat ihr gut, und ihre Gefühle schrien danach, ihn zu bitten, zu bleiben.

Ihr Verstand jedoch wisperte ihr warnend zu, dass das nicht gutgehen würde, weil sie ihm irgendwann von der Nachricht erzählen und damit etwas in Gang setzen würde, das sie unbedingt vermeiden wollte.

»Sehen wir uns morgen nach deinem Termin mit Kleinbauer?«, fragte Tillmann zum Abschied.

»Ja, ich komme anschließend zu dir.«

Nachdem Evelyn die Tür hinter ihm geschlossen hatte, ging sie ins Schlafzimmer und legte sich aufs Bett, wo sie die Nachricht erneut öffnete und die Wörter wieder und wieder las, bis sie irgendwann einschlief.

Als Evelyn aufwachte, war es zwanzig Uhr zehn. Sie hatte den ganzen Nachmittag verschlafen. Noch halb benommen schob sie sich aus dem Bett und ging ins Bad, wo sie sich auszog und unter die Dusche stellte.

Eine knappe Stunde später bestellte sie sich im *Schalander* einen Weißwein. Die Bar war noch recht leer, so dass Tom, der Barkeeper, sich immer wieder für einen kurzen

Smalltalk zu ihr gesellte. Die Dinge, über die sie redeten, waren derart trivial, dass Evelyn sich mit ihm unterhalten konnte, obwohl ihre Gedanken sich mit anderen Fragen beschäftigten.

Um kurz nach zehn betrat Tillmann die Bar. Als Evelyn ihn sah, sagte sie »Mist!«, woraufhin Tom ihr einen fragenden Blick zuwarf. »Wer ist der Kerl?«

Evelyn winkte ab. »Schon gut, er ist ein Freund. Mist ist, dass er mir gleich einen Vortrag halten wird.«

Tillmann steuerte auf Evelyn zu, setzte sich wortlos neben sie und nickte Tom zu, während er auf Evelyns fast leeres Glas deutete. »Zwei Weißwein, bitte.«

Als Tom sich abwandte, sah Evelyn Tillmann an. »Gerhard, ich weiß, was du …«

»Lass uns ihn suchen«, unterbrach er sie sanft.

»Was?«

»Deinen Bruder. Fabian. Lass uns ihn suchen.«

»Ich verstehe nicht … Was meinst du damit?«

»Ich habe seit heute Nachmittag darüber nachgedacht, was ich tun kann, um dir wirklich zu helfen. Und da gibt es nur eines: Wir müssen versuchen, denjenigen zu finden, der deinem Bruder so sehr ähnelt.«

»Und der mir die SMS-Nachrichten geschickt hat.«

»Ja, auch das …« Tillmann stockte. »Nachrichten? War es denn mehr als eine?«

In diesem Moment kam Tom und stellte die beiden Gläser vor ihnen auf der Theke ab. Evelyn wartete, bis er außer Hörweite war. »Ja. Heute Morgen.«

Tillmanns Blick senkte sich kurz, dann sah er sie wieder an. »Was stand darin?«

»*Bitte hilf mir, Eve.* Unterschrieben war die Nachricht wieder mit *F.* – Gerhard, es tut mir leid, dass …«

Er hob die Hand. »Nein, es ist okay. Du hast mir nichts von der Nachricht gesagt, weil du befürchtet hast, ich mache es offiziell.«

»Ja. Ich hatte Angst, dass das Andenken an meinen Bruder dann beschmutzt ist, auch wenn sich herausstellt, dass er nicht der Mann war, der gesehen worden ist.«

»Und der die Nachrichten schreibt«, ergänzte Tillmann. »Du sagtest, dort stand *Hilf mir, Eve.* So hat dein Bruder dich genannt, oder?«

»Ja. Das ist auch kein großes Geheimnis, also nichts, was nur er wissen kann, aber trotzdem …«

»Ich verstehe.«

Tillmann griff nach seinem Glas, hob es kurz in Evelyns Richtung an und trank dann einen Schluck.

Als er es wieder abgestellt hatte, drehte er sich auf seinem Barhocker so, dass er Evelyn zugewandt war.

»Also werden wir jetzt versuchen, den Schreiber der Nachrichten ausfindig zu machen. Es ist der einzige Weg, um herauszufinden, ob Fabian tatsächlich noch lebt oder nicht.«

»Und deine Kolleginnen und Kollegen?«

»Sie werden nichts von deinem Verdacht erfahren. Auch darüber habe ich viel nachgedacht. Das Fahndungsfoto ist raus. Die Information, dass der Kerl darauf deinem Bruder ähnelt, wäre nur dann interessant, wenn Fabian für uns greifbar wäre. Aber er ist – zumindest im Moment – bestenfalls ein Phantom, genau wie unser Serienkiller. Die Info würde also keinen echten Vorteil bringen.«

Auch Evelyn nahm einen Schluck Wein. »Na ja, ganz so einfach ist es nicht, aber …«

»Aber ich kann gut mit dieser Feststellung leben. Lassen wir es dabei. Über eines musst du dir allerdings im Klaren sein: Sollte dein Bruder tatsächlich noch leben, kann es sein, dass er diese Morde begangen hat. Auch wenn du das nicht für möglich hältst. Wir wissen nicht, was ihm in den letzten beiden Jahren widerfahren ist. Er könnte ein vollkommen anderer Mensch geworden sein. In diesem Fall werde ich dafür sorgen, dass er den Rest seines Lebens im Knast verbringt. Okay?«

Evelyn beugte sich vor und hauchte Tillmann einen Kuss auf die Wange.

»Okay.«

Sie tranken noch ein Glas Wein zusammen, dann verließen sie die Bar. Nachdem sie sich voneinander verabschiedet hatten, ging Evelyn nach Hause und lag eine halbe Stunde später im Bett.

Es dauerte lange, bis sie schließlich einschlief. Der letzte Gedanke galt ihrem Bruder.

13

Er liegt auf dem Bett seines Wohnmobils mit angezogenen Knien, seine Arme umschließen fest die Unterschenkel. Er hat sich zusammengerollt wie ein Igel und sich zurückgezogen in seine innere Festung. Der einzige Ort, an dem er sich sicher fühlt, an dem er nicht das brennende Gefühl des Hasses spürt.

Es ist ein Ritual geworden, das er immer praktiziert, bevor er loszieht, um einen dieser feigen und ignoranten Mistkerle spüren zu lassen, was es bedeutet, wenn man allein ist. Wenn niemand da ist, der einem hilft.

Und wie jedes Mal ruft er sich wieder ins Bewusstsein, was man ihm angetan hat.

Er sieht das fiese Grinsen in den Gesichtern der Kerle, als sie ihn umzingeln. Er hört die Beleidigungen, die sie ihm zurufen, die Ankündigungen, was sie gleich mit ihm tun werden.

Erneut spürt er die Schläge und Tritte in den Bauch, gegen den Kopf, in den Unterleib. Er hört ihr Lachen, während er um Hilfe ruft, sieht den Schatten des Stiefels über sich auftauchen, bevor er ihm ins Gesicht tritt. Und immer wieder dieses Lachen. Die Rufe: Zeig es ihm, mach ihn fertig. Tritt ihm in die Fresse …

Irgendwann haben sie von ihm abgelassen, haben ihn einfach liegen lassen wie ein Stück Müll, das man auf die Straße wirft. Eine ganze Weile hat er so dagelegen. Niemanden hat es geküm-

mert. Niemand ist gekommen, um ihm zu helfen. Wieder einmal.

Als er sich unter fürchterlichen Schmerzen aufrichtete und in sein Wohnmobil schleppte, hat er gespürt, dass er verstohlen beobachtet wurde. Aber niemand kam ihm zu Hilfe.

Wie lange ist das jetzt her? Ein Jahr? Oder sogar schon zwei? Er weiß es nicht mehr. Einiges ist ihm bis heute geblieben. Ein paar Narben. Und der Hass.

Er öffnet die Augen, löst die Arme, streckt sich aus. Dann steht er auf und verlässt kurz darauf sein Wohnmobil.

Er hat etwas zu erledigen. Er muss sich rächen.

14

Sie war nackt und lief am Ufer eines schwarzen Sees entlang. Der Untergrund war so schlammig, dass jeder Schritt eine Tortur war. Um sie herum herrschte ein seltsames, bläuliches Licht, zu dunkel für einen Tag, zu hell für die Nacht. Wenige Meter neben ihr lag der Wald wie eine bedrohliche schwarze Wand.

Sie hatte Angst und war verzweifelt, doch jedes Mal, wenn sie um Hilfe rufen wollte, war ihre Kehle wie zugeschnürt, und sie brachte keinen Ton heraus.

Als direkt vor ihr wie aus dem Nichts eine Gestalt auftauchte, stoppte sie abrupt. Das Gesicht des Mannes war blutverschmiert und mit klaffenden Wunden übersät. Die Unterlippe hing wie ein zerfetztes rotes Tuch herab, die untere Zahnreihe stach bleckend hervor. Dennoch flößte die Gestalt ihr keine Angst ein, denn sie erkannte ihren Bruder trotz der schlimmen Verletzungen. Und obwohl es mit der halb abgerissenen Unterlippe eigentlich nicht möglich war, lächelte er sie an.

»Fabian!«, rief sie. »Da bist du ja. Gott sei Dank!«

Fabian streckte ihr die Hand entgegen. Durch eine lange, breite Wunde war der Unterarmknochen zu sehen, doch auch das schreckte sie nicht ab. Sie ließ zu, dass Fabian sie am Handgelenk packte und sie in seine Arme zog.

Ihr Gesicht schmiegte sich an die wulstigen Wunden seiner Wangen, und ein wohliges Gefühl der Geborgenheit durchströmte ihren Körper.

»Ich bin so froh, dass du wieder da bist«, hörte sie sich sagen, woraufhin Fabian sie noch enger an sich zog. Sie so fest an sich presste, dass er ihr die Luft abdrückte.

Sie versuchte, ihn wegzuschieben, doch seine Arme lagen wie eiserne Klammern um ihren Rücken, fester und fester. Sie röchelte, hatte das Gefühl, ihr Brustkorb müsse jeden Moment wie unter einer Presse zerbersten. Bevor das geschah, lehnte Fabian den Kopf zurück und glotzte sie an, und mit einem Mal war es nicht mehr Fabian, sondern eine Monsterversion von ihm mit rot unterlaufenen Augen und riesigen Fangzähnen, die über die zerfetzte Unterlippe hinausragten. Der fürchterliche Mund öffnete sich, näherte sich ihr. Evelyn wollte schreien, doch ihr fehlte die Luft dazu, sie brachte nur ein Krächzen zustande.

Der Mund des Monsters war mittlerweile so groß, dass er ihren Kopf mühelos würde umschließen können. Und er kam näher und näher. Sie roch fauligen Atem, und …

Mit einem Schrei fuhr Evelyn auf und sah sich hastig um.

Sie saß in ihrem Bett, keuchte, ihr Puls raste. Mattes Licht drang durch das Fenster. Morgendämmerung. Haarsträhnen klebten ihr im schweißnassen Gesicht. Mit einer fahrigen Bewegung strich sie sie zur Seite.

Sie hatte geträumt. Einen ihrer schrecklichen Albträume.

Erleichtert und verzweifelt zugleich ließ sie sich zurückfallen und starrte gegen die Decke.

Wenn das nicht bald aufhörte, würde sie irgendwann den Verstand verlieren. Zwei volle Jahre ging das nun schon.

Sie stand auf und ging ins Bad. Das Wasser der Dusche drehte sie so heiß, wie sie es gerade noch aushielt, um es anschließend auf eiskalt zu stellen. Das vertrieb die Müdigkeit aus ihrem Körper. Die Erschöpfung aber blieb.

Wie die beiden Male zuvor saß Kleinbauer bereits in dem kahlen Raum, die Hände an den Stuhl gekettet, und sah Evelyn teilnahmslos entgegen, als sie um kurz vor neun eintrat und auf den Tisch zuging.

»Guten Morgen«, begrüßte sie ihn, setzte sich und legte ihre Unterlagen und das Smartphone ab. Sie hatte sich vorgenommen, sich an diesem Tag nicht von Kleinbauers Launen lenken zu lassen.

»Ich möchte mich heute mit Ihnen über die junge Frau unterhalten, die Sie erwürgt haben.«

»Keine Lust«, antwortete Kleinbauer knapp.

Evelyn nickte und lehnte sich zurück. »Okay, aber Sie sollten sich darüber im Klaren sein, dass Ihr Verhalten durchaus Auswirkungen auf Art und Umfang der Strafe haben kann, die das Gericht gegen Sie verhängen wird. Wenn Sie kooperieren …«

»Was wollen Sie wissen?« Kleinbauer sagte es so beiläufig, als hätte er sie nach ihrem Namen gefragt. Der schnelle Meinungswechsel überraschte Evelyn nicht, das erlebte sie bei ihm nicht zum ersten Mal.

»Sie sagten, Sie hätten selbst nicht gemerkt, dass Sie die Frau erwürgt haben, und irgendwann festgestellt, dass sie nicht mehr lebt. Was haben Sie in diesem Moment empfunden?«

»In welchem Moment?«

»Als Ihnen klar war, dass Sie sie getötet haben.«

Kleinbauer zuckte mit den Schultern. »Ich habe weitergemacht.«

»Aber was haben Sie empfunden?«

Mit einem Ruck beugte er sich so weit nach vorn, wie seine angeketteten Hände es erlaubten. Dabei sah er Evelyn durchdringend in die Augen.

»Ich war geil und wollte fertig werden.«

»Sonst nichts?«, hakte Evelyn unbeeindruckt nach.

»Nein.«

»Die Frau hat Ihnen nicht leidgetan?«

Kleinbauers Mund verzog sich zu einem anzüglichen Grinsen. »Hey, sie ist beim Vögeln gestorben. Warum soll mir das leidtun?« Das Grinsen wurde unverschämt. »Möchten Sie die Einzelheiten wissen, wie ich es ihr besorgt habe? Törnt Sie das an?«

»Und danach, als Sie … *fertig* waren?« Evelyn ignorierte die Provokation. Sie erlebte es nicht zum ersten Mal, dass Patienten versuchten, sie aus der Fassung zu bringen. Wenn sie sich davon irritieren ließ, verbuchten die Patienten das als Punkt für sich.

»Als Sie von ihr abgelassen haben und sie tot vor Ihnen lag, was haben Sie da empfunden?«

»Dankbarkeit.«

»Dankbarkeit?«

»Ja. Es war gut mit ihr. Sie hat mich angetörnt und im richtigen Moment mit meiner Hilfe den Mund gehalten. Deswegen war ich dankbar.«

»Und dass sie tot war? Weil Sie sie umgebracht haben? War Ihnen das egal?«

»Ja, das war mir vollkommen egal … Das wäre es Fabian wahrscheinlich auch gewesen.«

Evelyn hielt unwillkürlich den Atem an. Die Selbstkontrolle drohte ihr zu entgleiten, ihr ohnehin zurzeit sehr dünnes Nervenkostüm war kurz vor dem Zerreißen.

Nur mit Mühe schaffte sie es, nicht aufzustöhnen.

»Was sagen Sie da?« Sie hörte selbst, wie dünn ihre Stimme plötzlich klang.

Kleinbauer setzte eine Unschuldsmiene auf. »Fabian. Ihr Bruder. Er ist ein Mann. Oder soll ich sagen *war*? Jedenfalls würde er das verstehen, da bin ich sicher.« Er machte eine Pause, in der sich sein Mund zu einem angedeuteten Grinsen verzog. »Sie sehen so blass aus, Evelyn. Ich habe es doch nur gut gemeint. Ich dachte, es bringt ein bisschen Vertrautheit, wenn ich seinen Namen erwähne. Ist es nicht das, was Sie wollen, Evelyn? Dass wir uns vertrauen?«

Evelyn hatte sich wieder halbwegs gefangen und bemühte sich, möglichst professionell zu wirken, obwohl sie am liebsten schreiend aus dem Raum gelaufen wäre.

»Woher kennen Sie den Namen meines Bruders? Den habe ich Ihnen gegenüber nie erwähnt.«

»Sagen wir mal, den Namen hat mir jemand gesteckt, der Sie gut kennt. Sehr gut.«

»Was?« Es war nicht mehr als ein Flüstern.

Kleinbauer lehnte sich mit plötzlich grimmiger Miene zurück. »Ich habe keine Lust mehr.«

»Sagen Sie mir, wen Sie damit meinten. Wer hat Ihnen den Namen meines Bruders gesagt? Wer?«

Kleinbauer blickte demonstrativ zur Seite und tat, als hätte er sie nicht gehört.

»Herr Kleinbauer, *wer*?«

Widerwillig drehte er den Kopf, sah sie mit einem nicht zu deutenden Blick an, und sagte leise: »Kommen Sie näher, ich flüstere es Ihnen ins Ohr.«

»Was soll das? Sie können …«

»Nun kommen Sie schon. Ganz nahe. Ich sag's Ihnen entweder ins Ohr oder gar nicht.«

Für einen kurzen Moment war Evelyn tatsächlich versucht, Kleinbauer nachzugeben. Es war ihr völlig unerklärlich, woher er von Fabian wissen konnte und dass er ihn ausgerechnet jetzt erwähnte. Sie widerstand dem Drang jedoch und schüttelte den Kopf.

»Dann eben nicht. So wichtig ist das nicht. Alle möglichen Leute wissen, dass ich einen Bruder habe, der Fabian heißt.«

Auf keinen Fall würde sie Kleinbauer die Kontrolle über das Geschehen überlassen.

»Dann sind wir wohl fertig«, stellte Kleinbauer fest.

»Ja, wenn Sie das Gespräch schon wieder blockieren, dann sind wir fertig. Allerdings habe ich noch eine Frage: Warum wollten Sie explizit mich als Psychologin?«

»Weil ich Sie kenne.«

»Bisher haben Sie im Großen und Ganzen die Mitarbeit verweigert. Das hätten Sie auch bei jemand anderem tun können, es wäre kein Unterschied gewesen. Warum also ich?«

»Wie ich schon sagte, weil ich Sie kenne.«

»Und wie *ich* schon sagte, macht das so, wie Sie sich verhalten, keinen Unterschied.«

Erneut beugte sich Kleinbauer so weit vor, wie die Ketten es zuließen, bevor er leise sagte: »Sie verstehen mich falsch, Evelyn. Ich meine, ich kenne Sie wirklich. Persönlich. Ich kenne jemanden, der Ihnen sehr nahesteht. Und ich weiß einiges über denjenigen.«

Zum zweiten Mal innerhalb kurzer Zeit geriet Evelyns Beherrschung ins Wanken. »Was soll das heißen? Sie wissen einiges über denjenigen?«

Erneut das widerliche Grinsen. »Nur ins Ohr, Eve. Nur ins Ohr.«

Evelyn erstarrte. Er hatte sie *Eve* genannt.

Wieder war sie für einen Moment versucht, sich näher zu Kleinbauer zu beugen, doch sie zwang sich zur Disziplin, bevor die Situation ihr vollends entglitt. Auch wenn sie brennend gern gewusst hätte, woher er ihren Spitznamen kannte. Sie zuckte mit den Schultern. »Dann nicht.«

»Gut. Bis morgen.«

Evelyn stand auf. »Nein. Morgen fällt die Stunde aus.«

»Was? Warum?« Die Überraschung stand deutlich in Kleinbauers Gesicht geschrieben, was ihr eine gewisse Genugtuung verschaffte.

»Weil wir nicht weiterkommen. Sie arbeiten nicht mit, Sie blockieren und versuchen irgendwelche Spielchen mit mir. So funktioniert das nicht. Ich werde empfehlen, Ihnen einen anderen Psychologen zuzuteilen. Jemanden, den Sie nicht *persönlich* kennen.«

»Dann werde ich gar nichts mehr sagen«, erklärte Kleinbauer trotzig.

Evelyn zuckte erneut mit den Schultern. »Dann lassen Sie es eben. Das Gericht wird das psychologische Gutachten beim Urteil und dem Strafmaß berücksichtigen. Was mich betrifft, wird in diesem Gutachten stehen, dass Ihnen zu jeder Zeit bewusst war, was Sie getan haben, und dass Sie unkooperativ sind. Sie sind ein Querulant und glauben, mit Ihrer Masche durchzukommen, aber das wird nicht funktionieren. Ob Sie in eine Klinik gebracht werden oder in den Knast, das kann mir egal sein. Wahrscheinlich wird es der Knast werden.«

Sie hatte sich schon abgewandt, als Kleinbauer sagte: »Es war Ihr Bruder. Er selbst hat mir seinen Namen genannt. Und dass er Sie *Eve* nennt.« Und nach einer Weile, in der Evelyn vergaß, zu atmen, fügte er hinzu: »Es war Fabian.«

Evelyns Herz begann zu rasen.

»Was wissen Sie von Fabian?«

»Einiges. Dinge, die *Sie* nicht wissen.«

»Was?«

»Sehen wir uns morgen wieder?«

»Sie wollen mich erpressen?«

»Und? Sehen wir uns?«

»Nein.«

»Okay. Ob Sie etwas über Ihren Bruder erfahren werden oder nicht, das kann *mir* ja auch egal sein.«

Evelyn spürte, dass ihre Augen sich mit Tränen füllten. Abrupt wandte sie sich ab und hoffte, dass Kleinbauer das nicht gesehen hatte.

»Ich denke, wir werden uns morgen wiedersehen«, rief er Evelyn nach, bevor sie die Tür hinter sich zugezogen hatte.

Sie lehnte sich gegen das kalte Metall und schloss für einen Moment die Augen.

Sie befürchtete, dass Kleinbauer recht behalten würde.

15

»Evelyn, ist alles in Ordnung?«

Erschrocken riss sie die Augen auf und blickte in Dr. Gersmanns Gesicht. Sie stand noch immer an die Tür gelehnt da und hatte keine Vorstellung davon, wie viel Zeit vergangen war, seit sie den Raum verlassen hatte. Kleinbauer musste mittlerweile längst durch die andere Tür aus dem Raum und zurück in seine Zelle gebracht worden sein.

Gersmann stand unmittelbar vor ihr und blickte sie besorgt an.

»Geht es Ihnen gut?«

Evelyn drückte sich von der glatten Tür ab und strich unsinnigerweise mit den Händen über ihre Oberschenkel. »Ja, ich … Die Gespräche mit Nils Kleinbauer gestalten sich recht schwierig.«

Gersmann nickte verständnisvoll, wobei sich ein Schatten auf sein Gesicht legte. »Ja, ich habe die letzten zehn Minuten gerade auf Video mitangesehen. Deshalb bin ich hier.« Er deutete hinter sich in den Flur. »Kommen Sie, gehen wir in mein Büro.«

»Ich müsste eigentlich …«

»Bitte.« Gersmann legte ihr die Hand auf den Oberarm. »Ich möchte mich mit Ihnen unterhalten. So viel Zeit wird sein.«

Evelyn fühlte sich schrecklich, doch sie spürte, dass Gersmann darauf bestehen würde, dass sie ihm folgte. Also nickte sie und sagte: »Gut.«

In seinem Büro angekommen, setzte sich der Chefarzt hinter seinen Schreibtisch und deutete auf den Stuhl ihm gegenüber. »Bitte, nehmen Sie Platz.«

Evelyn folgte der Aufforderung und sah Gersmann fragend an.

»Wie ich schon sagte«, begann er ohne Umschweife, »ich habe die letzten zehn Minuten Ihres Gespräches mit Herrn Kleinbauer am Bildschirm verfolgt.«

»Ja, das war … Ich … ich weiß, ich habe mich von ihm provozieren lassen. Das war unprofessionell.«

»Lassen wir die Professionalität mal außer Acht, Evelyn. Mir geht es dabei um Sie. Ich habe gesehen, wie sehr Sie das, was Kleinbauer gesagt hat, aus dem Konzept gebracht hat. Wir hatten ja gerade erst die Unterhaltung darüber, dass das Verschwinden Ihres Bruders Sie noch immer belastet. Patienten wie Nils Kleinbauer erkennen eine Schwäche sofort und nutzen sie ohne Zögern aus. Ich brauche Ihnen nicht zu sagen, dass Kleinbauer zwar schizophrene Tendenzen hat, aber dennoch sehr intelligent ist.«

»Das ist mir bewusst, aber …«

»Er hat da drin gerade mit Ihnen gespielt, Evelyn. Er hat einen schwachen Punkt bei Ihnen gefunden und Sie aus der Fassung gebracht. Das hat er sich gemerkt, und er wird es bei nächster Gelegenheit wieder versuchen.«

»Das wird ihm nicht mehr gelingen. Jetzt bin ich vorgewarnt. Was mich so überrumpelt hat, war, dass ich nicht weiß, woher er den Namen meines Bruders kennt.«

»Oh, er weiß sogar noch mehr als nur seinen Namen, Evelyn.«

»Was? Aber woher … Ich meine … wieso wissen Sie das?«

Zwei, drei Atemzüge lang sah Gersmann sie nachdenklich an, dann sagte er: »Kommen Sie, ich zeige Ihnen was. Hier, auf meinem Monitor.«

Verunsichert stand Evelyn auf und ging um den Schreibtisch herum, während Gersmann mit der Computermaus hantierte.

Als sie neben ihm stand, öffnete er gerade ein Video und navigierte zu einer bestimmten Stelle. Evelyn sah sofort, um welche Aufnahme es sich handelte, und ahnte im selben Moment, was Gersmann ihr zeigen würde.

»Hier«, sagte er und startete das Video an der Stelle, als Evelyn gerade den Raum verließ, um vor der Tür mit Tillmann zu telefonieren.

Sie hörte eine dumpfe Stimme – ihre eigene – konnte aber nicht verstehen, was sie sagte. Das Material der Tür verhinderte es, weshalb sie letztendlich ja auch nach draußen gegangen war.

Nachdem sie sich das unverständliche Gemurmel eine Weile angehört hatte, sagte sie: »Ich gestehe, dass sich mir nicht erschließt, was Sie mir zeigen möchten.«

Gersmann hob die Hand. »Warten Sie noch einen Moment. Gleich.«

In dem Video entstand eine Pause ohne ihre Stimme, in der sie Tillmann wohl zuhörte, dann hörte sie sich selbst plötzlich halbwegs deutlich sagen: *Was weiß ich? Vielleicht hat ihn jemand die ganze Zeit über gefangen gehalten, und er konnte jetzt erst fliehen. Vielleicht ist Fabian gefoltert worden oder so schwer verletzt, dass er sein Gedächtnis verloren hat … Ich weiß es doch auch nicht.*

Evelyn spürte dieses Ziehen im Magen, das sie immer hatte, wenn sie wissentlich auf eine unangenehme Situation zusteuerte.

»Oje«, entfuhr es ihr, während sie weiterhin wie gebannt auf Gersmanns Monitor blickte. »Ich bin davon ausgegangen, dass man im Raum gar nichts von dem verstehen kann, was ich sage.«

Dann fiel ihr ein, warum man die letzten Worte von ihr verstehen konnte. »Ich habe mich umgedreht. Ja, ich erinnere mich wieder. An der Stelle habe ich mich zur Tür umgedreht und durch die Scheibe geschaut. Ich habe einfach nicht so weit gedacht, dass die Scheibe so durchlässig ist.«

Wie auch immer, hörte sie sich jetzt im Video sagen. *Findest du es nicht einen extrem großen Zufall, dass es auf einmal so viele mögliche und logische Verbindungen zu meinem Bruder gibt? Das alles deutet doch darauf hin, dass er lebt.*

Gersmann stoppte das Video und ließ sich gegen die Rückenlehne seines Stuhls fallen. »Nun wissen Sie, woher Kleinbauer den Namen Ihres Bruders kennt und warum er behauptet, noch mehr über ihn zu wissen. Sie haben es ihm selbst gesagt.«

Zu all dem Gefühlschaos, das im Moment in Evelyn tobte, stieg nun auch noch die Scham über ihr offensichtlich unprofessionelles Verhalten in ihr auf.

»Das war dumm von mir«, sagte sie und ging wieder zu ihrem Stuhl zurück.

Gersmann wartete, bis sie sich gesetzt hatte. »Dass es

keine gute Idee ist, private Telefonate in Hörweite eines Patienten zu führen, muss ich Ihnen nicht sagen. Diese Leute lauern geradezu auf Gelegenheiten, die ihnen einen vermeintlichen Vorteil verschaffen.«

»Das ist mir durchaus bewusst, ich arbeite lange genug mit dieser Klientel. Außerdem war ich davon überzeugt, dass er mich durch die Tür nicht verstehen kann, was ja auch grundsätzlich richtig war. Zumindest am Anfang. Aber das macht es natürlich nicht besser. Sie haben recht.«

»Noch etwas anderes interessiert mich sehr: Was war das für ein Gespräch? Und mit wem haben Sie es geführt? Sie sagten …«, Gersmann beugte sich vor, »… *findest du es nicht einen extrem großen Zufall, dass es auf einmal so viele mögliche und logische Verbindungen zu meinem Bruder gibt? Das alles deutet doch darauf hin, dass er lebt.*«

Er las es von einem Blatt ab, das vor ihm auf dem Schreibtisch lag. Er hatte sich also im Vorfeld Notizen gemacht.

Der Blick, mit dem Gersmann sie nun ansah, schien in ihren Kopf eindringen zu wollen. »Evelyn, was bedeutet das?«

»Das kann ich Ihnen nicht sagen. Es … es hat damit zu tun, dass ich es für möglich halte, dass mein Bruder noch lebt.«

»Und Ihr Gesprächspartner am Telefon? War das Hauptkommissar Tillmann?«

»Bitte … Ich kann wirklich nicht darüber reden.«

Gersmann nickte. »Also gut. Aber wie sollen wir Ihrer Meinung nach jetzt weitermachen? Was Sie Kleinbauer angedroht haben, ist wahrscheinlich eine ganz gute Idee. Vielleicht sollten wir wirklich jemand anderen für das Gutachten hinzuziehen? Jemanden, von dem Kleinbauer nichts weiß, womit er ihn verunsichern kann?«

»Sie möchten, dass ich das Gutachten an jemand anderen abgebe?«

»Es geht nicht um mich. Ich vertraue Ihrem Urteil, Evelyn. Sagen Sie mir, was wir tun sollen. Fühlen Sie sich trotz dieser Sache in der Lage, mit Nils Kleinbauer weiterzumachen?«

»Ja, das tue ich«, antwortete sie, ohne zu zögern.

Als sie kurz darauf in ihr Auto stieg, kreisten ihre Gedanken um die Frage, ob sie sich gerade in einer Abwärtsspirale befand, die ihr Leben vollends ruinieren würde.

16

»Verdammter Mist«, sagte Tillmann sichtlich bedrückt, nachdem Evelyn ihm erzählt hatte, was geschehen war. »Und ich bin schuld daran, dass das passiert ist.«

»Das ist doch Quatsch«, wiegelte sie ab.

»Nein, ist es nicht. Ich habe dich angerufen, obwohl ich wusste, dass du deine Sitzung mit Kleinbauer hattest.«

»Und ich hätte mich für unser Telefonat nicht unmittelbar vor die Tür stellen müssen, also vergiss das bitte. Es ist schlicht und ergreifend so, dass ich mich unprofessionell verhalten habe, weil ich mit einem Teil meiner Gedanken die ganze Zeit bei Fabian bin. Das darf nicht passieren. Vielleicht wäre es tatsächlich das Beste, wenn ich das Gutachten an jemand anderen abgebe.«

»Das halte ich für vollkommen falsch. Du hast die letzten beiden Jahre fast nur für deinen Beruf gelebt. Deine Arbeit war es, die dich über Wasser gehalten hat, nachdem Fabian verschwunden war. Wenn du dieses Gutachten jetzt aufgibst, kommt das einer Kapitulation vor einem Patienten gleich. Und das wird sich herumsprechen. Tu das nicht, Evelyn.«

»Aber wenn so was wie heute wieder passiert … Germann hat recht. Kleinbauer ist schlau. Er hat gespürt, wie sehr mich dieses Thema belastet, hat aus dem, was er gehört hat, die richtigen Schlussfolgerungen gezogen und es gegen mich eingesetzt. Leider war er damit erfolgreich.«

»Geh nach Hause und denk in Ruhe noch mal über alles nach. Ich …« Die Tür zu Tillmanns Büro wurde unsanft aufgerissen, und Kriminalrat Kurt Hagemeier, der Leiter des KK11, blickte grimmig in das Zimmer.

»Kommen Sie in den Einsatzraum«, befahl er knapp, und nach einem Blick auf Evelyn fügte er hinzu: »Beide!«

»Gibt's was Neues?«, fragte Tillmann, woraufhin Hagemeier nickte. »Unser Mann hat letzte Nacht wieder auf einem Campingplatz zugeschlagen.«

»Was, wo …«, setzte Tillmann an, doch sein Chef war schon verschwunden. Ohne weitere Worte stand Tillmann auf und verließ gemeinsam mit Evelyn das kleine Büro.

Im Einsatzraum, der Evelyn mit seinem breiten Whiteboard an der Stirnseite und dem von der Decke hängenden Beamer sowie den in mehreren Reihen aufgestellten Stühlen an die Mini-Ausgabe eines Uni-Hörsaales erinnerte, warteten bereits mehrere von Tillmanns Kolleginnen und Kollegen auf die Informationen, die sie gleich von ihrem Chef erhalten würden. Evelyn kannte die meisten von ihnen flüchtig.

Sie entschieden sich für zwei freie Plätze in der zweiten Reihe und hatten sich gerade hingesetzt, als Hagemeier den Raum betrat und mit schnellen Schritten nach vorn ging. Dort angekommen drehte er sich schwungvoll um und versicherte sich mit einem Rundumblick, dass alle da waren. Dann nickte er und sagte mit lauter Stimme: »In der vergangenen Nacht ist es auf einem Campingplatz an der Weser in der Nähe von Schwanewede zu einem versuchten

Tötungsdelikt gekommen. Tatwaffe war vermutlich erneut ein Messer. Das Opfer erlitt einige Schnittverletzungen, die jedoch nicht lebensgefährlich zu sein scheinen. Anders als bisher wurde der Täter durch das mutige Eingreifen eines Bürgers gestört und floh, bevor er sein Werk vollenden konnte. Noch wissen wir keine Einzelheiten, aber die Vermutung liegt nahe, dass es sich bei dem Täter um den *Camper* handelt, wie er mittlerweile von der Presse genannt wird. Die Bremer Kollegen sind vor Ort. Ich möchte, dass sich ein Team von hier auch gleich auf den Weg macht.« Hagemeiers Blick richtete sich auf Hauptkommissar Bernhard Triesch, der in der ersten Reihe saß und als Leiter des Oldenburger Teils der Soko *Camping* fungierte. »Bernhard, kümmerst du dich bitte darum?«

Evelyn hatte sich einige Male mit Triesch unterhalten und den Mittfünfziger als besonnenen und erfahrenen Ermittler kennengelernt.

Triesch nickte, und Hagemeier wandte sich wieder an alle. »Kolleginnen und Kollegen, ich erwarte von Ihnen höchsten Einsatz, koste es, was es wolle. Wir haben durch das beherzte, wenn auch waghalsige Eingreifen eines Spaziergängers vielleicht die einmalige Chance, in dem Fall endlich weiterzukommen, und das ist auch dringend nötig. Nicht nur die Öffentlichkeit, sondern auch die Staatsanwältin erwarten von uns Fortschritte, und zwar bevor noch weitere Menschen sterben. Selbst der Innenminister hat sich telefonisch bei mir nach dem Stand der Dinge erkundigt.«

Hagemeier klatschte in die Hände. »Also, auf geht's.«

Sofort setzte allgemeines Gemurmel ein, Stühle wurden

geräuschvoll gerückt, und die meisten Mitglieder der Oldenburger Soko *Camping* verließen den Raum.

Evelyn folgte Tillmann wieder zurück in dessen Büro, wo sie, kaum dass die Tür hinter ihnen geschlossen war, sagte: »Wir müssen hinfahren. Ich muss mit dem Opfer und vor allem mit diesem Mann reden, der den Mord verhindert hat. Er muss den Täter genau gesehen haben.«

Tillmann setzte sich und sah Evelyn ernst an. »Warum?«

»Das fragst du mich wirklich? Wenn ich dem Zeugen das Foto von Fabian zeige und er bestätigt, dass …«

»Damit weichst du doch von dem ab, wovon du bisher überzeugt warst«, fiel Tillmann ihr ins Wort.

Evelyn zuckte mit den Schultern. »Was meinst du?«

»Jetzt haben wir es definitiv mit einem Täter zu tun, der versucht hat, jemanden zu töten. Bislang stand für dich aber außer Frage, dass dein Bruder einen anderen Menschen umbringen könnte. Was im Umkehrschluss bedeutet: Bei dem Täter von gestern Nacht handelt es sich *nicht* um deinen Bruder. Wozu also den Zeugen befragen?«

Tillmann wartete einen Moment, in dem Evelyn allerdings nichts sagte, weil ihre Gedanken sich wieder einmal überschlugen. Weil sie versuchte, für sich selbst eine Erklärung zu finden. Weil sie letztendlich nicht wusste, was sie darauf antworten sollte.

»Oder ziehst du mittlerweile die Möglichkeit in Betracht, dass dein Bruder vielleicht doch …«

»Ich will diese Möglichkeit nicht in Betracht ziehen«, erwiderte Evelyn kleinlaut, »aber ich muss.«

»Okay, aber nun sei doch mal ehrlich dir selbst gegenüber. Wenn du es als Psychologin mit einem Patienten zu tun hättest, der die Realität derart biegt und sich zurechtlegt, dass sie, egal, was auch passiert, zu dem passt, was er sich in den Kopf gesetzt hat – wie würdest du darauf reagieren?«

Evelyn blickte kurz zur Seite, sah Tillmann aber gleich darauf wieder an. »Ich weiß genau, worauf du hinauswillst, aber es ändert nichts an der Tatsache, dass mein Gefühl mir sagt, dass …«

Das Telefon auf Tillmanns Schreibtisch unterbrach sie mit seinem schrillen Klingeln. Tillmann hob ab, sagte knapp: »Ja?«, und nach einer kurzen Pause: »Ah, Dietmar.«

Dietmar … das konnte nur Dr. Dietmar Gersmann sein. Evelyn wusste, dass Tillmann und er locker miteinander befreundet waren.

»Was kann ich für dich tun? … Ja, sie hat es mir erzählt …« Tillmann warf Evelyn einen verschwörerischen Blick zu, der wohl bedeutete, dass sie sich ruhig verhalten solle. »Natürlich ist das eine dumme Sache … Das finde ich gut von dir. Ich denke auch, dass sie das selbst entscheiden sollte … Nein, wie clever Kleinbauer ist, kann ich natürlich nicht beurteilen, das musst du besser wissen. Auf jeden Fall bin ich aber dafür, dass sie an der Sache dranbleibt. Er hat schließlich explizit nach ihr verlangt … Ja, das mag sein, aber vielleicht sollte man diesem Knaben einfach mal klarmachen, dass er sein Verhalten ändern muss, wenn er möchte, dass Evelyn das Gutachten erstellt … Ja, okay, ich rede mit Evelyn … Ja, bis dann.« Evelyn erwartete, dass Tillmann auflegte, doch offensichtlich schob Gersmann noch etwas hinterher. Tillmann hob die Brauen. »Okay, wenn du meinst. Klar mache ich das, wenn es Evelyn weiterhilft … Ja, das stimmt, einen Versuch ist es wert … Da bin ich mir zwar nicht so sicher, aber wie gesagt, versuchen kann man es … Ich weiß noch nicht genau, ich melde mich … Ja, heute bekomme ich das hin … Okay. Dann bis später.«

Tillmann legte auf und schüttelte den Kopf. »Er möchte, dass ich mich mit Kleinbauer unterhalte.«

»Was? Warum das denn?«

»Er hat es nicht so explizit gesagt, aber ich denke, weil ich anders mit Kleinbauer sprechen kann als Gersmann in seiner Funktion als Leiter der Forensischen Psychiatrie.«

»Aber warum? Ich meine, was willst du mit Kleinbauer besprechen?«

»Du hast es doch gerade gehört. Ich werde ihm klarmachen, dass er irgendeinen anderen Gutachter zugeteilt bekommt, der ihn nicht kennt und der vielleicht eher als du der Ansicht ist, dass er genau wusste, was er tat, als er diese Frau erwürgt hat.«

»Aber das denke ich doch auch«, stellte Evelyn klar, woraufhin Tillmann abwiegelte. »Es spielt keine Rolle, zu welchem Ergebnis du kommst. Wichtig ist, dass du bei Kleinbauer nicht hinwirfst, denn ich befürchte, wenn du das tust …«

»Was dann?«, hakte Evelyn irritiert nach, als Tillmann keine Anstalten machte, den Satz zu beenden.

Er schien nachzudenken, was er sagen sollte, doch schließlich nickte er. »Okay, ich will dir offen sagen, was ich denke. Ich befürchte, dass es sich schnell herumsprechen wird, wenn du aufgibst, und dass man das vielleicht für unprofessionell halten wird. Ich befürchte, dass du dann womöglich nicht mehr als gerichtlich bestellte Gutachterin eingesetzt wirst und dass es auch Auswirkungen auf deine Tätigkeit als Therapeutin haben wird. Wie es mit deiner Beschäftigung hier bei uns aussieht, kann ich nicht einschätzen, aber auch da könnte es Schwierigkeiten geben.«

»Und selbst wenn dem so ist, dann ist das immer noch meine Sache«, entgegnete Evelyn trotzig, was ihr bereits im nächsten Moment bewusst wurde. »Tut mir leid, aber …«

Tillmann beugte sich vor und sagte beschwörend: »Evelyn, wenn du jetzt hinschmeißt, dann könnte es sein, dass du komplett den Boden unter den Füßen verlierst. Und das möchte ich als dein Freund auf jeden Fall verhindern.«

17

Als Evelyn zu Hause ankam, war es kurz nach dreizehn Uhr. Tillmanns Worte hallten noch immer in ihr nach. Aber es war nicht nur das, was er an beruflichen Folgen auf sie zukommen sah, sollte sie Kleinbauers Gutachten wirklich abgeben. Fast mehr noch beschäftigte sie das, was er über ihre Gedanken zu Fabian gesagt hatte, und ihre Antwort darauf.

Nahm sie mittlerweile wirklich gedanklich in Kauf, dass Fabian vielleicht der gesuchte Serienmörder sein könnte, nur um ihre Theorie nicht aufgeben zu müssen, dass doch er es gewesen war, den Grövich am See gesehen hatte? Dass er lebte und in ihrer Nähe war? Dass er Hilfe brauchte?

Evelyn ging in die Küche und schaltete den Kaffeevollautomaten an. Sie hatte noch nichts gegessen, verspürte aber überhaupt keinen Appetit. Ein starker schwarzer Kaffee würde ihr jetzt guttun.

Kurz darauf saß sie am Tisch, ihr aufgeklapptes Notebook vor sich, die Tasse mit dem dampfenden Kaffee daneben. Sie hatte den Ordner mit Fabians Fotos geöffnet, und während sie eines nach dem anderen anklickte, dachte sie an die Situationen, in denen die Aufnahmen entstanden waren. Sie betrachtete ein Bild, das Fabian auf einem kleinen Flugplatz vor einer Propellermaschine zeigte. Er trug einen roten Overall und hatte das Gurtzeug angelegt, mit dem der Tandem-Master ihn kurz nach der Aufnahme für den gemeinsamen Fallschirmsprung mit seinen Gurten verbunden hatte. Nachdem Fabian selbst viele Jahre lang keinen Fallschirmsprung mehr durchgeführt hatte, war seine Lizenz erloschen, und er durfte das Flugzeug nur noch mit einem ausgebildeten Tandem-Master verlassen. Der Sprung war ein Geburtstagsgeschenk von Evelyn. Es war der letzte Geburtstag vor Fabians Verschwinden gewesen.

Irgendwann, mittlerweile waren fast zwei Stunden vergangen, schloss sie den Foto-Ordner, öffnete den Browser und ließ sich die neuesten Meldungen über den *Camper* anzeigen. Einige der Plattformen gaben sich zumindest den Anschein einer seriösen Berichterstattung, andere überschlugen sich förmlich vor effekthascherischen Schlagzeilen. Zum neuesten Fall gab es nur einige Kurzmeldungen, dass der *Camper* wahrscheinlich ein weiteres Opfer gesucht hat, die Tat jedoch vereitelt werden konnte. Einzelheiten dazu sollten bald folgen.

Vermutlich hielt die Pressestelle der Polizei die Details dazu bewusst noch zurück.

Kurz nach sechzehn Uhr rief Tillmann an.

»Die Bremer Kollegen haben den Mann befragt, der letzte Nacht so beherzt eingegriffen hat. Sie haben ihm das Phantombild gezeigt.«

»Und?«, fragte Evelyn aufgeregt. »Was hat er gesagt?«

»Er hat den Angreifer sofort darauf erkannt und meinte, das Phantombild treffe das Aussehen des Täters recht gut, bis auf eine Sache: Der Mann habe eine Narbe am Hals.«

»Eine Narbe …«

»Ja. Dein Bruder hatte keine Narbe, oder?«

»Nein, aber das schließt ja nicht aus, dass er es trotzdem ist. Im Gegenteil. Wenn Fabian noch lebt, muss es einen Grund dafür geben, dass er sich nicht bei mir gemeldet hat. Eine solche Narbe könnte auf eine schwere Verletzung hindeuten. Vielleicht hat er wirklich sein Gedächtnis verloren?«

»Du hattest Grövich explizit nach Narben gefragt, und er war sicher, keine gesehen zu haben, aber das will nicht unbedingt etwas heißen. Je nachdem, wo am Hals die Narbe sich befindet, kann sie verdeckt gewesen sein, als der Mann vor Grövich stand. Aber wenn deine Theorie mit dem Gedächtnisverlust stimmen würde, was ist mit den Nachrichten, die du bekommen hast?«

»Ich weiß es doch auch nicht.« Sie hörte selbst, dass sie verzweifelt klang.

»Okay, Vorschlag: Wollen wir einen Abstecher an die Weser machen?«

»Zu dem Zeugen?«

»Ja.«

»Selbstverständlich, wann?«

»Ich hole dich in einer halben Stunde ab.«

»Ich danke dir!«, sagte sie, und es kam von Herzen.

Jasper Kriebich begrüßte sie mit einem freundlichen Lächeln, als er die Tür seines Hauses in der Nähe der Dreienkamp-Schule in Schwanewede öffnete. Evelyn kannte die Immobilienpreise in dieser Region nicht, aber ein Anwesen wie das von Kriebich hatte sicher einen Preis, der mit einem normalen Gehalt kaum zu stemmen war.

Das eineinhalbstöckige, weiß verputzte Gebäude war

recht breit und thronte inmitten eines großen Grundstücks. Auf der rechten Seite schloss sich eine Doppelgarage mit Satteldach an, deren bogenförmige Tore aussahen, als seien sie gerade erst neu eingesetzt worden. Eine breite, geschwungene Auffahrt führte zur Garage, ein schmalerer Weg aus hellem Naturstein teilte den gepflegten Rasen in der Mitte des großzügigen Vorgartens und führte zur Eingangstür aus massivem, dunklem Holz. Alles an diesem Haus deutete auf Wohlstand hin.

Kriebich war Ende vierzig, hatte eine sportlich-schlanke Figur und volle, dunkle Locken. Sein markantes, leicht gebräuntes Gesicht tat ein Übriges, dass Evelyn ihn wahrscheinlich für einen Italiener oder Spanier gehalten hätte, wenn sie ihm irgendwo zufällig begegnet wäre.

Nur das breite Pflaster auf seiner linken Wange und das geschwollene, gerötete linke Auge sowie der dunkel verfärbte Bereich darunter trübten das Bild.

»Herr Hauptkommissar Tillmann, nehme ich an?«, sagte er, bevor er sich Evelyn zuwandte und ihr die Hand entgegenstreckte. »Und Sie sind sicher eine Kollegin von Herrn Tillmann?«

Evelyn ergriff die Hand. Kriebichs Händedruck war fest, aber nicht unangenehm. »Nein, mein Name ist Evelyn Jancke, ich bin Psychologin.«

»Oh, das ist sehr fürsorglich, aber ich hatte schon einen Psychologen hier. Mir geht es gut. Kein Trauma, keine Angstzustände.« Erneut zeigte Kriebich sein Lächeln, das Evelyn auf eine angenehme Art berührte. In der nächsten Sekunde war dieses Gefühl jedoch schon wieder verflogen und machte der unangenehmen Nervosität Platz, die sie bereits gepackt hatte, als sie in Oldenburg losgefahren waren. Sie war hier, um etwas über einen Mörder zu erfahren, der sich vielleicht als ihr Bruder Fabian herausstellte.

»Frau Jancke ist in anderer Funktion hier«, erklärte Tillmann. »Sie unterstützt die Sonderkommission, die mit diesem Fall betraut ist, bei den Ermittlungen.«

»Na, dann: herzlich willkommen. Aber bitte, treten Sie doch ein.«

Sie folgten Jasper Kriebich durch eine großzügige, helle Diele in ein Wohnzimmer, das etwa die Größe von Evelyns kompletter Wohnung hatte. Blickfang des Raumes war ein großer, offener Kamin mit terracottafarbenem Sims, auf dem mehrere Schwarz-Weiß-Fotografien in silbernen Rahmen standen.

Die helle, u-förmige Wohnlandschaft davor bot nach Evelyns Schätzung Platz für mindestens acht Leute.

An den Wänden hingen mehrere Pop-Art-Gemälde in verschiedenen Größen. Mit ihren knalligen Farben bildeten sie einen starken Kontrast zu den weißen Wänden und dem hell gefliesten Boden. Der ganze Raum wirkte auf Evelyn wie von einem Innenarchitekten entworfen, allerdings ohne dabei steril und unpersönlich zu wirken.

Kriebich deutete auf die Wohnlandschaft. »Bitte, nehmen Sie doch Platz.«

»Nettes Haus«, bemerkte Tillmann, nachdem er sich gesetzt hatte, und sah sich in dem großen Raum um.

»My home is my castle«, entgegnete Kriebich lächelnd und ließ sich Tillmann gegenüber nieder. Dann schaute er sich ebenfalls in seinem Wohnzimmer um, als müsse er sich in Erinnerung rufen, wie es hier aussah.

Tillmann nickte. »Sieht recht kostspielig aus, Sie scheinen gut zu verdienen.«

Kriebichs Lächeln verlor ein wenig an Natürlichkeit. »Von einem normalen Menschen würde ich diese Bemerkung als übergriffig empfinden, aber Sie als Polizist haben natürlich andere Beweggründe. Ja, es stimmt, das alles hat eine ganze Stange Geld gekostet. Ich hatte Glück mit meiner Softwarefirma. Wir haben ein Personal-Modul für SAP entwickelt – das ist der Weltmarktführer in Software für die Steuerung von Geschäftsprozessen –, das mittlerweile international von großen Unternehmen und Konzernen eingesetzt wird. Vor zwei Jahren habe ich die Firma für einen geradezu obszön hohen Preis verkaufen können. Seitdem gönne ich mir die eine oder andere Annehmlichkeit.«

»Sie sind also Privatier?«

Kriebichs Lächeln wurde wieder herzlicher. »Wenn Sie es so nennen wollen, ja. Ich bezeichne mich lieber als Rentner. Aber genug über mein Auskommen. Sie sagten am Telefon, Sie möchten sich mit mir über die letzte Nacht unterhalten.« Er zuckte mit den Schultern. »Das tue ich gern, aber eine Kollegin und ein Kollege von Ihnen haben mir schon alle Fragen gestellt, die mir dazu einfallen.«

»Das waren Kollegen aus Bremen. Wir kommen aus Oldenburg, wo die ersten Morde eines Serientäters verübt wurden, bei dem es sich vielleicht um denselben Kerl handelt, dem sie in der vergangenen Nacht begegnet sind.«

»Verstehe. Und wie das meist so ist, läuft die Kommunikation zwischen den einzelnen Stellen nicht so optimal, wie man sich das wünschen würde. Deshalb wollen Sie sich ein eigenes Bild machen. Dabei fällt mir ein, ich habe Sie noch gar nicht gefragt, ob Sie etwas trinken möchten. Bitte entschuldigen Sie, ich bin sonst ein besserer Gastgeber, aber offensichtlich hallen die Erlebnisse der letzten Nacht doch noch ein wenig in mir nach. Also: Kann ich Ihnen etwas anbieten?«

»Nein, danke«, erwiderte Evelyn, bevor Tillmann etwas sagen konnte. »Aber die letzte Nacht ist das richtige Stichwort.« Dieses ganze Geplänkel dauerte ihr zu lange. Ihre Nerven waren zum Zerreißen gespannt.

»Sie haben den Täter aus nächster Nähe gesehen. Würden Sie ihn auf einem Foto wiedererkennen?«

Zum ersten Mal, seit sie angekommen waren, wurde Kriebichs Miene ernst. »Ja, das würde ich. Er war mir nahe genug, um mir ein paar Blessuren beizubringen, als ich ihn daran gehindert habe, diesen anderen Mann niederzustechen.«

Evelyn sah zu Tillmann hinüber, der verstand. Er schaltete den mitgebrachten Tablet-PC an und tippte darauf herum. »Ich zeige Ihnen vier Fotos von Männern, die für die Tat in Frage kommen. Vielleicht haben wir Glück, und Sie erkennen den Mann auf einem von ihnen.«

Er legte das Tablet vor Kriebich auf den Couchtisch. »Um zum nächsten Foto zu kommen, wischen Sie einfach nach links.«

Evelyns Herz hämmerte so heftig, dass sie das Gefühl hatte, jeder im Raum müsse es hören.

Kriebich betrachtete schweigend das erste Foto, das nicht Fabian zeigte. Schon nach zwei, drei Sekunden wischte er weiter. Bei der zweiten Aufnahme schüttelte er entschlossen den Kopf, dann fiel sein Blick auf Bild Nummer drei, und auf seiner Stirn zeigten sich tiefe Falten. Sekunden verrannen, in denen Evelyn das Atmen vergaß, während sie immer wieder zwischen Kriebichs Gesicht und dem Foto auf Tillmanns Tablet-PC hin und her sah. Dem Foto, das Fabian zeigte.

»Hm, also …«, murmelte Kriebich, als rede er mit sich selbst. »Ich glaube, der ist es auch nicht, aber er sieht ihm ähnlich.«

»Das Foto ist schon etwas älter, fast drei Jahre. Vielleicht hat er sich verändert. Könnte das sein?«

Kriebich rieb sich mit der Hand nachdenklich über das Kinn. Evelyn hätte ihn am liebsten angeschrien, er solle endlich etwas sagen.

Schließlich schüttelte er den Kopf. »Nein, ich glaube, das ist er nicht. Wie gesagt, er gleicht ihm, aber …«

»Liegt es vielleicht an den Haaren und der Narbe?«, fragte Evelyn.

»Nein, ich weiß nicht genau, was es ist … Vielleicht ist es die Nase, die anders ist. Die ist breiter als auf diesem Foto und nicht so gerade.«

»Wie nach einem gebrochenen Nasenbein?«

»Nein.« Kriebich schüttelte erneut den Kopf und sah von Tillmann zu Evelyn. »Ich bin recht sicher, dass das nicht der Mann ist, es sei denn, in seinem Gesicht hat sich seit der Aufnahme das eine oder andere verändert. Für mich sieht der Mann auf dem Bild aus wie ein Bruder des Kerls, dem ich letzte Nacht begegnet bin.«

Evelyn drehte den Kopf zur Seite und presste die Lippen zusammen, während Tillmann das Tablet wieder an sich nahm und sagte: »Okay, das war's auch schon. Vielen Dank, dass Sie sich die Fotos angesehen haben.«

Kriebich sah überrascht aus. »Das war alles? Keine Fragen zu letzter Nacht?«

»Sie sagten doch, die Bremer Kollegen waren schon hier und haben alle möglichen Fragen gestellt. Die Berichte dazu kann ich mir aus der Datenbank holen. Uns ging es ganz speziell um die Männer auf den Fotos.«

»Okay. Aber dass Sie dafür die Strecke von Oldenburg hierhergefahren sind … Ich meine, das hätten wir auch per Mail machen können.«

»Diese Fotos dürfen nicht per Mail verschickt werden«, erklärte Tillmann.

Evelyn stellte sich beiläufig die Frage, ob das tatsächlich so war oder ob Tillmann einfach eine plausible Erklärung abgeben wollte.

»Ja, die Vorschriften …« Kriebich schlug sich mit den Händen auf die Oberschenkel. »Also gut. Kann ich Ihnen denn wirklich nichts anbieten? Einen Kaffee vielleicht?«

»Nein, danke«, sagte Tillmann. »Ich denke, wir brechen dann auch wieder auf.«

Es dauerte einen Moment, bis Evelyn registrierte, dass Tillmann mit ihr gesprochen hatte. Sie nickte hastig. »Ähm, ja.«

Als Kriebich sie kurz darauf zur Tür begleitete, sagte er: »Ich wundere mich, dass Sie mir nicht Ihre Visitenkarten geben und etwas sagen wie: *Falls Ihnen noch etwas einfallen sollte, rufen Sie uns an.*«

Tillmann verzog das Gesicht zu der Andeutung eines Lächelns. »Das hätte ich vor der Tür schon noch gemacht.

Wenn Sie genügend Krimis im Fernsehen gesehen haben, dann wissen Sie, dass die Ermittler das immer erst tun, bevor sie sich abwenden und gehen. Das ist rein dramaturgisch der beste Moment.«

Er griff in die Innentasche seines Jacketts, zog eine Karte heraus und reichte sie Kriebich. Der nahm sie und richtete seinen Blick dann auf Evelyn. »Und Sie?«

Das ist nicht nötig, wollte sie sagen. *Sie können den Hauptkommissar anrufen.* Doch als sie den Blick sah, mit dem Kriebich sie anschaute, griff sie in die Gesäßtasche ihrer Jeans und zog ein paar schon recht lädierte Visitenkarten heraus. Sie suchte eine aus, die in einem noch halbwegs annehmbaren Zustand war, und gab sie Kriebich.

Der nahm sie und ließ sie gemeinsam mit der von Tillmann in seiner Hosentasche verschwinden, ohne einen Blick darauf zu werfen.

»Danke schön. Dann wünsche ich Ihnen eine gute Rückfahrt.« Und während er Evelyn wie zufällig ansah, fügte er hinzu: »Wenn ich helfen kann, melde ich mich.«

18

»Und? Was denkst du jetzt?«, wollte Tillmann wissen, als sie im Auto saßen.

»Du hast ja gehört, was er gesagt hat. Die Ähnlichkeit ist definitiv da.«

»Aber er hat auch gesagt, dass er recht sicher ist, dass der Mann, dem er letzte Nacht begegnet ist, nicht Fabian war.«

»Hm ...« Evelyn sah aus dem Seitenfenster. »Was ist eigentlich mit dem Mann, der überfallen wurde?«

»Der liegt im Krankenhaus in Osterholz. Er hat einige Stichverletzungen vom Kampf mit dem Täter.«

»Osterholz? Ist das weit von hier?«

»Nein, aber wir können nicht mit ihm reden. Ich werde Hagemann sowieso erklären müssen, warum wir mit vier Fotos nach Schwanewede gefahren sind. Und ich weiß noch nicht, was ich ihm sagen soll.«

»Ja, ich verstehe«, erwiderte Evelyn. »Danke, dass du das alles für mich auf dich nimmst.«

Er warf ihr kurz einen Blick zu, bevor er sich wieder auf den Verkehr konzentrierte. »Ich bin dein Freund, Evelyn. Das ist selbstverständlich. Und solange du geglaubt hast, dass der Täter tatsächlich Fabian sein könnte, war es für mich keine Frage, dir zu helfen.«

»Was meinst du damit? Solange ich es geglaubt habe?«

Erneut ein schneller Blick. »Aber du hast doch gehört, was Kriebich gesagt hat.«

»Ja, aber er hat nicht ausgeschlossen, dass es Fabian gewesen sein könnte. Außerdem besteht immer noch die Möglichkeit, dass an Fabians Gesicht etwas operativ verändert wurde.«

Tillmann starrte nach vorn, und Evelyn hatte das Gefühl, seine Hände umschlössen das Lenkrad fester. Allerdings sagte er nichts.

Auch den Rest der Fahrt verbrachten sie überwiegend schweigend, was auch daran lag, dass Evelyn den Kopf zurückgelegt und die Augen geschlossen hatte.

Als Tillmann sie zu Hause absetzte, verabschiedete sie sich mit einem Kuss auf die Wange von ihm. »Nochmals, danke.«

Kurz darauf betrat sie ihre Wohnung, warf den Schlüssel achtlos auf den Garderobenschrank und ging in die Küche, wo sie sich ein Müsli anrührte. Sie musste etwas essen, obwohl sie noch immer keinen Appetit hatte.

Gerade räumte sie die Schüssel in die Spülmaschine, da klingelte ihr Telefon. Als sie sah, dass sie die Nummer nicht kannte, beschleunigte sich sofort wieder ihr Puls.

»Evelyn Jancke«, meldete sie sich mit dünner Stimme.

»Wer war der Mann auf dem dritten Foto?«

Nur kurz war Evelyn irritiert, dann erkannte sie Jasper Kriebich an der Stimme und der Art, wie er sprach.

»Herr Kriebich«, sagte sie und war bemüht, so normal wie möglich zu klingen. »Ich dachte, Sie wollten nur anrufen, wenn Sie helfen können, und nicht, um mir Fragen zu stellen.«

»Das hatte ich auch vor, aber zuerst würde ich gern wissen, wer der Mann auf dem dritten Foto war und warum Sie sich die Mühe gemacht haben, mir die ersten beiden Fotos zu zeigen, obwohl Sie sich nur für diesen einen interessieren.«

Evelyn ließ sich auf den Küchenstuhl sinken. »Wie … wie kommen Sie darauf, dass der Mann auf dem dritten Foto jemand Bestimmtes ist?«

»Ach, ich bitte Sie, beleidigen Sie nicht meine Intelligenz. Ihr Kollege hat anfänglich von vier Fotos gesprochen. Nachdem ich gesagt habe, dass ich nicht glaube, dass der Mann auf Foto Nummer drei der Täter ist, hat er das Tablet wieder an sich genommen. Das vierte Foto hat er mir gar nicht erst gezeigt. Daraus schließe ich, dass Nummer eins und zwei ebenfalls nur Beiwerk waren.«

Evelyn überlegte fieberhaft, was sie Kriebich sagen konnte, und entschied sich, zumindest ansatzweise bei der Wahrheit zu bleiben. »Es stimmt, es ging uns um diesen Mann, weil wir speziell ihn in Verdacht hatten.«

»Und warum? In welchem Verhältnis stehen Sie zu ihm?«

»Nehmen Sie es mir bitte nicht übel, aber ich denke, das geht Sie nichts an. Außerdem – wie kommen Sie darauf, dass ich in irgendeinem Verhältnis zu ihm stehe?«

»Ich habe Sie beobachtet und gesehen, wie sich ihr Körper angespannt hat, als ich dieses Foto betrachtet habe. Wenn Sie möchten, dass man Ihnen nicht anmerkt, dass Sie zu diesem Mann ein besonderes Verhältnis haben, müssen Sie noch ein bisschen vor dem Spiegel üben.«

»Sie sind ziemlich von sich überzeugt«, erwiderte Evelyn

kühl. Sie hatte das Gefühl, sich aus der Ecke befreien zu müssen, in die Kriebich sie gerade drängte.

»Wenn ich das nicht wäre, hätte ich niemals eine erfolgreiche Firma aufbauen können. Aber Sie weichen mir aus. Was hat es mit dem Mann auf dem Foto auf sich?«

»Das … ist eine lange und sehr private Geschichte«, sagte Evelyn mit leiser Stimme und spürte, wie ihr innerer Widerstand bröckelte. Wie konnte es sein, dass Kriebich sie so schnell so sehr unter Druck setzen konnte? Nur weil er etwas beobachtet zu haben glaubte? War sie tatsächlich drauf und dran, ihr Innerstes nach außen zu kehren?

»Wie schon gesagt, ich habe meine Firma verkauft und bin Rentner. Ich habe also sehr viel Zeit.«

»Das mag zwar sein, aber das Ganze ist, wie gesagt, sehr persönlich«, erklärte sie und schüttelte über sich selbst den Kopf. Sie würde mit einem wildfremden Kerl nicht über ihren Bruder reden.

»Zu persönlich für ein Telefonat? Wir können uns auch gerne treffen und darüber sprechen.«

Bei Evelyn schrillten die inneren Alarmglocken. »Nein, das möchte ich nicht. Und ehrlich gesagt, irritiert es mich, dass Sie so insistieren.«

»Verstehe. Ich bin mit der Tür ins Haus gefallen, das tut mir leid. Ich wollte nicht aufdringlich sein, und war es dann doch. Wenn ich mir etwas in den Kopf gesetzt habe, dann will ich es immer sofort angehen. Das kann ein Vorteil sein, oder auch nicht.«

»In diesem Fall eher nicht«, stellte Evelyn klar.

»Ja, da haben Sie recht. Ein letzter Vorschlag: Ich bin morgen Abend gegen sieben in Oldenburg und melde mich bei Ihnen. Vielleicht haben Sie bis dahin Ihre Meinung geändert, oder Sie sagen mir, dass ich Sie in Ruhe lassen soll. Und daran halte ich mich dann, versprochen. Bis morgen.«

Damit beendete er das Gespräch, bevor Evelyn noch etwas entgegnen konnte.

19

Er liegt mit offenen Augen zusammengekrümmt auf dem Bett seines Wohnmobils. Sein Blick ist ins Leere gerichtet, sein Verstand fühlt sich an, als sei er mit Blei ummantelt. Die Gedanken schleppen sich träge dahin und bemühen sich, in einer wahllos erscheinenden Aneinanderreihung einen Sinn zu ergeben.

Seit Stunden liegt er schon so da. Seit er angehalten hat.

Das Gesicht tut ihm weh. Das alte Geschirrtuch, das er sich um die verletzte rechte Hand gebunden hat, ist blutdurchtränkt, die Schnittwunde von seinem eigenen Messer quer über seinem Handballen pocht, und sein linkes Knie hämmert brennende Schmerzen durch sein gesamtes Bein.

Er versucht, sich zu erinnern, was in der letzten Nacht geschehen ist.

Wieder einmal haben ihn alle im Stich gelassen. Wieder einmal kommt ein Widerling davon.

Nun ist er es, der daliegt und seine Wunden leckt.

Fast so wie damals. Wann war es noch mal? Es muss über ein Jahr her sein. Aber nicht viel länger. Höchstens zwei.

Sein Kopf ist wieder ein einziges Chaos.

Er denkt zurück an diesen schrecklichen Tag und an die furchtbaren Schläge und Tritte. Er hört seine eigene Stimme, die seine Peiniger anfleht, aufzuhören. Und er hört sich wieder um Hilfe rufen, viel später, als sie endlich von ihm abgelassen, als sie ihn mit gebrochenen Rippen und klaffenden Wunden im Dreck haben liegen lassen. Niemand hat ihm geholfen.

Warum? *Es ist ein Aufschrei in seinem Inneren, so deutlich und so laut, dass er nicht sicher ist, ob er nicht selbst geschrien hat hier draußen, in der realen Welt der Feiglinge.*

Er hat keinem Menschen etwas zuleide getan. Nie. Immer war er es gewesen, auf den sie eingeprügelt, dem sie schlimme Schmerzen zugefügt haben. Und niemand hat ihm geholfen.

Genauso wie damals, sehr viel früher, dieses … Er weiß nicht mehr, was man ihm angetan hat. Und wer es war. Die Erinnerung daran hat sich in dunklem Nebel im hintersten Winkel seines Innersten versteckt. Er weiß, dass da etwas ist, das sehr, sehr lange zurückliegt, aber so sehr er sich auch bemüht, sein Verstand kann die wabernden schwarzen Wolken nicht durchdringen, die die Erinnerung daran verhüllen wie ein dunkles Tuch. Er spürt jedoch instinktiv, dass es besser so ist.

Er denkt wieder an die letzte Nacht, an den Mann, der plötzlich vor ihm gestanden hat. Er bewundert ihn, denn er ist anders. Er schaut nicht weg, wenn jemand Hilfe braucht. Selbst dann nicht, wenn dieser Jemand ein feiges Schwein ist.

Er überlegt, ob er den Mann wiedersehen möchte. Er weiß es noch nicht. Vielleicht sollte er ihm sagen, wie sehr er ihn bewundert.

Das wird sich zeigen.

Er rappelt sich mühsam in eine sitzende Position auf, betrachtet die schmutzige Bettdecke und seine dreckverschmierten Schuhe, die er noch immer an den Füßen hat.

Er erinnert sich, dass er sich noch in der Nacht hinters Steuer gesetzt hat und losgefahren ist. Anders als sonst würden sie noch in der Nacht anfangen, nach ihm zu suchen. Sie dürfen ihn nicht finden. Noch nicht. Der Hass in ihm lodert noch immer hoch. Wenn er erloschen ist, wird er aufhören. Aber erst dann.

Er ist eine Stunde lang gefahren und hat an einem Waldweg angehalten und sich so, wie er war, aufs Bett gelegt. Seitdem hat er sich nicht mehr geregt.

Er weiß nicht, wie spät es ist, aber von draußen dringt Dämmerlicht in sein Wohnmobil. Der Morgen kommt und tut so, als sei alles in Ordnung.

Nichts ist in Ordnung.

Er wird sich ein wenig sauber machen und dann weiterfahren zum nächsten Platz.

Dort wird er den nächsten Feigling suchen.

20

Evelyn legte das Telefon auf den Küchentisch und blickte zum Fenster.

Dieser Jasper Kriebich war tatsächlich sehr von sich überzeugt. So sehr, dass er glaubte, niemand könne oder wolle ihm widerstehen. Andererseits hatte er sich wirklich dafür interessiert, was in ihr vorging. Und er hatte eine außergewöhnlich gute Beobachtungsgabe. Zudem hatte er mehr Zivilcourage bewiesen, als sie es bisher je erlebt hatte. Kurzum: Sie fand diesen Mann interessant.

Dem stand allerdings gegenüber, dass es ihr widerstrebte, sich von einem Fremden derart überrumpeln zu lassen.

Und im Moment überforderte sie die ganze Situation. Ihre Erfahrung als Psychologin sagte ihr, dass die distanzlose, ja, fast übergriffige Art, die dieser Jasper Kriebich an den Tag legte, mit höchster Vorsicht zu genießen war. Genau hinter solchem Verhalten verbarg sich nicht selten ein psychopathischer Charakter.

Ihr Instinkt hingegen beruhigte sie und ließ sie zumindest in Betracht ziehen, dass Kriebich nichts Böses im Schilde führte und einfach nur übers Ziel hinausgeschossen war.

Ohne darüber nachzudenken und bewusst den Entschluss zu fassen, griff sie erneut nach dem Telefon und rief

Tillmann an. Er saß im Auto, was unschwer an den Nebengeräuschen der Freisprechanlage zu hören war.

»Störe ich dich?«, fragte sie.

»Nein, ich bin unterwegs in die Klinik. Ich werde Dietmar den Gefallen tun und mich kurz mit Nils Kleinbauer unterhalten. Mal sehen, ob er danach bereit ist zu kooperieren. Falls nicht, werden wir einen plausiblen Grund finden, warum er einen anderen Gutachter braucht.«

»Darf ich dich kurz mit etwas anderem behelligen?«, fragte sie, obwohl auch das Thema Kleinbauer ihr Sorgen bereitete.

»Natürlich, was ist denn?«

»Ich hatte eben einen interessanten Anruf von Herrn Kriebich.«

»Kriebich? Ach … und was wollte er? Hat er seine Meinung zu dem Foto von Fabian etwa geändert? Und warum ruft er überhaupt bei dir an? Ich bin der Polizeibeamte, den er kontaktieren sollte, wenn er uns etwas zu sagen hat.«

»Er wollte wissen, was es mit Fabians Foto auf sich hat.«

»Wie, mit Fabians Foto? Ich verstehe nicht.«

»Es war eine … sagen wir mal interessante Unterhaltung.«

»Dann schieß los.«

Evelyn erzählte ihm das komplette Gespräch. Dabei ließ sie nichts aus, auch nicht ihre Gedanken zu dem, was Kriebich gesagt hatte.

»Hm …«, brummte Tillmann, als sie fertig war. »Kriebichs Verhalten finde ich ziemlich seltsam. Was will dieser Kerl von dir?«

»Ich finde es auch seltsam, und das habe ich ihm auch

gesagt. Andererseits kann es sein, dass er einfach der Typ Mensch ist, der ohne Zögern tut, was er für richtig hält.«

»Ja, vielleicht. Allerdings glaube ich das nicht. Ich halte es für viel wahrscheinlicher, dass er gemerkt hat, dass du im Moment recht verzweifelt bist, und das zu seinen Gunsten ausnutzen will.«

»Ausnutzen? Wie meinst du das?«

»Na, um sich an dich ranzumachen natürlich. Sei vorsichtig, Evelyn. Ich glaube, der Kerl hat bei allem, was er tut, Hintergedanken.«

»Sag mal, bist du eifersüchtig auf Jasper Kriebich?«

»Quatsch. Ich versuche nur, dich zu beschützen. Lass uns später darüber reden. Ich bin jetzt da. Mal sehen, was Kleinbauer sagen wird, wenn ich ihm die Konsequenzen seines Verhaltens klarmache.«

»Rufst du mich danach an?«

»Ja. Bis nachher.«

Evelyn ging ins Badezimmer und ließ Wasser in die Wanne laufen. Als sie damals die Wohnung besichtigte, hatte sie die große Badewanne als unnötige Platzverschwendung empfunden.

Nachdem sie dann aber kurz nach ihrem Einzug ein Vollbad mit duftenden Essenzen genommen und bemerkt hatte, wie gut das Körper und Seele tat, war ein Vollbad zum regelmäßigen Ritual geworden. Sie freute sich darauf, ihren Körper in dem heißen Wasser zu entspannen, als sie sich kurz darauf auszog und vorsichtig in das dampfende Wasser stieg. Ein wohliger Schauer durchfuhr sie, sie lehnte sich zurück und schloss die Augen. Doch bereits nach wenigen Sekunden ergriffen die aktuellen Ereignisse wieder Besitz von ihr. Fabian, Grövich, Kleinbauer, aber auch Lars Jensen und Jasper Kriebich schwirrten durch ihre Gedanken. Diese beiden konnte sie nicht einschätzen. Was hatte Jensen dazu gebracht, sie anzurufen? Ein Mann, der angeblich Fabians guter Freund gewesen war, den ihr Bruder aber ihres Wissens nie erwähnt hatte. Das schlechte Gewissen, dass er es versäumt hatte, sich nach Fabians Verschwinden bei dessen Schwester zu melden, die er noch nie gesehen hatte und die ihn gar nicht kannte?

Und Jasper Kriebich? Ein in vielerlei Hinsicht beeindruckender Mann. Aber warum rückte er ihr, einer ihm völlig fremden Frau, so auf die Pelle?

Sie öffnete die Augen und richtete sich auf. Es hatte keinen Zweck. Das heiße Wasser hatte ihr gutgetan, aber entspannen, wie sie es sonst in der Badewanne tat, konnte sie nicht. Also gab sie auf.

Vierzig Minuten später meldete Tillmann sich bei ihr. Wieder saß er im Auto.

»Und? Wie war es?«, fragte sie ohne Umschweife.

»Nicht spektakulär. Im Gegenteil. Ich habe Kleinbauer klargemacht, dass die Konsequenzen für ihn immer schlimmer sind als für dich, wenn er weiterhin so unkooperativ ist und versucht, Spielchen mit dir zu treiben. Konkret habe ich ihm gesagt, dass du ab jetzt sofort abbrichst, wenn er sich dir gegenüber weiterhin so verhält wie bisher.« Er räusperte sich. »Ich sagte ihm, dass ich persönlich der Meinung bin, dass du viel zu gutmütig bist und ich nicht verstehen kann, dass du ihm immer noch helfen möchtest. Wenn es nach mir ginge, würde er für den Rest seines Lebens im Knast landen, wo es eine Menge Leute gibt, die auf Frischfleisch wie ihn nur gewartet haben. Er hat mir daraufhin sehr gern das Versprechen gegeben, dir gegenüber ab jetzt kooperativ zu sein und alles zu tun, was du von ihm erwartest.«

»Denkst du nicht, dass dich das in Schwierigkeiten bringen kann, wenn Kleinbauer es erzählt?«

»Dann steht die Aussage eines Frauenkillers gegen die eines Polizisten.«

»Aber die Videoaufnahmen …«

»Welche Videoaufnahmen?«

»Na die, die bei den Gesprächen immer …« Evelyn stockte. »Moment. Ihr habt die Aufzeichnung abgeschaltet?«

»Wie schon gesagt, ich bin zuversichtlich, dass Kleinbauer ab jetzt kooperieren wird«, erklärte Tillmann und überging die Frage.

Evelyn akzeptierte es, sie hatte verstanden. Und sie wunderte sich ein weiteres Mal, was Tillmann bereit war zu tun, um Schaden von ihr abzuwenden.

»Ich weiß, in den letzten Tagen habe ich diesen Satz schon fast inflationär oft gesagt, aber es ist auch angebracht. Deshalb noch einmal: Ich danke dir. Du tust sehr viel für mich. Ich hoffe nur, du wirst dadurch keine Schwierigkeiten bekommen. Das könnte ich mir nicht verzeihen.«

»Dank mir nicht zu früh. Warte dein Gespräch morgen Vormittag ab, dann sehen wir, ob es wirklich etwas gebracht hat oder ob Kleinbauer seine Spielchen trotz aller angedrohter Konsequenzen auch mit mir gespielt hat.«

Beim Gedanken an die Unterhaltung mit Nils Kleinbauer am nächsten Morgen war Evelyn alles andere als wohl, aber sie wusste auch, dass Tillmann recht hatte. Sie durfte sich auf keinen Fall von Kleinbauer dazu bringen lassen, aufzugeben. Im Gegenteil – sie musste ihm klarmachen, dass sie so oder so am längeren Hebel saß.

»Ja, ich bin sehr gespannt. Aber selbst wenn er wieder versuchen sollte, mich aus der Fassung zu bringen, wird ihm das nicht mehr gelingen. Ich weiß ja jetzt, woher er seine Informationen hat und was er alles wissen kann. Damit wird er mich also nicht so kalt erwischen wie bei unserem letzten Gespräch.«

»Sehen wir uns danach?«

»Natürlich.«

»Gut. Was hast du heute noch vor?«

»Nichts mehr, ich werde früh schlafen gehen, damit ich morgen ausgeruht bin.«

»Das ist gut. Was ist mit Jasper Kriebich?«

»Was soll mit ihm sein?«

»Na, wie stehst du zu ihm?«

»Das weiß ich noch nicht. Darüber mache ich mir später Gedanken.«

Nach einigen Sekunden des Schweigens sagte Tillmann: »Ich wünsche dir einen ruhigen Abend. Und schlaf gut.«

Dann legte er auf.

21

Evelyn blieb vor der Tür stehen und atmete noch einmal tief durch, bevor sie den Raum betrat.

Zuvor war sie in Dr. Gersmanns Büro gewesen und hatte ihm ihren Entschluss mitgeteilt, es noch einmal mit Kleinbauer zu versuchen, aber das Gespräch sofort abzubrechen, wenn er in irgendeiner Form persönlich wurde. Gersmann hatte ihr bestätigt, dass er das ebenfalls für den richtigen Weg hielt. Das Gespräch zwischen Tillmann und Kleinbauer erwähnte weder sie noch der Leiter der Klinik.

Kleinbauer sah ihr lächelnd entgegen, etwas, das sie bei ihm zum ersten Mal erlebte, seit er in der Forensischen Psychiatrie untergebracht war.

»Guten Morgen«, begrüßte sie ihn, woraufhin er, noch immer lächelnd, nickte. »Guten Morgen. Es tut mir leid.«

»Was genau tut Ihnen leid?«, entgegnete Evelyn und setzte sich ihm gegenüber.

»Ich habe mich Ihnen gegenüber schlecht benommen. Ich weiß, dass Sie mir nur helfen wollen.«

Wie es schien, hatte Tillmanns Besuch bei Kleinbauer tatsächlich Wirkung gezeigt. Natürlich wäre es ihr lieber gewesen, wenn sie die Situation ohne seine Hilfe in den Griff bekommen hätte, aber angesichts der Umstände war sie froh, dass Kleinbauer sich überhaupt kooperativ zeigte.

»Das ist eine gute Voraussetzung für unsere nächsten Termine. Sie wissen, dass ich das Gespräch sofort abbrechen würde, wenn Sie sich weiter so benähmen wie bisher.«

»Ja.«

»Dann lassen Sie uns jetzt über die Nacht im Bordell reden.«

»Gut.«

»Hatten Sie vor, eine Frau zu töten, als sie das Bordell betreten haben?«

»Nein. Ich wollte nur eine Freundin.«

»Aber Ihnen ist schon klar, dass man dort nur Sex und keine Freundin kaufen kann.«

»Sie sollte es spielen.«

»Sie sollte Ihre Freundin spielen?«

»Ja.«

»Und hat sie das getan?«

»Nicht richtig.«

»Ist das der Grund, warum Sie sie umgebracht haben?«

»Nein.«

»Was hat sie getan, dass sie es Ihrer Meinung nach verdient hatte zu sterben?«

Kleinbauer wand sich auf dem Stuhl. Das Thema war ihm sichtlich unangenehm.

»Sie hat gestöhnt.«

»Gestöhnt?«

»Ja. Nicht richtig. Künstlich.«

»Können Sie mir das erklären?«

Kleinbauer sah sie an. Dann verzog sich plötzlich sein Gesicht zu einer Fratze. »Ja, Baby, mach's mir«, äffte er mit übertrieben hoher, schriller Stimme nach und rollte dabei mit den Augen. »Du bist so gut. Du hast so einen großen Schwanz. Oh, du bist so ein toller Liebhaber. Oh, ja, oh, geil.« Im Bruchteil einer Sekunde wurde seine Miene wieder wie zuvor. »So sagt das keine Freundin. Ich habe gesagt, sie soll damit aufhören.«

»Verstehe. Aber sie hat nicht aufgehört.«

»Doch. Als ich ihr den Hals zugedrückt habe.«

»Und dann?«

»Dann war sie eine gute Freundin.«

Evelyn machte sich ein paar Notizen. Das waren genau die Art von Aussagen, die ihr halfen, Kleinbauers Verständnis der Dinge und sein Verhalten einzuschätzen.

Endlich kam sie weiter.

»Ich habe Ihnen die Frage schon einmal gestellt, tue es aber nun wieder: Als Sie … *fertig* waren und Ihnen klargeworden ist, dass Sie die Frau getötet haben – wie haben Sie sich da gefühlt?«

»Glücklich«, sagte Kleinbauer leise.

»Bitte?«

»Glücklich.«

»Sie waren glücklich, dass Sie sie erwürgt haben?«

»Nein.«

»Warum dann?«

»Weil sie jetzt meine Freundin ist. Für immer.«

Erneut machte Evelyn sich Notizen. Allem Anschein nach kam sie tatsächlich mit Riesenschritten voran. In den nächsten Sitzungen würde es ihre Aufgabe sein, herauszufinden, ob Kleinbauer das, was er gerade gesagt hatte, auch genauso empfand oder ob er wieder ein perfides Spiel mit ihr trieb. Zuzutrauen war es ihm.

»Hat es schon vor diesem Erlebnis eine Situation gegeben, in der Sie eine Frau gewürgt haben?«

»Nein.«

»Hätten Sie es schon einmal gern getan?«

Plötzlich veränderte sich Kleinbauers Gesicht. Es war, als lege sich ein diabolischer Schatten über seine Züge.

Evelyn bemerkte es sofort, und im selben Moment, in dem ihr klarwurde, dass das nichts Gutes zu bedeuten hatte, sagte Kleinbauer: »Glauben Sie, Fabian hätte Isabel gern mal gewürgt … Eve?«

22

Evelyn schloss für ein, zwei Sekunden die Augen und konzentrierte sich. *Die Videokamera läuft*, ermahnte sie sich. *Reiß dich zusammen, Evelyn.*

Sie wollte aufspringen und Nils Kleinbauer ins Gesicht schlagen, bis dieses schreckliche Grinsen verschwunden wäre und er ihr sagen würde, woher er seine Informationen hatte. Sie wollte aus dem Zimmer rennen und aus der Klinik. Sie wollte weglaufen vor Kleinbauer und dabei ihre ganze Verzweiflung hinausschreien. Stattdessen atmete sie ein paarmal tief durch.

Woher kannte dieser Frauenmörder ihre Schwägerin Isabel? Und dann die Anspielung. Wie konnte Kleinbauer wissen, dass sie Fabians Frau für den Typ Mensch hielt, dem man tatsächlich gern mal die Hände um den Hals gelegt hätte, weil Isabel es mit ihrer herablassenden Art sehr schnell schaffte, ihr Gegenüber unglaublich wütend zu machen? Davon wusste nicht einmal Tillmann, und der stand ihr, Evelyn, näher als jeder andere.

Sie konnte Kleinbauer diese Frage stellen, das war völlig legitim, aber dazu musste sie ruhig bleiben. Es musste den Eindruck machen, als stecke ein rein wissenschaftliches Interesse dahinter. Man durfte ihr auf keinen Fall anmerken, wie aufgewühlt sie in diesem Moment war.

Du schaffst das, sagte sie sich und wiederholte diese drei Wörter wie ein Mantra. *Du schaffst das, du schaffst das.*

Sie öffnete die Augen und sah Kleinbauer direkt an.

»Mein Bruder war glücklich. Er hatte keinen Grund, Isabel zu würgen. Aber Sie haben meine Frage nicht beantwortet.«

Ihre Stimme klang ruhig und sachlich, stellte sie fest. Kein Zittern, keine Emotion. Gut.

»Hatten Sie vor dieser Nacht schon einmal den Wunsch, eine Frau zu würgen?«

»Sie fragen sich nicht, woher ich Isabel kenne?« Kleinbauer gab nicht auf.

»Es ist mir egal«, entgegnete Evelyn gelassen und bot dabei nicht nur all ihre schauspielerischen Fähigkeiten, sondern auch all ihre Selbstbeherrschung auf. »Aber wenn es Sie danach drängt, diese Information loszuwerden, dann bitte, sagen Sie es, damit wir wieder zum eigentlichen Thema zurückkehren können.«

Kleinbauer hob in einer Unschuldsgeste die Hände, bis die Kette die Bewegung stoppte, und riss dabei theatralisch die Augen auf. »Wer weiß, wer weiß …«

»Also wieder nur eines Ihrer Spielchen. Gut. Sollen wir unser Gespräch abbrechen? Dieses Mal endgültig?«

»Welche Frage war das noch mal?«

»Ich wollte von Ihnen wissen, ob Sie vor dieser Nacht schon einmal den Wunsch hatten, eine Frau zu würgen.«

Kleinbauers Gesicht entspannte sich. »Ach ja, richtig. Manchmal schon. Vielleicht habe ich es auch schon mal gemacht. Ich weiß es nicht.«

Evelyn notierte sich in Stichworten seine Antworten und

lehnte sich dann zurück, nachdem sie einen Blick auf die Uhr geworfen hatte. Eine Weile musste sie noch durchhalten.

»Dann lassen Sie uns jetzt über die letzten Wochen und Monate reden.«

»Und schon sind wir wieder bei Fabian und Isabel«, sagte Kleinbauer grinsend. »Das hat was mit den letzten Wochen zu tun.«

»Inwiefern?«

Kleinbauer beugte sich nach vorn, so weit es ihm die Kette erlaubte, und flüsterte etwas in ihre Richtung, allerdings so leise, dass Evelyn ihn nicht verstehen konnte.

»Sie müssen lauter sprechen«, forderte sie ihn auf. »Ich habe Sie nicht verstanden.«

Als Kleinbauer die gewisperten Worte ebenso leise wiederholte, beugte Evelyn sich reflexartig vor, so dass ihre Gesichter nur noch einen Meter voneinander entfernt waren. Und nun verstand sie, was er sagte. »Du hast es deinem Bruder gesagt.«

»Was?«, fragte sie mit krächzender Stimme.

»Ich weiß es von Fabian. Du hast ihm gesagt, dass Isabel nicht die Richtige für ihn ist. Ich sage dir, was mit deinem Bruder passiert ist, wenn du dafür sorgst, dass ich nicht in den Knast komme.«

Sie lehnte sich wieder zurück und sah Kleinbauer schweigend an. Sie wollte etwas Professionelles entgegnen, fand aber keine Worte dafür. Für einen langen Moment war in ihrem Kopf einfach nur Leere.

Du hast es ihm gesagt … Wie konnte er das wissen? Das war unmöglich. Sie registrierte, dass Kleinbauer sie beobachtete wie ein Insekt, an dem er gerade ein Experiment durchgeführt hatte. Sie hielt diesen Blick nicht mehr aus. Sie hielt die Gedanken nicht mehr aus. Sie musste raus aus diesem Zimmer, egal, welche Folgen es haben würde. Sofort.

Demonstrativ sah sie auf die Uhr. »Das war's. Wir sind fertig.« Sie schob ihre Unterlagen zusammen und stand auf.

»Hat Ihnen nicht gefallen, was ich gesagt habe?«, fragte Kleinbauer im Plauderton.

»Sie haben einen Menschen umgebracht«, entgegnete Evelyn und räusperte sich, weil ihre Stimme klang, als hätte sie die letzte Nacht durchgefeiert. »Nichts, was Sie sagen, könnte mir gefallen.«

Damit wandte sie sich ab und verließ den Raum.

Alles in Evelyn drängte danach, den direkten Weg zum Ausgang zu nehmen, sich in ihr Auto zu setzen und so schnell es ging von Kleinbauer fortzukommen.

Aber da war noch Dr. Gersmann. Wenn er das Desaster der letzten halben Stunde am Monitor verfolgt hatte, *musste* sie mit ihm reden, um zu verhindern, dass er wegen ihres Verhaltens Alarm schlug.

Während sie den langen Flur entlangging, der zu Gersmanns Büro führte, fühlte sie sich, als sei sie auf dem Weg zum Schafott. Was sollte sie ihm sagen? Die Wahrheit? Das war – wenn überhaupt – nur bedingt möglich.

Als sie an Gersmanns Bürotür klopfte und keine Reaktion erfolgte, versuchte sie es ein zweites Mal, bevor sie die Tür vorsichtig öffnete. Das Büro war leer, der Schreibtisch aufgeräumt. Fast sah es aus, als sei Gersmann an diesem Morgen noch gar nicht da gewesen.

Erleichtert, dass er vermutlich noch nicht wusste, wie

ihre Sitzung mit Kleinbauer verlaufen war, und ihr das Gespräch mit ihm zumindest für den Moment erspart blieb, wandte sie sich ab und ging zum Ausgang der Klinik. Weit kam sie jedoch nicht, denn ein älterer Pfleger kam ihr auf halbem Weg entgegen und blieb vor ihr stehen. »Gut, dass ich Sie noch treffe. Ihr Patient, Herr Kleinbauer, möchte Ihnen noch etwas Wichtiges sagen.«

»Das hätte er bereits tun können«, entgegnete Evelyn. Sie war nicht gewillt, sich auf ein weiteres von Kleinbauers Spielchen einzulassen.

Der Pfleger nickte. »Er sagte, es täte ihm leid und dass das, was er Ihnen zu sagen hätte, sehr wichtig für Sie wäre.«

Evelyn zögerte, doch schließlich erwiderte sie: »Wo ist er?«

»Er ist auf Station, in seinem Zimmer. Wir bringen ihn wieder in das Therapiezimmer, wenn Sie möchten.«

Letztendlich hatte sie nichts zu verlieren. Ihr Entschluss, das Gutachten über Nils Kleinbauer an jemand anderen abzugeben, stand fest. Im schlimmsten Fall würde sie ein letztes Mal sein unverschämtes Grinsen zu sehen bekommen, wenn er ihr klarmachte, dass sie erneut nach seiner Pfeife getanzt hatte.

Zudem hatte sie alle Zeit der Welt. Wäre es optimal gelaufen, würde sie um diese Zeit sowieso noch mit Kleinbauer zusammensitzen.

»Also gut, gehen wir.«

Evelyn musste nur drei, vier Minuten warten, bis Kleinbauer von zwei Pflegern in den Raum geführt und am Stuhl angekettet wurde. Dabei hielt er den Kopf gesenkt, bis er mit Evelyn allein war.

»Es tut mir leid«, sagte er dann. »Ich möchte es wiedergutmachen.«

»Wir werden uns nicht mehr sehen, egal, was Sie jetzt sagen«, entgegnete Evelyn entschlossen.

»Ich weiß. Ich weiß auch, dass Sie es gut mit mir meinen. Deshalb möchte ich Ihnen sagen, woher ich die Informationen habe.«

Evelyn bemühte sich um eine unbeteiligte Miene. »Und?«

Wie schon bei ihrem ersten Gespräch kurz zuvor beugte er sich wieder ein Stück nach vorn und sagte leise: »Kommen Sie näher.«

Evelyn beugte sich nur so weit vor, dass sie sicher sein konnte, dass Kleinbauer sie nicht mit einem Kopfstoß überraschen konnte. Als sie ihm in die Augen sah, verzog sich sein Mund erneut zu einem hämischen Grinsen. Also doch. Schlagartig stieg die Wut in Evelyn darüber auf, dass sie offensichtlich zum x-ten Mal auf Kleinbauer hereingefallen war. Bevor sie jedoch aufstehen und den Raum verlassen konnte, flüsterte er: »Es war der Polizist. Der Polizist hat es mir gestern gesagt.«

23

Evelyn saß in ihrem Auto auf dem Parkplatz vor der Klinik und starrte durch die Windschutzscheibe, ohne etwas von der Außenwelt wahrzunehmen. In ihrem Kopf herrschte ein derartiges Chaos, dass sie nicht in der Lage war, den Wagen zu starten und loszufahren.

Es war der Polizist …

Der einzige Polizist, der ihres Wissens nach am Vortag mit Kleinbauer geredet hatte, war Tillmann. Aber der würde doch niemals … Nein, das war undenkbar. Zumal Tillmann definitiv nichts von ihrem angespannten Verhältnis zu Isabel wusste. Sie hatte niemals mit ihm darüber gesprochen, ebenso wenig wie mit irgendjemand anderem. Außer mit ihrem Bruder. Ihm hatte sie ehrlich gesagt, was sie empfand. Ihm als Einzigem. Und nun wusste ein latent schizophrener Frauenmörder davon.

Oder hatte sie es Tillmann doch irgendwann in einem vertrauten Moment erzählt? Aber selbst wenn, dann blieb dennoch die Frage, warum er es ausgerechnet Kleinbauer sagen sollte.

Evelyn gab sich einen Ruck und startete den Motor. Sie musste mit Tillmann reden. Sie musste ihn fragen.

Als sie eine halbe Stunde später Tillmanns Büro betrat, fand sie es leer vor. Auf dem Weg zum Einsatzraum der

Soko kam er ihr aber, gemeinsam mit zwei Kollegen, entgegen. Erstaunt blickte er auf seine Armbanduhr.

»Bist du mit Kleinbauer schon fertig?«

»Ja, und zwar endgültig.«

Tillmann nickte seinen Kollegen zu, woraufhin sie weitergingen. Dann wandte er sich wieder an Evelyn.

»Das klingt nicht gut. Komm, gehen wir in mein Büro.«

Kaum hatte er die Tür hinter ihnen geschlossen, sagte Evelyn: »Was hast du Kleinbauer gesagt, als du gestern bei ihm warst?«

»Was meinst du?« Er ging um den Schreibtisch herum und setzte sich. Evelyn ließ sich auf dem Besucherstuhl nieder.

»Worüber hast du mit ihm geredet?«

»Das habe ich dir doch schon erzählt. Dass du meiner Meinung nach ihm gegenüber viel zu gutmütig bist und ich nicht verstehen kann, dass du ihm immer noch helfen möchtest. Und dass ich hoffe, dass er …«

»Nein, das meine ich nicht«, unterbrach sie ihn ungeduldig. »Hast du mit ihm über meinen Bruder und meine Schwägerin gesprochen?«

Tillmanns Augen verengten sich für einen Moment. »Was? Nein, natürlich nicht. Warum sollte ich mit diesem kranken Typen über deinen Bruder reden?«

»Was ist mit meinem Verhältnis zu Isabel?«

Tillmann neigte den Kopf etwas zur Seite und sah sie besorgt an. Auf seiner Stirn zeigten sich tiefe Falten. »Evelyn, was ist mit dir? Ich verstehe nicht einmal ansatzweise, worauf du hinauswillst, aber was du sagst, klingt seltsam. Was meinst du mit deinem *Verhältnis zu Isabel*?«

»Kleinbauer hat heute Morgen etwas über mein Verhältnis zu Isabel gesagt. Etwas, das er definitiv nicht von meinem Telefonat mit dir wissen kann, das er mitgehört hat.« Sie sah Tillmann in die Augen. »Und er hat behauptet, dass du ihm das gestern bei eurem Gespräch erzählt hast.«

Sie wartete ein paar Sekunden, in denen Tillmann sie ansah, als überlege er, woher er sie kannte. Dann fuhr sie fort: »Hast du?«

Tillmann ließ sich gegen die Rückenlehne seines Schreibtischstuhls fallen, in seinem Gesicht konnte Evelyn eine Mischung aus Unglauben und Enttäuschung erkennen. Es dauerte eine ganze Weile, bis er erwiderte: »Ich weiß ehrlich gesagt nicht, was ich dir darauf antworten soll. Und ich will dir auch sagen, warum ich das nicht weiß. Weil ich keine Ahnung habe, wovon, zum Teufel, du überhaupt sprichst und was es mit diesem Verhältnis zu Isabel auf sich hat.«

»Habe ich mit dir je über Isabel gesprochen?«

»Ich weiß, dass sie deine Schwägerin ist. Das war's. Und weiter?«

»Mein Verhältnis zu ihr war von Anfang an … angespannt.«

»Das kommt in den besten Familien vor. Und?« Tillmann klang genervt.

»Ich habe nie mit jemandem darüber gesprochen außer mit Fabian.«

»Es ehrt mich, dass du mir das jetzt erzählst, aber ehrlich gesagt verstehe ich immer noch nicht, worauf du hinauswillst.«

»Kleinbauer weiß davon. Und er behauptet, es von dir zu wissen.«

Tillmann dachte einen Moment lang nach, dann nickte er. »Okay, jetzt verstehe ich zumindest, worum es hier geht. Was ich aber ehrlich gesagt nicht verstehe, ist, warum du mir diese Frage stellst.« Ihm war deutlich anzuhören, dass ihn dieses Gespräch ärgerte. »Ich hatte bis gerade keinen blassen Schimmer von deinem Verhältnis zu deiner Schwägerin, wie du selbst ja auch schon festgestellt hast. Was mich aber noch viel mehr … nennen wir es *überrascht*, ist die Tatsache, dass du mich ernsthaft fragst, ob ich einem gestörten Mörder intime Informationen aus deinem Privatleben erzählt habe.«

»Ich …«, setzte Evelyn an, doch Tillmann hob die Hand.

»Nein, warte. Ich bin noch nicht fertig.« Als sie daraufhin tatsächlich verstummte, sagte er wütend: »Seit Tagen versuche ich, dich aufzufangen und dir beizustehen, Evelyn. Ich höre mir deine Phantastereien über deinen Bruder an, der nach zwei Jahren plötzlich wieder auftaucht und Leute auf Campingplätzen umbringt oder sich nur zufällig zur falschen Zeit am falschen Ort aufhält. Ich versuche, dich zu beschützen und dir gegen meine Überzeugung dabei zu helfen, nach weiteren Hinweisen zu suchen, die bestätigen sollen, dass Fabian tatsächlich lebt und wieder aufgetaucht ist. Ich versuche, das alles aus deiner Sicht zu sehen. Dabei riskiere ich meinen Job und mache mich sogar strafbar, weil ich Informationen in einer Mordserie unterschlage, auch wenn sie mehr als zweifelhaft sind. Ich tröste und unterstütze dich, und …« Tillmann schüttelte den Kopf, als könne er immer noch nicht glauben, worüber sie gerade redeten. Er stand auf, drehte sich um und blickte aus dem Fenster, das sich quer über die Stirnseite des Büros erstreckte. Nicht lange, vier Atemzüge, fünf, dann setzte er sich wieder und sah sie an, und sie registrierte, dass seine Augen feucht glänzten, als er mit ruhiger Stimme erklärte: »Ich denke, es ist besser, wenn du jetzt gehst.«

Die Stille, die darauf folgte und in der Evelyn fieberhaft nach Worten suchte, um Tillmann begreiflich zu machen, wie es in ihr aussah, schien ewig zu dauern. Wie konnte sie ihm versichern, dass sie ihm nicht misstraute und das mit ihrer Frage auch nicht hatte zum Ausdruck bringen wollen?

Sie hätte sich selbst ohrfeigen können für ihre Dummheit. Und für die Kunst, es sich mit dem einzigen Menschen zu verderben, der immer und zu jeder Zeit zu ihr gehalten hatte.

»Ja, gut«, sagte sie und stand auf. »Ich verstehe dich.«

Es gab nichts, womit sie die Situation in diesem Moment noch hätte retten oder besser machen können. Wahrscheinlich hätte jedes weitere Wort von ihr alles nur noch verschlimmert.

An der Tür wandte sie sich noch einmal zu Tillmann um und sagte: »Es tut mir leid.« Dann verließ sie sein Büro.

24

Sie war noch keine fünf Minuten unterwegs, als ihr Telefon klingelte. Es war Dr. Gersmann, wie sie mit einem schnellen Blick auf ihr Smartphone feststellte, das in der Mittelkonsole lag. Sie nahm das Gespräch über die Freisprechanlage an und meldete sich mit einem kurzen: »Ja, bitte?«

»Gersmann hier. Sind Sie schon zu Hause?«

»Nein, ich war gerade im Präsidium und bin auf dem Heimweg.«

»Würden Sie einen kleinen Schlenker machen und zu mir in die Klinik kommen? Ich habe mir gerade das Video von heute Morgen angesehen und würde mich gern mit Ihnen darüber unterhalten.«

Es war klar, dass dieses Gespräch nur verschoben gewesen war, aber in diesem Moment fehlte ihr die Energie, um sich dem Leiter der Forensischen Psychiatrie gegenüber zu rechtfertigen.

»Ich fühle mich nicht so gut. Außerdem müssen wir darüber nicht reden, ich werde das Gutachten abgeben.«

»Das fände ich sehr bedauerlich, zumal ich der Meinung bin, dass Sie recht souverän auf Kleinbauers Attacken reagiert haben. Geben Sie sich einen Ruck, Evelyn, und kommen Sie zu mir. Ich denke, ich kann Sie davon überzeugen, mit Kleinbauer weiterzumachen.«

Es war nicht das, was Gersmann gerade gesagt hatte, was Evelyn umdenken ließ, sondern eine spontane Idee. Vielleicht wusste Gersmann ja etwas über das Gespräch zwischen Tillmann und Kleinbauer.

»Also gut, ich bin in zwanzig Minuten da.«

»Wunderbar, dann bis gleich.«

Gersmann erwartete sie in seinem Büro und lächelte, als sie eintrat. »Schön, dass sie gekommen sind. Bitte, nehmen Sie Platz.«

»Danke«, entgegnete Evelyn und setzte sich.

»Ich möchte gleich zur Sache kommen. Über die Sitzung heute Morgen und Kleinbauers Psychospielchen brauchen wir nicht großartig zu reden. Ich sagte Ihnen schon, dass ich der Meinung bin, dass Sie das recht souverän gemeistert haben, angesichts der Tatsache, wie sehr das Thema Sie emotional belastet. Was mich aber interessiert, ist, was er Ihnen zugeflüstert hat. Denn was auch immer es war, in diesem Moment war es vorbei mit Ihrer Beherrschung. Also, Evelyn, welchen wunden Punkt hat er getroffen, und woher kennt er ihn?«

Evelyn musste nicht lange nachdenken. Sie musste Gersmann die Wahrheit sagen, wenn sie wollte, dass er ihr alles berichtete, was er wusste.

»Kleinbauer hat behauptet, er hätte die Informationen über meinen Bruder und meine Schwägerin von Hauptkommissar Tillmann.«

»Oh …«, entfuhr es Gersmann. Er beugte sich vor und tippte etwas in den Computer ein. »Kleinbauer ist ja noch durchtriebener, als ich dachte. Das lässt Rückschlüsse auf seine Fähigkeit zu, seine Taten als solche einschätzen zu können und sich der Tragweite eines Mordes bewusst zu sein.«

»Sie glauben also auch nicht, dass Gerhard – vielleicht ohne es zu wollen – etwas über meinen Bruder und meine Schwägerin gesagt hat? Ich meine … eventuell ist ihm etwas rausgerutscht?«

»Nein, ist es nicht, da bin ich sicher.«

»Aber wie können Sie da so sicher sein? Soweit ich weiß, ist das Gespräch nicht aufgezeichnet worden.«

Gersmann blickte sie verwundert an. »Wie kommen Sie denn auf diese Idee? Natürlich wurde das Gespräch aufgenommen. Das ist Vorschrift. Ausnahmslos jedes Gespräch von Externen mit einem Patienten wird aufgezeichnet. Sei es eine Gutachterin oder ein Polizist. Die einzige Ausnahme sind Gespräche mit Anwälten.«

»Aber …«, setzte Evelyn an, redete jedoch nicht weiter. Hatte Tillmann nicht gesagt, es hätte keine Videoaufzeichnung gegeben? Hatte er sie angelogen?

»Ich habe das Gespräch live am Monitor verfolgt. Gerhard hat Kleinbauer einige Dinge auf den Kopf zugesagt, und Kleinbauer war – zumindest, soweit es den Anschein hatte – sichtlich beeindruckt, um nicht zu sagen, eingeschüchtert. Die Art und Weise, wie Gerhard das gemacht hat, entspricht natürlich nicht der Herangehensweise aus psychologischer Sicht, aber dass dieser Ansatz bisher wenig Erfolg gebracht hat, wissen wir ja beide. Jedenfalls kam das Thema während des gesamten Gesprächs kein einziges Mal auf Ihren Bruder oder Ihre Schwägerin, das kann ich Ihnen versichern. Und die beiden haben auch nicht miteinander geflüstert.«

Die kleine Spitze zu ihrem Gespräch mit Kleinbauer überging sie. »Danke, das hilft mir.«

»Haben Sie denn schon mit Gerhard darüber geredet?«

»Ja, gerade eben.«

»Und?«

»Er sagte auch, dass er nichts dergleichen erwähnt hat.«

Gersmann nickte, als hätte er nichts anderes erwartet.

»Darf ich Ihnen eine private Frage stellen?«

»Ja, sicher«, antwortete Evelyn, obwohl sie alles andere als sicher war, dass sie das wollte, denn sie ahnte, in welche Richtung diese Frage gehen würde.

»Sie waren doch mal eine ganze Weile mit Gerhard liiert, und wenn ich das nicht vollkommen falsch sehe, verbindet Sie beide noch immer eine enge Freundschaft, richtig?«

»Ja, das stimmt.«

»Wenn Sie mit Gerhard gesprochen haben und er hat Ihnen schon gesagt, dass Ihr Bruder kein Thema in dem Gespräch mit Kleinbauer war … warum haben Sie mich dann danach gefragt?«

»Ich weiß es nicht«, antwortete Evelyn wahrheitsgemäß.

Gersmann nickte und sagte: »Nun ja, das ist ja eigentlich auch Ihre Privatangelegenheit. Aber darf ich Ihnen trotzdem etwas dazu sagen?«

»Sicher, da wir schon dabei sind …«

»Gerhard Tillmann würde niemals etwas tun, das Ihnen schaden könnte. Und was sein Gespräch mit Kleinbauer betrifft, vergessen Sie bitte eines nicht: Der einzige Grund, warum es überhaupt stattgefunden hat, sind Sie. Er hat gemerkt, wie sehr Ihnen Kleinbauer zugesetzt hat, und wollte erreichen, dass das aufhört. Er wollte Sie schützen, Evelyn.«

»Ich weiß«, entgegnete sie.

Gersmann legte eine Hand auf die Tischplatte und nickte.

»Gut. Bleiben Sie an Kleinbauer dran, Evelyn. Ich habe Sie in dem Video von heute Morgen genau beobachtet und Ihnen angesehen, wie viel Kraft es Sie gekostet hat, aber Sie haben das sehr gut hinbekommen. Ich weiß nicht, wie ich in einer solchen Situation reagiert hätte.«

»Ich denke darüber nach. Jetzt muss ich gehen.« Evelyn stand auf und verließ Gersmanns Büro. Sie wollte nur noch nach Hause, sich hinlegen und die Decke über den Kopf ziehen.

Zu Hause angekommen, schob sie sich eine Tiefkühlpizza in den Ofen und setzte sich mit einer Tasse Kaffee an den Tisch.

Sie konnte wirklich stolz auf sich sein. Innerhalb von wenigen Tagen hatte sie es geschafft, Zweifel an ihrer Kompetenz als Psychologin aufkommen zu lassen und den einzigen Menschen zu vergraulen, auf den sie sich seit Fabians Verschwinden immer hatte verlassen können. Was war nur los mit ihr? Wie konnte es jemandem wie Nils Kleinbauer gelingen, sie als erfahrene Psychologin so sehr aus der Fassung zu bringen und regelrecht mit ihr zu spielen? Das wäre niemals passiert, wenn sie dieses verdammte Phantombild nicht gesehen hätte. Damit hatte dieser unglückselige Trip von einer Katastrophe zur nächsten für sie begonnen.

Mach dir nichts vor, flüsterte eine innere Stimme ihr zu. *Nicht dieses Bild ist für deine beschissene Situation verantwortlich, sondern einzig und allein dein hysterisches Verhalten, als du es gesehen hast.*

Wie hatte sie Tillmann derart vor den Kopf stoßen können, dass er sie zum ersten Mal, seit sie sich kannten, weggeschickt hatte? Und das völlig zu Recht. Aus seiner Sicht musste es so aussehen, als schenke sie dem Geschwafel von Nils Kleinbauer mehr Glauben als ihm.

Aber hätte sie Tillmann überhaupt gefragt, wenn sie ihm wirklich so vertrauen würde, wie er es verdiente?

Nein, sicherlich nicht.

Der Ofen piepte. Sie stand auf, nahm die Pizza heraus und setzte sich damit an den Tisch. All das geschah wie in Trance. Als sie zehn Minuten später den leeren Teller von sich wegschob, konnte sie sich schon nicht mehr daran erinnern, welchen Belag die Pizza gehabt hatte.

Sie stand auf und ging ins Wohnzimmer, wo sie sich auf die Couch fallen ließ.

Scheint mein neuer Lieblingsplatz zu werden, dachte sie. Der professionelle Teil ihres Verstandes soufflierte ihr sofort, dass dieser wiederholte Rückzug auf die Couch am helllichten Tag und das Grübeln erste Anzeichen einer handfesten Depression sein konnten. Es war ihr egal.

Sie schloss die Augen und spürte schon nach kurzer Zeit, wie sie langsam in die sanfte Umarmung des Schlafes glitt, als ihr Telefon klingelte und sie hochschreckte. Erst wollte sie es ignorieren, doch da war dieser innere Drang, nachzusehen, wer sie anrief. Also öffnete sie die Augen und griff nach dem Gerät.

Anonym, zeigte das Display an und jagte damit in Sekundenbruchteilen ihren Puls in die Höhe. Anonym war auch der Absender der Textnachrichten gewesen. F.

»Hallo?«, meldete sie sich. Statt einer Antwort hörte sie

jemanden schwer atmen. »Hallo? Wer ist denn da?«, versuchte sie es erneut, nachdem mehrere Sekunden verstrichen waren. Sie hatte das Gefühl, das Herz würde ihr jeden Moment aus der Brust springen. »Sagen Sie doch etwas.«

Das Atmen klang angestrengt, fast röchelnd, so, als hätte der Anrufer Probleme damit, Luft in seine Lungen zu bekommen.

»Fabian? Bist du das?«

Einatmen, ausatmen. Einatmen, ausatmen …

»Bitte, sag doch etwas. Wo bist du? Was kann ich tun, um dir zu helfen?«

Einatmen, ausatmen.

»Bitte …«, flehte sie. »Ich weiß, dass du das bist.«

Ein kurzer Moment absoluter Stille, dann folgte das typische Tuten, das Zeichen, dass der Anrufer aufgelegt hatte.

Langsam ließ Evelyn die Hand mit dem Telefon sinken.

Hatte sie tatsächlich gerade einen Anruf von ihrem Bruder erhalten, der in Frankreich verschwunden war und seit zwei Jahren vermisst wurde? Konnte das sein?

Kurz kam ihr der Gedanke, Tillmann anzurufen, ihm davon zu erzählen und zu hören, was er dazu sagte, aber angesichts des Verlaufs ihrer letzten Unterhaltung war das wahrscheinlich keine gute Idee. Aber mit wem sonst konnte sie sprechen? Die Antwort war schnell gefunden: mit niemandem.

Sie legte sich wieder hin, schloss die Augen und versuchte, an nichts zu denken.

Sie dachte an Fabian.

Vielleicht rief er wieder an. Vielleicht sagte er dann etwas. Vielleicht.

Evelyn hoffte darauf, dass sie schnell einschlief und somit der Realität zumindest für eine Weile entfliehen konnte.

Und tatsächlich dämmerte sie kurz darauf weg und sah sich in einem Liegestuhl in der Sonne sitzen, vor einem Wohnmobil, das fast genauso aussah wie das, mit dem Fabian unterwegs gewesen war. Die Front war völlig deformiert und die Fahrerkabine eingedrückt, aber das schien sie nicht zu stören, ebenso wenig wie die Tatsache, dass sie einen weißen Arztkittel trug.

Als ein plätscherndes Geräusch zu hören war, wechselte mit einem Schlag die Perspektive. Sie war nun nicht mehr Beobachterin, sondern sah durch die Augen der Traum-Evelyn.

Sie richtete sich auf, und ihr Blick fiel auf den See, an dessen Ufer das Wohnmobil stand. Er war so groß, dass die silbern schimmernde Oberfläche am Horizont den bedrohlich dunklen Himmel berührte.

Nur wenige Meter vom Ufer entfernt entstand plötzlich ein kleiner Strudel, dann schob sich etwas aus dem Wasser. Ein Kopf. Statt Haare hing Seetang von der Schädeldecke herab. Die Augen lagen tief in den Höhlen und starrten sie an. Die Lippen fehlten, so dass die fauligen Zähne zu einem schaurigen Dauerlachen gebleckt waren.

Dennoch erkannte sie Fabians Gesicht.

Immer weiter stieg er aus dem Wasser. Der nackte Oberkörper war übersät mit dunklen Flecken und Wunden. Ein Messer steckte bis zum Schaft in der Brust, im Bauch klaffte eine große Wunde. Evelyn wollte von der Liege aufspringen und weglaufen vor diesem Monster, zu dem Fabian geworden war, doch ihre Arme und Beine waren tonnenschwer und ließen sich keinen Millimeter bewegen. Sie sah zu der schrecklichen Gestalt, die einmal Fabian gewesen war und die mittlerweile das Wasser verlassen hatte. Die nasse Jeans wurde von einem groben Seil um die Hüfte gehalten. An einigen Stellen war sie aufgerissen, totengraue Haut schimmerte darunter hervor. Mit zeitlupenhaft langsamen Schritten näherte sich die Gestalt ihr.

»Fabian«, stammelte sie, »ich bin's, deine Schwester. Erkennst du mich denn nicht? Bitte, tu mir nichts.«

Der Monster-Fabian verstand sie entweder nicht, oder es war ihm egal, dass sie seine Schwester war. Unbeirrt bewegte er sich auf sie zu.

Plötzlich wurde sie nach hinten weggerissen, alles drehte sich für einen kurzen Moment, dann öffnete sie die Augen, starrte verwirrt an die Decke und hörte das Klingeln ihres Smartphones. Erleichtert, aus diesem schrecklichen Traum herausgerissen worden zu sein, schnellte sie hoch. Vielleicht war es wieder der anonyme Anrufer? Vielleicht würde er dieses Mal mit ihr reden?

Der Anruf war nicht anonym. Sie konnte die Nummer, die angezeigt wurde, nicht zuordnen, aber sie war ihr trotzdem nicht fremd.

»Ja?«, brachte sie krächzend heraus.

»Jasper Kriebich hier«, sagte er gutgelaunt. »Sie klingen, als hätte ich Sie geweckt.«

»Ich … muss kurz eingeschlafen sein«, bestätigte Evelyn.

»Oh, das tut mir leid. Aber ich hatte es Ihnen ja angedroht, nun bin ich in Oldenburg.«

Evelyn brauchte einen Moment, bis sie begriff, was Kriebich meinte. Sie hatte nicht damit gerechnet, dass er tatsächlich herfahren würde. »Sie sind tatsächlich in Oldenburg? Ich dachte, Sie wollten erst um sieben kommen.«

»Haben Sie mal auf die Uhr geschaut?« Er klang belustigt. Evelyn nahm das Smartphone vom Ohr und warf einen Blick darauf. 18:42 Uhr.

»Sorry«, sagte sie, als sie das Gerät wieder am Ohr hatte. »Ich wusste nicht, dass es schon so spät ist.«

»Überhaupt kein Problem. Also: Wo soll ich Sie abholen?«

Sie dachte kurz nach und kam zu dem Entschluss, dass sie nicht wollte, dass Kriebich sie zu Hause abholte. Wollte sie sich überhaupt mit ihm treffen? Ja, entschied sie, anders als am Vortag. Sie war zu dem Schluss gekommen, dass es ihr vielleicht guttun würde, sich mal mit jemand anderem als Tillmann zu unterhalten.

»Wie wäre es, wenn wir uns in einer halben Stunde in einem Lokal treffen?«, schlug sie vor.

»Okay, dann sehen wir uns gleich im Restaurant. Ich wollte den Kavalier geben und Sie chauffieren, aber ich merke schon, Sie möchten lieber unabhängig sein. Das kann ich verstehen. Haben Sie denn ein Lieblingsrestaurant hier in Oldenburg?«

»Treffen wir uns doch im *Schalander*, das ist zwar kein Restaurant, aber meine Lieblingsbar.«

»Was immer Sie möchten.«

»Soll ich Ihnen die Adresse geben?«

»Ich denke, mein Navi wird es finden. Dann also bis gleich, ich freue mich.«

25

Evelyn hatte im *Schalander* ihren Stammplatz, einen bestimmten Barhocker hinter einem rechtwinkligen Knick des Tresens. So konnte sie sehen, wer das Lokal betrat, und mit Tom plaudern, wenn er einen Moment Zeit hatte.

Der Barkeeper hatte sogar schon mal einem Gast ein Bier dafür ausgegeben, dass er sich auf einen anderen Hocker setzte, als sie hereingekommen war.

Jasper Kriebich saß auf dem Hocker neben ihrem angestammten Platz, und während Evelyn auf ihn zuging, fragte sie sich, ob das ein Zufall war.

»Evelyn, schön, Sie zu sehen«, sagte Kriebich lächelnd, stand auf und zog *ihren* Hocker so weit zurück, dass sie sich daraufsetzen konnte.

»Hallo, ja, auch schön, Sie zu sehen«, antwortete sie und nahm Platz.

»Falls Sie sich wundern, dass ich ausgerechnet hier sitze … Ich dachte mir, wenn Sie öfter hier sind, haben Sie vielleicht einen Lieblingsplatz, und siehe da …« Er deutete auf ihren Hocker, während Tom grinsend einen Weißwein vor ihr abstellte, den sie noch gar nicht bestellt hatte. Als sie ihn fragend ansah, sagte er: »Der Herr hat dein Lieblingsgetränk für dich geordert.«

»Danke«, entgegnete sie, und an Kriebich gewandt:

»Verwöhnen Sie jede Frau so, mit der Sie sich auf ein Glas treffen?«

Er grinste. »Selbstverständlich, sogar meine Mutter und meine Schwester.«

Er hob sein Rotweinglas. »Zum Wohl. Ich freue mich, dass wir hier zusammensitzen.«

Auch Evelyn griff nach ihrem Glas, prostete ihm zu und nahm einen Schluck.

»Sie haben eine Schwester?«

»Ja, Michi. Sie ist drei Jahre jünger als ich und neben meiner Mutter der wichtigste Mensch in meinem Leben.« Sein Lächeln wurde breiter. »Freunde von mir behaupten, dass ich deshalb noch immer Single bin, weil ich bisher keine Frau gefunden habe, die eine perfekte Mischung aus meiner Mutter und meiner Schwester ist.«

Evelyn lächelte.

»Aber bitte, erzählen Sie mir doch ein bisschen über sich«, forderte Kriebich sie auf.

Wie schon bei ihrem Telefonat am Tag zuvor, zögerte Evelyn.

»Vielleicht machen wir es andersherum«, sagte Kriebich, als er ihr Zögern bemerkte. »Lassen Sie mich Ihnen ein wenig von mir erzählen.«

»Okay«, sagte Evelyn. »Gerne.«

»Also gut. Ich habe angefangen als Personalentwickler in einem mittelständischen Unternehmen und …« Er unterbrach sich und schüttelte den Kopf. »Nein, das ist Blödsinn. Wenn ich möchte, dass Sie mir so weit vertrauen, dass Sie mir von diesem Mann erzählen, dessen Foto ich gestern gesehen habe, dann ist es nur fair, wenn ich etwas Persönliches mit Ihnen teile.« Kriebich griff nach seinem Glas und nahm einen großen Schluck, bevor er es wieder abstellte.

»Ich erwähnte ja schon, dass ich eine Schwester habe, die mir sehr viel bedeutet.« Erneut machte er eine Pause, in der er seine Hände betrachtete.

»Es gab eine Situation in meinem Leben, die ich so gerne rückgängig machen würde, dass ich ohne Einschränkungen alles dafür geben würde. Es ist etwa sechs Jahre her. Michi hatte damals einen recht seltsamen Freund, der sie ins Drogenmilieu hineinzog. Es fing mit Gras an, dann folgte Koks. Ich habe ihr immer wieder ins Gewissen geredet und versucht, sie dazu zu überreden, sich von dem Kerl zu trennen und mit dem Mist aufzuhören, aber …«

Kriebich griff wieder nach seinem Glas.

»Jedenfalls rief Michi mich eines Nachmittags an, während ich mich auf eine wichtige Verhandlung vorbereitete, die eine halbe Stunde später beginnen sollte. Sie sagte, sie habe sich mit Kai – so hieß ihr Freund – gestritten, und fragte, ob ich sie von seiner Wohnung abholen könne.

Ich habe ihr erklärt, dass das nicht ginge, weil ich das Meeting nicht verschieben könne. Ich sagte, sie solle sich ein Taxi rufen, ich würde die Kosten übernehmen.«

Erneut der Blick auf seine Hände. Dieses Mal dauerte es länger, bis Kriebich weitersprach. Es fiel ihm sichtlich schwer. »Um es kurz zu machen: Sie hat kein Taxi gerufen. Der Kerl hat sie mit Crystal Meth vollgepumpt. Eine Überdosis, an der sie fast gestorben wäre. Sie lag tagelang im Koma und danach noch mehrere Wochen im Krankenhaus. Ich habe sie im Stich gelassen, Evelyn. Als meine Schwester mich zum ersten Mal wirklich gebraucht hätte, habe ich ihr nicht geholfen, weil mir ein Geschäftstermin wichtiger war. Das habe ich mir nie verziehen.«

Evelyn wartete eine Weile, dann fragte sie: »Und sie? Michi? Hat sie Ihnen verziehen?«

Kriebich nickte. »Ja, sie hat von Anfang an gesagt, dass es nicht meine Schuld gewesen sei. Und ich glaube auch, dass sie das wirklich so sieht. Aber für mich fühlt es sich nicht so an. Ich werde diese Schuld für den Rest meines Lebens mit mir herumtragen.«

Eine Weile blickten sie aneinander vorbei und hingen ihren Gedanken nach, bis Evelyn aus einem Gefühl heraus sagte: »Ich hatte einen Bruder, zu dem ich auch so ein gutes Verhältnis hatte wie Sie zu Ihrer Schwester. Der Mann auf dem Foto gestern, das ist mein Bruder.«

Kriebich nickte. »So etwas in der Art habe ich mir schon gedacht. Ich habe die Trauer in Ihren Augen gesehen und den Schmerz. Sogar wenn Sie versucht haben zu lächeln. Ich hätte auf Ihren Mann getippt. Möchten Sie mir von ihm erzählen?«

»Eigentlich nicht«, sagte sie, fügte aber gleich darauf hinzu: »Aber vielleicht doch.«

»Tun Sie es, bitte. Ich bin mir nämlich nicht zu hundert Prozent sicher, dass der Mann auf dem Foto, also Ihr Bruder, nicht doch derjenige ist, dem ich letzte Nacht die Tour vermasselt habe.«

»Was? Aber warum haben Sie dann gesagt, er sei es nicht?«

Kriebich zuckte mit den Schultern. »Weil ich vorsichtig bin mit Beschuldigungen. Solange ich mir nicht absolut sicher bin, würde ich nie behaupten, er war es.«

»Aber Sie denken … Sie halten es für möglich, dass es Fabian gewesen sein könnte?«

»Wie ich schon sagte, es ist eine deutliche Ähnlichkeit da. Je nachdem, was der Mann in den vergangenen Jahren erlebt hat …«

»Das ist … Ich weiß gar nicht, was ich sagen soll«, gestand Evelyn.

»Ein Vorschlag: Ich höre Ihnen zu, und wenn Sie wollen, vergessen wir das alles anschließend wieder. Dann haben Sie es sich zumindest mal von der Seele geredet. Glauben Sie mir, ich weiß, wie wichtig das ist. Was halten Sie davon?«

Evelyn dachte nur einen Moment lang nach.

Dann begann sie, Jasper Kriebich von ihrem Bruder Fabian zu erzählen.

»Das ist ja eine unfassbare Geschichte«, sagte Jasper Kriebich hörbar beeindruckt, als Evelyn fertig war. Im Großen und Ganzen hatte sie ihm alles wahrheitsgemäß berichtet. Lediglich die Situation, in der Tillmann war, hatte sie verschwiegen. Kriebich schien sich zu ihrer Erleichterung entweder keine Gedanken über die Tatsache zu machen, dass einerseits die Polizei nichts von Evelyns Verdacht wusste, andererseits aber mit Tillmann ein Polizist sie zu ihm begleitet hatte. Oder aber er sagte bewusst nichts dazu, um sie nicht in Erklärungsnot zu bringen. Wobei sie ihm eher Letzteres zutraute.

»Das heißt also im Klartext, dass es zwei Möglichkeiten gibt: Entweder ist Ihrem Bruder etwas zugestoßen und er lebt nicht mehr, oder aber er lebt und bringt Leute um.«

Als Evelyn nicht reagierte, sagte er: »Entschuldigen Sie bitte, das muss sich für Sie brutal anhören, aber ich neige dazu, Fakten beim Namen zu nennen, und das sind nun mal die möglichen Szenarien.«

»Es gibt noch eine dritte Möglichkeit: Er lebt und war zufällig zur falschen Zeit am falschen Ort.«

In dem Moment, als sie es aussprach, ahnte sie, was Kriebich ihr entgegnen würde, was auch prompt so kam. »Das könnte man mit viel Wohlwollen noch für die Sache am See gelten lassen, aber ich habe gesehen, wie dieser Kerl auf einen Mann mit einem Messer losgegangen ist. Und ich habe seine zugegebenermaßen halbherzigen Schläge gespürt.«

»Halbherzig?«, fragte Evelyn, weil es sie interessierte, was er damit meinte, aber auch, weil das eine Gelegenheit war, um kurz das Thema zu wechseln.

»Ja. Ich hatte das Gefühl, er hatte kein Interesse daran, mich anzugreifen und ernsthaft zu verletzen. Es ging ihm nur darum, wegzukommen und zu verhindern, dass ich ihn festhalte. Das habe ich auch der Polizei gesagt.«

»Ich verstehe. Aber so verwunderlich ist das ja auch nicht. Er war überrascht und wollte nur noch entkommen. Aber wo Sie es gerade erwähnen: Hatten Sie keine Angst, dass er Sie verletzen oder sogar töten könnte? Immerhin hatte er ein Messer und war ja offensichtlich bereit, jemanden damit umzubringen.«

Kriebich stieß ein kurzes Lachen aus. »Natürlich hatte ich Angst. So sehr, dass ich mich danach erst mal hinsetzen musste, weil mir die Knie heftig gezittert haben. Aber das ändert ja nichts an der Tatsache, dass ich gesehen habe, wie jemand bedroht wurde. Da konnte ich doch nicht weitergehen und so tun, als wäre das nicht passiert. Ich hätte mir für den Rest meines Lebens Vorwürfe gemacht, wenn der Kerl den Mann wirklich umgebracht und ich nicht zumindest versucht hätte, es zu verhindern.«

»Trotzdem war das sehr mutig von Ihnen und etwas, das nur die Wenigsten getan hätten.«

»Ja, vielleicht, mag sein. Aber lassen Sie mich zu Ihrem Bruder zurückkommen. Ich möchte Ihnen dabei helfen herauszufinden, was mit ihm passiert ist und ob er möglicherweise doch derjenige ist, der hier sein Unwesen treibt.«

»Das … ist wirklich sehr nett von Ihnen, aber ich denke, das muss ich allein tun. Ich möchte nicht, dass jemand da mitreingezogen wird, und schon gar nicht jemand, den ich praktisch kaum kenne.«

»Hm … Was ist mit dem Polizisten?«

»Tillmann? Was soll mit ihm sein?«

»Sind Sie mit ihm zusammen?«

»Nein, wir sind nur gute Freunde«, erklärte Evelyn und fügte leise hinzu: »Genau genommen ist er mein einziger Freund.«

»Er wäre gern mehr.«

»Wie kommen Sie denn darauf?«, fragte sie, überrascht darüber, dass Kriebich das aufgefallen war.

»Es war nicht zu übersehen, als Sie beide bei mir waren. Ich habe die Blicke bemerkt, mit denen er Sie angeschaut hat. Ganz sicher: Er ist in Sie verknallt.«

Evelyn musste über diese Formulierung schmunzeln, die sie selbst zum letzten Mal gebraucht hatte, als sie noch in Uni-Hörsälen saß.

»Wir waren mal zusammen«, sagte sie. »Aber das ist schon eine ganze Weile her.«

»Lassen Sie mich raten: Es ist in die Brüche gegangen, nachdem Ihr Bruder verschwunden ist?«

Evelyn trank einen großen Schluck und stellte das Glas wieder ab. »Ja. Wie so vieles andere auch.«

»Ich würde Ihnen wirklich gern helfen.«

»Wobei?«

»Dabei, herauszufinden, ob Ihr Bruder noch lebt oder nicht.«

Sie stieß ein kurzes, bitteres Lachen aus. »Ach ja? Und wie wollen Sie das anstellen?«

»Ich bin mir noch nicht ganz sicher, aber spontan würde ich sagen, indem wir denjenigen finden, mit dem ich meinen kleinen Fight hatte. Den *Camper*.«

»Ach so, okay«, sagte sie, als sei das das Selbstverständlichste der Welt. »Nicht zu fassen, dass ich nicht selbst schon längst auf diese Idee gekommen bin. Oder die Polizei. Ich muss gleich Tillmann anrufen und ihm den Vorschlag machen, den Serienkiller doch einfach mal zu finden.«

Kriebich erwiderte geduldig: »Sie sind Psychologin, Evelyn, also brauche ich Ihnen nicht zu sagen, was Sie da gerade tun. Und es ist auch in Ordnung. Ich weiß, wie sehr Sie das alles belastet. Trotzdem wiederhole ich mein Angebot: Ich würde Ihnen gern dabei helfen herauszufinden, ob Ihr Bruder noch lebt und ob er vielleicht tatsächlich derjenige ist, den ich in der vorletzten Nacht davon abgehalten habe, einen Menschen zu töten.«

»Aber warum wollen Sie das tun?«

»Sagen Sie's mir. Vielleicht einfach, um ein wenig von

dem wiedergutzumachen, was ich meiner Schwester angetan habe, als ich sie im Stich ließ.«

»Ja, vielleicht. Aber ich glaube, Hauptkommissar Tillmann kann mehr erreichen, weil ihm ganz andere Mittel zur Verfügung stehen.«

Ihr Smartphone, das sie vor sich auf der Theke abgelegt hatte, informierte sie über das Eintreffen einer Nachricht. Sofort griff sie danach und sah auf das Display. Der Absender war anonym. Der Text lautete:

Du musst mich aufhalten. Bitte.

F.

Ihre Hand begann zu zittern. Sie ließ sie langsam sinken und versuchte, ihre Gedanken zu ordnen.

»Schlechte Nachrichten?«, fragte Kriebich neben ihr.

Evelyn hörte die Frage, aber sie reagierte nicht. Sie musste Tillmann diese Nachricht zeigen, das war ihr mit einem Schlag klar. Er kannte sie besser als jeder andere, und nur er konnte ihr raten, wie sie mit dieser Nachricht und der Schlussfolgerung, die diese fünf Wörter nach sich zogen, umgehen sollte. Sie musste zu ihm. Sofort.

Kriebich legte ihr die Hand auf den Unterarm und sagte: »Evelyn. Ich würde Ihnen wirklich gern helfen, wenn Sie mich lassen.«

»Danke, das ist ...« Sie stopfte das Handy in ihre Handtasche. »Danke, aber ich muss jetzt gehen.«

Er zog die Hand zurück. »Schon gut. Sie haben ja meine Telefonnummer. Rufen Sie mich einfach an, wenn Ihnen danach ist. Jederzeit.«

»Danke.« Sie stand auf und verließ Sekunden später das Lokal.

Draußen angekommen, dachte sie kurz darüber nach, ob sie Tillmann anrufen solle, entschied sich aber dagegen. Sie hoffte darauf, dass er zu Hause war. Falls nicht, konnte sie immer noch zum Telefon greifen.

Du musst mich aufhalten. Bitte.

Wenn diese Nachricht wirklich von Fabian stammte, konnte sie nichts anderes bedeuten, als dass er tatsächlich der Kerl war, der von Campingplatz zu Campingplatz zog und dort Menschen ermordete.

Etwas Furchtbares musste mit ihm passiert sein … Sie durfte gar nicht anfangen, darüber nachzudenken ….

Aber was auch immer geschehen war – irgendwo in Fabian steckte noch ein Teil des Menschen, den sie sehr geliebt hatte. Auch das sagte ihr die Nachricht. Dieser Teil erkannte, wie schrecklich das war, was er tat, und er wollte, dass man ihn aufhielt. Dass *sie* ihn aufhielt.

Für die Fahrt zu Tillmann brauchte sie fünfundzwanzig Minuten. Sie hatte Glück, er war zu Hause.

Als er die Tür seiner Wohnung im zweiten Stock eines Mehrfamilienhauses im Oldenburger Stadtteil Donnerschwee öffnete, sah er Evelyn mit ernster Miene wortlos an.

»Ich möchte mich bei dir entschuldigen«, sagte sie. »Du hattest recht mit dem, was du gesagt hast, und ja, ich habe die ganze Zeit über gewusst, dass du niemals mit Kleinbauer über private Dinge von mir reden würdest. Dafür kenne ich dich gut genug. Aber ich musste dich trotzdem fragen, einfach, um auch den kleinsten Zweifel auszuräumen. Ich wünschte, du könntest das verstehen. Das alles belastet mich …«

»Es ist gut«, sagte Tillmann, machte einen Schritt auf sie zu und nahm sie in die Arme. »Ich habe überreagiert, und das tut *mir* leid. Ich verstehe dich. Du bist in einer Extremsituation.« Er löste sich von ihr. »Komm rein.«

Als sie die Wohnung betrat, in der Tillmann seit vielen Jahren lebte, überlegte sie, wie lange es her war, seit sie zum letzten Mal hier gewesen war. Es mussten fast zwei Jahre sein, und dennoch kam es ihr vor, als seien gerade mal ein paar Wochen vergangen.

Es hatte sich seitdem kaum etwas verändert. Das Wohnzimmer war relativ klein, aber stilvoll und modern eingerichtet. An den in hellen Erdtönen gestrichenen Wänden hing neben zwei signierten Drucken von Udo Lindenberg noch immer ein auf A0 vergrößertes und gerahmtes Schwarz-Weiß-Foto von ihnen beiden. Es war in Rom vor dem Trevi-Brunnen aufgenommen worden und zeigte sie lachend in enger Umarmung.

Damals war die Welt noch in Ordnung gewesen.

Evelyn riss den Blick von dem Foto los und setzte sich auf die dunkelblaue Zweisitzer-Couch.

»Ich habe wieder eine Nachricht bekommen«, sagte sie.

»Mist. Von F.?«

»Ja.«

»Was steht drin?«

Sie reichte Tillmann ihr Smartphone. Er nahm es und las laut vor: *»Du musst mich aufhalten. Bitte. F.«*

»Du musst mich aufhalten?«, wiederholte Tillmann, legte das Handy auf den Tisch und sah Evelyn an. »Das klingt verdammt danach, als ob der Schreiber dieser Nachrichten tatsächlich unser Täter ist.«

»Ja, ich weiß. Was ich aber nicht weiß, ist, was ich jetzt tun soll.« Sie senkte den Kopf und sagte leise: »Aber das ist noch nicht alles. Ich habe auch einen Anruf mit unterdrückter Nummer erhalten.«

»Wann?«

»Heute Nachmittag.«

»Heute Nachmittag?«, wiederholte er ungläubig. »Und warum sagst du mir das erst jetzt?«

»Hast du vergessen, wie wir heute Vormittag auseinandergegangen sind? Du hast mich aufgefordert zu gehen. Ich dachte, ich belästige dich nicht damit.«

»Aber das ist doch …« Tillmann hob abwehrend beide Hände und ließ den Kopf sinken. »Das ist jetzt unwichtig. Wer hat angerufen, und was hat er gesagt?«

»Ich weiß nicht, wer es war. Er hat nichts gesagt. Nur geatmet.«

»Geatmet?«

»Ja, laut. So, als ob er schlecht Luft bekommt. Es war unheimlich.«

»Und dann?«

»Ich habe ihn gebeten, etwas zu sagen, und dann hat er aufgelegt.« Sie wusste selbst nicht, warum sie ihm nur die halbe Wahrheit erzählte, und fügte hinzu: »Nachdem ich gefragt habe, ob er Fabian ist.«

»Das klingt ziemlich seltsam.«

»Ja, ich weiß.«

Eine Weile sahen sie in Gedanken versunken aneinander vorbei, dann gestand Evelyn leise: »Ich habe Angst, Gerhard.«

Tillmann ging um den Tisch herum, ließ sich neben ihr

auf der Couch nieder und legte vorsichtig einen Arm um sie. »Das kann ich verstehen. In den letzten Tagen ist einiges geschehen, das wirklich furchterregend ist.«

»Seit zwei Jahren habe ich Angst vor dem Moment, in dem es den Beweis dafür gibt, dass Fabian tatsächlich tot ist. Ich habe Angst davor, dass es irgendwann an meiner Tür klingelt und zwei Polizisten stehen mit betretenen Mienen vor mir und fragen, ob sie reinkommen dürfen. Ich fürchte mich vor der Endgültigkeit, die das bedeuten würde. Aber die Angst, die ich jetzt habe, ist eine andere. Jetzt habe ich Angst um ihn *und* um mich.«

»Wie meinst du das?«

»Ich habe in den letzten beiden Jahren oft darüber nachgedacht, wie es weitergehen soll. Was mir mein Leben noch wert ist. Aber ich glaube, es gab keinen einzigen Zeitpunkt, an dem ich ernsthaft mit dem Gedanken gespielt hätte, es zu beenden. Wenn sich aber herausstellen sollte, dass es wirklich Fabian ist, der diese Menschen so brutal und bestialisch umgebracht hat … Ich weiß nicht, wie ich damit weiterleben soll.«

Tillmann beugte sich nach vorn und drehte sie an den Schultern ein wenig zu sich herum. »Evelyn, so was darfst du nicht sagen. Nicht einmal denken.« Er atmete keuchend durch. »Du bist forensische Psychologin und zudem seine Schwester. Der Mensch, dem er am meisten vertraut. Wer sollte ihm besser helfen können als du, wenn es wirklich Fabian ist?« Er deutete auf das Smartphone auf dem Tisch. »Und wenn der Anruf und diese Nachrichten von ihm sind, dann ist das doch der Beweis dafür, dass er das auch weiß. Egal, was mit ihm passiert ist, er bittet dich um Hilfe. Würdest du sie ihm wirklich verweigern, indem du dein Leben wegwirfst?«

»Nein«, antwortete sie, »du hast recht.«

»Natürlich habe ich recht.«

Sie sahen sich in die Augen. »Danke, dass du mir nicht mehr böse bist. Ich weiß nicht, was ich tun würde, wenn es dich nicht gäbe.«

»Ich bin froh, dass du zu mir gekommen bist und dass du weißt, dass ich immer alles für dich tun würde.«

Evelyn beugte sich ein wenig nach vorn, so dass ihr Gesicht sich seinem näherte. Ihr Blick blieb auf Tillmanns Augen gerichtet, bis sie sich so nahe waren, dass sie nichts mehr erkennen konnte. Sie schloss die Augen, und ihre Lippen fanden seinen Mund zu einem langen, zärtlichen Kuss.

Als sie sich nach einer gefühlten Ewigkeit wieder voneinander lösten, sagte sie: »Hast du noch immer das gleiche bequeme Bett?«

»Ja«, sagte er, und seine Stimme klang heiser.

Sie stand auf und streckte ihre Hand nach ihm aus. »Dann lass uns dorthin gehen.«

»Evelyn, bist du sicher, dass …«

»Ganz sicher«, antwortete sie, nahm ihn an der Hand und zog ihn mit sich.

26

Sie lagen einander zugewandt im Bett. Evelyn ließ die Spitze ihres Mittelfingers zärtlich über Tillmanns Brust wandern und folgte mit dem Blick dem Weg, den ihre Hand nahm. Sie fühlte sich wohlig ermattet.

»Jasper Kriebich war heute Abend in Oldenburg«, sagte sie.

»Kriebich? Was hat der denn in Oldenburg gemacht?«

»Er ist wegen mir gekommen. Er wollte mich zum Essen einladen.«

Tillmann zuckte zusammen. »Du warst mit ihm essen?«

»Nein, wir waren nur auf ein Glas im *Schalander*.«

»Was wollte er?«

»Er hat mir angeboten, mir zu helfen, nach Fabian zu suchen.«

»Moment … du hast ihm von Fabian erzählt?«

»Ja, und lass uns jetzt bitte nicht darüber diskutieren.«

»Also gut, warum auch immer du … Was hast du dazu gesagt?«

»Nichts. Ich bin gegangen und zu dir gefahren.«

»Also ich finde, hierherzukommen war eine hervorragende Idee. Zumal du ihn ja überhaupt nicht kennst.«

»Das stimmt zwar, aber er hat eine jüngere Schwester, mit der ihn ein enges Verhältnis verbindet, so wie es zwischen Fabian und mir war. Und er hat auch einiges mit ihr erlebt. Deswegen versteht er, glaube ich, ganz gut, was in mir vorgeht.«

»Ich glaube zwar nicht, dass man jemanden wirklich verstehen kann, den man kaum kennt, aber zumindest hat er Eier in der Hose.«

Evelyn hob den Kopf und sah Tillmann überrascht an. »Was?«

Sein Mund verzog sich zu einem angedeuteten Grinsen. »Es gehört schon was dazu, einfach so dazwischenzugehen, wenn man sieht, dass jemand einen anderen mit einem Messer angreift. Die allermeisten würden schnellstens und möglichst unbemerkt verschwinden. Er hat diesem Mann wahrscheinlich das Leben gerettet. Er hat Eier. Und obendrein ein unverschämtes Glück.«

»Was meinst du?«

»Ich meine, dass er fast unverletzt aus dieser Geschichte herausgekommen ist. Der Killer hatte ein Messer und war sicher vollgepumpt mit Adrenalin. Dass er recht schnell und fast ohne Gegenwehr getürmt ist und Kriebich dabei nicht nennenswert verletzt hat, das nenne ich Glück.«

Evelyn setzte sich auf, und es störte sie nicht, dass Tillmanns Blick über ihre nackten Brüste glitt.

»Ja, das stimmt. Aber vielleicht wollte der Täter einfach schnell entkommen.«

»Dennoch muss ihm klar sein, dass es nun schon eine zweite Person gibt, die ihn beschreiben kann. Ich finde es seltsam, dass das so reibungslos abgelaufen ist.«

»Wie du schon sagtest, Kriebich hatte wohl tatsächlich Glück.«

Tillmann richtete sich ein wenig auf und stützte sich auf dem Unterarm ab. »Wie dem auch sei: Tu mir bitte den Gefallen und sei vorsichtig. Irgendetwas sagt mir, dass mit diesem Jasper Kriebich etwas nicht stimmt. Du kennst ihn gerade mal zwei Tage, und schon kommt er extra wegen dir nach Oldenburg, will dich zum Essen einladen und bietet dir seine Hilfe in einer sehr persönlichen Sache an. Das geht alles ein wenig schnell.«

»Bist du etwa eifersüchtig?«

Tillmann schüttelte den Kopf. »Nein, ich mache mir Sorgen um dich und versuche, dich davor zu bewahren, vielleicht einen Fehler zu begehen.«

Evelyn streichelte ihm über den Kopf. »Das ist sehr lieb von dir, aber wie du siehst, bin ich hier und nicht bei Jasper Kriebich. Ob das allerdings mit Vorsicht zu tun hat, sei dahingestellt.«

Tillmanns Mund verzog sich kurz zu einem Lächeln, dann wurde er wieder ernst. »Sagst du mir, wie ich das hier einordnen soll?«

»Das hier?«

»Ich meine, dass wir hier zusammen in meinem Bett liegen.«

»Wie wäre es mit: schön?«

Eine Weile sah er sie fragend an, dann schien er einzusehen, dass er nichts anderes von ihr hören würde. Er küsste sie auf die Stirn und zog die Decke hoch bis zum Kinn. »Ja, das ist eine gute Idee.«

Als Evelyn aufwachte, war das Bett neben ihr leer. Ein Blick auf die Uhr zeigte ihr, dass es kurz nach sieben war. Sie stand auf, zog sich ihren Slip und ihr Shirt an und verließ das Schlafzimmer. Aus der Küche war Klappern zu hören. Als sie den kleinen Raum betrat, hantierte Tillmann gerade an der Kaffeemaschine herum. Er war komplett angezogen, und seine Haare waren noch nass. Offensichtlich hatte er schon geduscht.

Als er sie bemerkte, kam er auf sie zu und küsste sie auf den Mund. »Guten Morgen. Ich wollte dir einen Kaffee machen, aber leider lässt mich diese eigensinnige Maschine mal wieder im Stich. Hast du gut geschlafen?«

Evelyn hatte das Gefühl, dass Tillmann nicht so guter Laune war, wie er ihr weismachen wollte.

»Ja, habe ich. Stimmt etwas nicht?«

»Ein Kollege vom Präsidium hat mich eben angerufen.«

»So früh? Ich habe gar nichts gehört.«

»Ich hatte mein Telefon ins Bad mitgenommen.«

»Gibt es Neuigkeiten?«

»Der Chef interessiert sich für meine kleine Unterhaltung mit Kleinbauer. Er will mich um acht Uhr in seinem Büro sehen.«

»Oh!«, entfuhr es Evelyn. »Wie hat er davon erfahren?«

»Das weiß ich nicht.«

»Bekommst du deswegen Ärger?«

Er zuckte mit den Schultern. »Keine Ahnung. Kann schon sein. Hagemeier ist ein Paragraphenreiter. Er besteht auf die absolute Einhaltung der Dienstvorschriften. Und wenn man es genau nimmt, war das eine oder andere, das ich Kleinbauer gesagt habe, vielleicht nicht ganz nach Dienstvorschrift.«

»Und alles nur wegen mir, das tut mir leid.«

»Nein, nicht wegen dir, sondern wegen Kleinbauer, diesem kranken Mistkerl.«

»Ja, aber wenn er mich nicht …«

Tillmann schüttelte den Kopf. »Vergiss es. Du hast daran keine Schuld.«

»Da fällt mir ein: Sagtest du nicht, dieses Gespräch sei nicht aufgezeichnet worden?«

»Nein, das sagte ich nicht.«

»Ich habe dich nach den Videoaufnahmen gefragt, und du sagtest: *Welche Videoaufnahmen*?«

»Genau. Ich habe aber nicht gesagt, es gäbe keine, oder?«

Als Evelyn die Mundwinkel nach unten zog, sagte Tillmann: »Okay, halten wir fest, dass ich dich nicht angelogen habe. Ich habe das nur deshalb offengelassen, damit du dir keine Sorgen machst. Ich würde dich nie anlügen.«

»Also gut.«

Tillmann sah auf die Uhr. »Tut mir leid, aber ich muss in zehn Minuten los.«

»Ich brauche nur fünf«, sagte Evelyn und wandte sich ab.

27

Der Held von Schwanewede

»Ich habe doch nur meine Pflicht getan«

VON KARSTEN MÜLLER UND SABINE ETZOLD

Der Camper hat wieder zugeschlagen, doch dieses Mal hat er die Rechnung ohne Jasper Kriebich (49) gemacht. Der smarte Self-Made-Millionär mit Villa in einer der nobelsten Ecken von Schwanewede war zu einem seiner regelmäßigen nächtlichen Spaziergänge unterwegs, der ihn am Campingplatz Weserauen bei Schwanewede vorbeiführte, als er abseits des Weges seltsame Geräusche hörte.

»Ich liebe es, nachts spazieren zu gehen«, erklärt er. »Die nächtliche Stille inspiriert mich. Deshalb fielen mir die Geräusche sofort auf. Erst dachte ich, da wären Wildschweine zugange, aber dann war da plötzlich ein kurzer Schrei, und der kam eindeutig von einem Mensch.«

Jasper Kriebich zögert nicht lange, sondern bahnt sich einen Weg zwischen den Bäumen hindurch, die den Spazierweg von den äußeren Stellplätzen des Campingplatzes trennen. Was er dann zu sehen bekommt, hätte kein Krimi-Regisseur besser in Szene setzen können.

»Es sah aus wie eine Inszenierung auf einer nächtlichen Waldbühne«, beschreibt Kriebich diesen Moment, und man merkt ihm an, dass er noch immer unter dem Eindruck des entsetzlichen Erlebnisses steht. »Es war zwar fast Vollmond, aber der Himmel war bewölkt, und man konnte nur wenige Meter weit etwas erkennen.«

Die Stirnlampe, die er für besonders dunkle Ecken immer dabeihat, hat er zu diesem Zeitpunkt bewusst ausgeschaltet. »Weil ich nicht unnötig auf mich aufmerksam machen wollte. Es hätte ja sein können, dass dort gerade ein Paar zugange ist«, erklärt er grinsend.

»Dann, als sie fast direkt vor mir waren, riss die Wolkendecke kurz auf, und ich konnte sie deutlich sehen. Zwei Gestalten, die miteinander rangen. Mir war klar, dass das kein Spaß war. Ich sah, dass einer der Männer dem anderen den Mund zuhielt, während er mit dem Messer in seiner anderen Hand versuchte, auf ihn einzustechen.«

Jasper Kriebich tut nicht das, was wohl die allermeisten von uns in der Situation getan hätten. Er ergreift angesichts der tödlichen Waffe nicht die Flucht, sondern wirft sich mutig gegen den Angreifer.

»Er hat nur kurz um sich geschlagen und mich dabei ein wenig im Gesicht erwischt, dann ist er getürmt.«

Kriebich alarmiert Polizei und Krankenwagen, die das Opfer Mario P. versorgen und zur Behandlung der überwiegend oberflächlichen Stichwunden ins Krankenhaus bringen.

»Man sollte ihn mit einem Preis für Zivilcourage auszeichnen«, meint Campingplatzbetreiber Arno S.

Jasper Kriebich sieht das anders. »Das war selbstverständlich«, findet er. »Ich habe doch nur meine Pflicht getan.«

Den Täter kann Jasper Kriebich zwar nur ungenau beschreiben, aber nach dem Zeugen vom Timmeler Meer in Großefehn ist er nun schon der Zweite, der den *Camper* gesehen hat. Wird die Polizei jetzt endlich dafür sorgen, dass nicht noch mehr Menschen ermordet werden? Denn eines steht zu befürchten: Das nächste Opfer wird vermutlich keinen Jasper Kriebich haben, der ihm zu Hilfe eilt.

Evelyn lehnte sich im Stuhl zurück und betrachtete noch einmal den Artikel, den sie auf der Onlineplattform eines Boulevardblattes gefunden hatte. Nach der Rückkehr in ihre Wohnung hatte sie sich mit einer Tasse Kaffee an ihr Notebook gesetzt, um nicht über Tillmann und die vergangene Nacht nachzudenken. Sie wollte es vermeiden, sich selbst die Frage zu stellen, die auch Tillmann ihr gestellt hatte und auf die sie keine Antwort wusste. Wie sollte sie die letzte Nacht einordnen?

Ein erneuter Blick auf das Display lenkte ihre Gedanken wieder zurück zu Jasper Kriebich. Er gab sich in dem Interview sehr locker und auf eine angenehme Art bescheiden, und das war auch ihr erster Eindruck von ihm gewesen.

Und allem Anschein nach interessierte er sich für sie. Keine Ahnung, ob das lediglich damit zu tun hatte, dass sie beide eine außergewöhnlich enge Bindung zu ihren Geschwistern hatten, oder ob es ihm um sie ging.

Kriebich war ein gutaussehender und interessanter Mann, und ein Teil von ihr fühlte sich geschmeichelt. Aber da war diese Stimme in ihr, die ihr sagte, dass jetzt nicht die Zeit war, sich mit solchen Gefühlen zu beschäftigen. Und dass er ihr, schon einen Tag nachdem sie sich kennengelernt hatten, dabei helfen wollte, nach ihrem Bruder zu suchen, das war zumindest ungewöhnlich, um nicht zu sagen merkwürdig.

Sie klappte das Notebook zu und fragte sich, ob Tillmanns Gespräch mit seinem Chef schon zu Ende war. Aber hätte er sie dann nicht angerufen? Oder tat er das bewusst nicht, um sie wieder mal zu schonen?

Sie gab sich einen Ruck und griff nach ihrem Telefon.

Tillmann nahm das Gespräch schon nach dem zweiten Klingeln an.

»Evelyn! Schön, dass du anrufst.«

»Und? Wie war es?«

»Nun, Hagemeier hat darüber nachgedacht, mir ein Disziplinarverfahren wegen Verletzung der Dienstvorschriften anzuhängen. Ich konnte ihn überreden, mir quasi Bewährung zu geben. Er ist darauf eingegangen, weil meine bisherige Personalakte einwandfrei ist.«

»Verletzung der Dienstvorschrift? Du hast Kleinbauer doch lediglich klargemacht, welche Konsequenzen es für ihn haben kann, wenn er weiterhin nicht mitarbeitet.«

»Nicht ganz. Ich habe ihm auch unmissverständlich zu verstehen gegeben, was mit ihm passieren könnte, wenn er noch einmal versucht, Spielchen mit dir zu treiben. Und Kleinbauer hat sich dann offiziell über mich beschwert.«

»Was hat er? Ich fass es nicht!«

»Ja, das hab ich auch gedacht, aber daher wusste Hagemeier überhaupt von der Sache. Kleinbauer hat über seinen Anwalt eine Dienstaufsichtsbeschwerde gegen mich einreichen lassen.«

»Sein Anwalt? Dieser Dr. Teisen? Ich hatte erst einmal mit ihm zu tun. Ein unangenehmer Mensch.«

»Was er gerade wieder unter Beweis gestellt hat.«

Ein Tuten kündigte Evelyn an, dass jemand in der Leitung war. Sie nahm das Smartphone kurz vom Ohr und warf einen Blick auf das Display. Jasper Kriebich.

Sie ignorierte den Anruf.

»Die Kollegen aus Bremen haben zwischenzeitlich übrigens die Anmeldelisten aller Campingplätze verglichen, auf denen unser Täter zugeschlagen hat, und dabei festgestellt, dass es eine Überschneidung auf den beiden letzten Plätzen gab«, sprach Tillmann weiter.

»Was? Wo kommt er her?«

»Es ist ein Italiener. Die Kollegen überprüfen gerade die Adresse.«

»Das ist ja irre«, sagte Evelyn aufgeregt. »Das kann doch kein Zufall sein.«

»Es wäre zumindest ein extrem großer Zufall, wenn ein italienischer Urlauber zweimal nacheinander mit seinem Wohnmobil auf einem Campingplatz steht, auf dem ein Mord geschieht.«

»Mein Gott, das ist ja … Wann sind die mit der Überprüfung der Adresse fertig?«

»Das hängt davon ab, wie schnell die italienischen Kollegen reagieren.«

»Sagst du mir gleich Bescheid, wenn du etwas hörst?«

»Das mache ich, versprochen. Was hast du heute noch vor?«

»Ich werde mich wieder einmal durchs Netz und die Unterlagen wühlen und versuchen, irgendetwas über Fabians Schicksal herauszufinden.«

»Sehen wir uns heute noch?«

»Ich weiß nicht. Vielleicht brauche ich den Tag für mich.«

»Ich dachte auch eher an den Abend.«

»Wahrscheinlich nicht. Ich melde mich bei dir, okay?«

»Ich dachte, nach der letzten Nacht …«

»Bitte, setz mich nicht unter Druck. Ich melde mich.«

»Evelyn?«, sagte Tillmann schnell, bevor sie auflegen konnte.

»Ja?«

»Nimm es mir nicht übel, aber … findest du nicht auch, es wäre an der Zeit, loszulassen?«

»Was? Ich verstehe nicht. Wie kannst du gerade jetzt so etwas sagen?«

»Was meinst du mit gerade jetzt?«, entgegnete Tillmann nach einer längeren Pause. »Meinst du nach der letzten Nacht?«

»Nein. Ich meine jetzt, wo ich diese … Ach, vergiss es. Ich möchte nicht darüber diskutieren. Melde dich bitte, wenn du was aus Italien hörst.«

»Okay.«

Sie beendete das Gespräch. Wie konnte er nach dem, was in den letzten Tagen geschehen war, und vor allem nach den Nachrichten, die sie bekommen hatte, davon sprechen, sie solle loslassen? Und das, nachdem er ihr erzählt hatte, dass es eine erste heiße Spur gab? Ein Camper aus Italien. Warum ausgerechnet aus Italien? Warum nicht aus Frankreich?

Aber wer konnte schon wissen, was mit Fabian geschehen war und wohin es ihn verschlagen hatte? Ihre Gedanken kehrten zu Tillmann zurück.

Sie mochte ihn wirklich, aber manchmal konnte sie ihn einfach nicht verstehen. Erst zeigte er sich so unglaublich verständnisvoll, und sie verbrachten die Nacht miteinander, und dann deutete er an, sie solle endlich mit der Suche nach ihrem Bruder aufhören. Und das ausgerechnet, nachdem dieser wahrscheinlich in einer Nachricht an sie um Hilfe gerufen hatte.

Kriebich fiel ihr wieder ein. Ohne darüber nachzudenken, drückte sie auf die Rückruftaste.

»Ah, Evelyn«, meldete er sich. »Danke für den Rückruf.«

»Ich habe gerade erst gesehen, dass Sie angerufen haben«, log sie. »Wollten Sie etwas Bestimmtes?«

»Ich wollte hören, wie es Ihnen geht.«

»Danke, ich würde sagen, durchwachsen. Es tut mir leid, dass ich Sie gestern Abend habe sitzenlassen, aber … ich bin im Moment einfach keine gute Gesprächspartnerin.«

»Das ist okay, ich verstehe Sie«, sagte Kriebich. »Außerdem fand ich, dass wir uns die kurze Zeit, die wir miteinander verbrachten, prima unterhalten haben. Und ich wollte Sie noch einmal wissen lassen, dass mein Angebot steht: Ich helfe Ihnen bei der Suche nach Ihrem Bruder.«

»Danke, aber ich sagte Ihnen doch schon …«

»Ich hatte den Eindruck, dass Sie sich über jede Unterstützung freuen würden. Habe ich mich getäuscht?«

»Nein, da haben Sie recht, aber … ich will ehrlich zu Ihnen sein. Diese ganze Sache ist sehr privat, und wir kennen uns kaum. Von daher: Nehmen Sie es nicht persönlich, aber ich möchte das wirklich nicht.«

Kriebich stieß ein kurzes Lachen aus. »Ich muss es persönlich nehmen, denn es geht ja um mein persönliches Angebot, Ihnen zu helfen. Aber schon in Ordnung. Ich möchte Sie nicht bedrängen. Irgendetwas sagt mir, dass das schon zur Genüge geschieht.«

»Was meinen Sie damit?«

»Nichts, es ist, wie gesagt, nur so ein Gefühl.«

»Aber Sie haben …«

»Hören Sie, Evelyn, lassen Sie es uns doch ganz einfach handhaben. Ich mag Sie, auch wenn wir uns kaum kennen, und ich bin nach wie vor der festen Überzeugung, dass ich Ihnen helfen könnte, aber ich werde Sie ab jetzt nicht mehr belästigen. Sie haben ja meine Telefonnummer: Wenn Sie es sich anders überlegen oder Ihnen danach ist, mit jemandem zu reden, der Ihnen gern zuhört, dann rufen Sie mich an.«

»Vielen Dank, vielleicht komme ich darauf zurück.«

»Ich würde mich freuen. Bis dann.« Kriebich legte auf, ohne ihr die Gelegenheit zu geben, noch etwas zu erwidern.

Evelyn klappte ihr Notebook wieder auf und betrachtete die Seite, die noch immer geöffnet war. Die Überschrift und den Sub-Header.

Der Held von Schwanewede

»Ich habe doch nur meine Pflicht getan«

War es wirklich das, was Jasper Kriebich dachte? Oder spielte er der Öffentlichkeit auf intelligente Weise Bescheidenheit vor? So oder so, eines stand fest: Er hatte Zivilcourage bewiesen, und das war nichts, was er vorspielen konnte.

Evelyn öffnete Google und wischte diese Gedanken beiseite. Sie hatte zu tun. Sie musste sich um ihren Bruder kümmern.

28

Er steigt aus dem Wohnmobil und schaut den kurzen, schmalen Weg entlang, der von seinem Standort aus noch etwa fünfzig Meter direkt am Waldrand entlangführt und dann in einer Wiese mündet. Niemand zu sehen.

Er geht zum hinteren Stauraum, schließt die Klappe auf und zieht kurz darauf aus einem Seitenfach ein längliches, in ein schmutziges Tuch gewickeltes Paket heraus. Als er den Stoff entfernt hat, betrachtet er die spanischen Nummernschilder. Er hat sie, ebenso wie die italienischen, die noch montiert sind, und einige weitere, schon vor einiger Zeit besorgt. Meist hat er sie nachts auf abgelegenen Parkplätzen oder auch auf Campingplätzen von anderen Fahrzeugen gestohlen.

Nach zehn Minuten ist der Tausch vollzogen. Die italienischen Kennzeichen wickelt er in den Lappen ein und geht damit ein paar Meter zwischen den dicht zusammenstehenden Bäumen hindurch, bis er zu einem umgestürzten und schon halb verfaulten Baumstamm kommt. Mit bloßen Händen schaufelt er Blätter, Moos und Erde darunter heraus, bis eine Mulde entstanden ist, in die er die eingewickelten Schilder drückt. Nachdem er sie wieder mit Erde bedeckt hat, geht er zurück und steigt in sein Wohnmobil. Kurz darauf ist er erneut auf der Straße unterwegs.

Ein Blick auf die Navigationsapp seines Handys zeigt ihm,

dass es noch zweiunddreißig Kilometer bis zu seinem nächsten Ziel sind.

Er ist müde und ausgelaugt. Verzweifelt. Nachdenklich.

Ja, er möchte sich an allen rächen, die immer nur zugesehen und nichts unternommen haben. Er möchte, dass sie die gleiche Angst spüren, die er empfunden hat, als ihm etwas angetan wurde. Er möchte sie zittern sehen, wie er gezittert hat. Zuletzt, als Schläge und Tritte immer und immer wieder auf seinen geschundenen Körper einprasselten, und ebenso vor langer Zeit, als man Dinge mit ihm gemacht hat, an die er sich zwar nicht mehr erinnern kann, die aber dazu geführt haben, dass ein Teil seiner Seele abgestorben ist. Der gute Teil.

Aber da ist auch dieses andere Gefühl in ihm, das gerade jetzt, in diesem Moment, wieder an die Oberfläche kommt.

Er weiß, es ist nur von kurzer Dauer, und das ist auch gut so, denn diese Phasen sind schlimmer als die, in denen er vom Hass beherrscht wird. Es sind die Augenblicke, in denen er diesen Trip beenden möchte, auf dem er unterwegs ist. Momente, in denen er sich danach sehnt, zur Ruhe zu kommen und einfach zu vergessen. Nicht so, wie er vergessen hat, was *genau vor langer Zeit geschehen ist, denn er weiß ja immer noch,* dass *etwas mit ihm passierte. Nein, er wünscht sich in solchen Momenten ein völliges Vergessen. Er möchte alle schlimmen Erinnerungen in einem dunklen Winkel seines Kopfes so sicher wegsperren, dass sein Verstand sie anschließend nicht mehr finden kann. Dann hätte er keinen Grund mehr, wieder und wieder einen neuen Platz ausfindig zu machen, der den Kriterien entspricht, und dort den nächsten Kandidaten zu suchen. Den nächsten Feigling, an dem er Rache nehmen kann.*

O ja, Feiglinge sind sie allesamt, diese Wegseher und Wegren-

ner, die sich einen Scheiß um andere kümmern. Denen es egal ist, wenn jemand gequält wird bis aufs Blut. Solange sie selbst ihr armseliges Leben unbeschadet und unbehelligt weiterleben können, schauen sie stoisch zur Seite, was auch immer um sie herum geschieht.

Er spürt, dass der kurze Moment vorbei ist und dass der Hass wieder in ihm brennt.

Noch fünfundzwanzig Kilometer.

29

Evelyn betrachtete die Karte von Norddeutschland, die vor ihr auf dem Tisch ausgebreitet war. Mit einem schwarzen Stift hatte sie darauf die Campingplätze markiert, auf denen der Täter bisher zugeschlagen hatte, und die Punkte dann miteinander verbunden. Nun versuchte sie, ein Muster in der gezackten Linie zu entdecken, was ihr aber nicht gelang. Schließlich gab sie auf. Letztendlich war ihr klar, dass die Polizei das ebenfalls schon getan hatte. So wie alles, was sie unternehmen würde.

Es war zum Verzweifeln. Es gab außer den Campingplätzen und der Tatsache, dass ein Messer als Waffe benutzt wurde, zumindest nach ihrem Wissensstand keine Gemeinsamkeiten und damit nichts, woraus sich irgendeine Logik hätte ableiten lassen, der der Täter folgte. Nicht einmal die Orte, in deren Nähe die Plätze lagen, ließen Rückschlüsse auf sein nächstes Ziel zu, an dem er womöglich wieder morden würde. Aber es musste ihn geben, diesen roten Faden, so viel hatte sie bei ihrer Zusammenarbeit mit der Polizei und speziell mit Tillmann gelernt. Dass ein Serienmörder seine Opfer vollkommen wahllos aussuchte, passierte äußerst selten. In den allermeisten Fällen folgten diese Täter einem bestimmten Muster. Die Kunst lag darin, es zu erkennen.

Evelyn lehnte sich zurück, schloss die Augen.

Konzentriere dich. Du bist Profi. Die meisten Serientäter verarbeiten mit dem, was sie tun, traumatische Erlebnisse. Was kann jemanden dazu bringen, Menschen auf Campingplätzen mit einem Messer zu ermorden? Ist derjenige selbst auf einem Campingplatz mit einem Messer bedroht worden? Nein, das reicht nicht aus, um einen derartigen Rachefeldzug zu starten. Er müsste schon verletzt worden sein. Vermutlich schwer verletzt. Und zwar wahrscheinlich irgendwann in den vergangenen ein bis drei Jahren …

»Mist«, sagte sie laut, als ihr bewusst wurde, dass sie genau diese Gedanken schon nach den ersten beiden Morden mit den Ermittlern ausgetauscht hatte. Die hatten daraufhin alle in Betracht kommenden Krankenhäuser Norddeutschlands nach männlichen Patienten mit Stichverletzungen abgesucht, aber in keinem waren sie fündig geworden. Nein, so kam sie nicht weiter.

Evelyn öffnete die Augen und richtete den Blick wieder auf die vor ihr ausgebreitete Karte. Vielleicht musste sie die Sache ganz anders angehen. Vielleicht sollte sie überlegen, nach welchen Gesichtspunkten Fabian vorgehen würde. Auch wenn es ihr noch immer unsagbar schwerfiel, Fabian mit diesen furchtbaren Taten in Verbindung zu bringen, musste sie sich dazu zwingen, denn das war etwas, bei dem sie der Polizei einen Schritt voraus war. Tillmanns Kollegen hatten keine Ahnung von Evelyns Verdacht und konnten dementsprechend auch nicht mit dieser Prämisse an den Fall herangehen. Was sie wieder zu Tillmann zurückbrachte.

Gerhard Tillmann, der wegen ihr seine Karriere aufs

Spiel setzte, obwohl er offenbar der Überzeugung war, sie hänge einem Hirngespinst nach und sie müsse endlich loslassen.

Es klopfte an ihrer Wohnungstür. Während sie aufstand und zur Tür ging, nahm sie sich vor, die Hausverwaltung darauf hinzuweisen, dass der Hauseingang stets geschlossen sein sollte, damit nicht jeder x-beliebige Fremde im Haus herumlaufen konnte.

Vor der Tür stand Tillmann. Als wären ihre Gedanken sein Stichwort gewesen. »Wir haben Rückmeldung von den italienischen Kollegen, und ich dachte, ich erzähle dir gleich persönlich davon.«

»Oh! Und?«

Tillmann deutete an ihr vorbei in die Wohnung. »Darf ich reinkommen?«

»Natürlich, entschuldige.«

Tillmann hatte erst ein paar Schritte gemacht, als Evelyn schon nachhakte. »Also, wer ist dieser *Camper*?«

Tillmann zog einen Zettel aus der Hosentasche, faltete ihn auseinander und las vor: »Laut der angegebenen Adresse ein Dottore Massimo Gattana, ein Internist aus San Giovanni Lupatoto, das liegt in der Provinz Verona.«

»Und weiter?«, hakte Evelyn nach, der dieser Name natürlich nichts sagte.

»Nichts weiter. Ich hatte es schon befürchtet. Der Dottore hat für die Zeiten der Morde ein wasserdichtes Alibi. Zudem hasst er Camping, und die einzige Stadt, die er bisher in Deutschland besucht hat, ist München.«

»Aber …«

»Das Kennzeichen wird noch überprüft, wir gehen jedoch davon aus, dass es gestohlen ist und es keine Verbindung zu Herrn Gattana gibt. Wie gesagt, ich habe es befürchtet. So blöd kann niemand sein, dass er mit seinem auf ihn gemeldeten Kennzeichen herumfährt und Menschen umbringt.«

Evelyn dachte eine Weile nach, bevor sie sagte: »Aber du siehst auch, dass es immer noch Fabian sein könnte, der …«

»Nein, Evelyn.« Tillmann machte zwei Schritte und stand direkt vor ihr. Er nahm ihre Hände in seine und sah ihr tief in die Augen.

»Evelyn, bitte. Ich habe mitgemacht, solange es ging, aber du musst jetzt wirklich damit aufhören. Nur weil ein Phantombild eine entfernte Ähnlichkeit mit deinem verschwundenen Bruder hat, heißt das doch nicht, dass er tatsächlich plötzlich nach zwei Jahren wieder aufgetaucht ist und Menschen auf Campingplätzen umbringt. Selbst die beiden Zeugen, die den Täter aus der Nähe gesehen haben, sagen aus, dass sie nicht glauben, dass es Fabian ist. Du …«

»Es ist mir egal, was die Zeugen gesagt haben, nachdem ich diese Nach…«

»Nein, lass mich bitte ausreden! Du verrennst dich da in etwas, das dich mehr und mehr runterzieht. Auch Gersmann ist aufgefallen, dass du dich in den letzten Tagen seltsam benimmst, und er macht sich ernsthafte Sorgen um dich. Mein Chef wollte von mir wissen, ob es vielleicht besser ist, wenn wir die Zusammenarbeit mit dir ruhen lassen, bis du dich wieder gefangen hast. Und der hat keinen blassen Schimmer von deinen … Ideen. Er hat lediglich die

Veränderung an dir bemerkt. Du *musst* wirklich damit aufhören.«

Evelyn hatte ihn nicht unterbrochen. Nicht weil sie ihn ausreden lassen wollte, sondern weil ihr vor Unglaube über das, was sie von Tillmann hörte, schlicht die Worte fehlten. Langsam fing sie sich wieder und schüttelte den Kopf. »Ich kann nicht glauben, was du da sagst. Und dass du dabei mit keinem einzigen Wort die Nachrichten erwähnst, die mit *F.* unterschrieben sind und den …«

Tillmann ließ sie los und hob die Hand. Dabei sah er sie, die Stirn gerunzelt, mit halb zusammengekniffenen Augen an. »Moment, stopp! Von welchen Nachrichten sprichst du? Du hast Nachrichten bekommen? Wieso, zum Teufel, weiß ich davon nichts?«

»Wie, *welche Nachrichten*? Was meinst du damit?«

Tillmann schüttelte den Kopf und schnaubte. »Evelyn! Du hast doch gerade von Nachrichten gesprochen, die mit … *F.* unterschrieben sind. Was sind das für Nachrichten?«

»Wie, was für Nachrichten?«, wiederholte sie, und es war ihr egal, dass ihre Stimme schrill klang. »Willst du mich jetzt völlig fertigmachen? Die Nachrichten von dem anonymen Absender natürlich, die ich dir gezeigt habe. Von F. Du sagst, du weißt davon nichts? Wenn du versuchst, witzig zu sein, kann ich dir garantieren, dass das gerade der falscheste Moment ist, den du dir dafür aussuchen konntest.«

»Komm, setzen wir uns erst mal.« Tillmann deutete auf die Couch, nahm Evelyn gegenüber in einen Sessel Platz und sah sie besorgt an. »Okay, jetzt atme mal tief durch, und dann versuchen wir es noch mal. Also: Was ist das mit diesen Nachrichten? Wann hast du sie bekommen und von wem? Und warum tust du so, als müsste ich davon wissen?«

»Weil ich sie dir gezeigt habe, verdammt nochmal«, schrie sie so plötzlich los, dass Tillmann zusammenfuhr. »Bist du denn vollkommen verrückt geworden? Oder willst du *mich* verrückt machen? Das kann doch nicht wahr sein, Gerhard! Und der Anruf? Von dem weißt du dann wahrscheinlich auch nichts, oder?«

Tillmann ignorierte, dass sie ihn angeschrien hatte, und hob erneut die Hand, als könne er damit diesen Wahnsinn stoppen. »Okay, beruhige dich bitte und hör mir zu, Evelyn. Ich weiß nicht, was gerade los ist, und ich gestehe, dass ich mich im Moment ziemlich hilflos fühle. Aber wir kriegen das in den Griff. Ich versichere dir, ich weiß nichts von Nachrichten, die du bekommen hast. Und auch nichts von einem Anruf. Und bitte, reg dich jetzt nicht wieder auf, das ist alles überhaupt nicht schlimm und sicher ein Resultat des wahnsinnigen Stresses, dem du in den letzten Tagen ausgesetzt warst. Du dachtest wahrscheinlich, du hättest mir von diesen Nachrichten erzählt, weil du das vorhattest, und dann hast du es einfach vergessen. Oder vielleicht … Wer weiß, vielleicht habe ich es vergessen. Aber das ist alles nicht dramatisch. Viel wichtiger ist, dass du mir jetzt sagst, was es mit diesen Nachrichten auf sich hat. Und mit dem Anruf.«

Evelyn starrte Tillmann eine ganze Weile an, dann sagte sie: »Das ist doch vollkommen verrückt«, stand auf, ging zum Sideboard, auf dem ihr Smartphone lag, und kehrte damit zur Couch zurück. »Aber gut, spielen wir das durch, was immer du mit diesem Theater auch bezweckst.«

Nachdem sie sich hingesetzt hatte, entsperrte sie das Telefon, navigierte mit zwei Klicks zu den eingegangenen Nachrichten und betrachtete die Liste. Sie starrte darauf. Fünf Sekunden, zehn … dann scrollte sie hektisch die Liste nach unten durch. Sie musste mehrmals ansetzen, weil ihre Finger zitterten. Als sie unten angekommen war, scrollte sie wieder zum Anfang, schloss die App und öffnete sie erneut. Immer fahriger wurden ihre Bewegungen, sie hörte sich selbst aufstöhnen, blickte zwischendurch zu Tillmann hinüber, der ihr mit trauriger Miene zuschaute, und wieder auf das Display. »Nein, nein, nein«, hörte sie sich sagen, während sie den Nachrichteneingang schloss und die Anrufliste öffnete, wo sie das gleiche Prozedere wiederholte.

Schließlich ließ sie das Telefon sinken und sah Tillmann an. Sie spürte, dass alle Kraft sie verließ.

»Evelyn?«, fragte Tillmann behutsam. »Was ist? Du machst mir ein wenig Angst.«

»Weg«, antwortete sie so leise, dass Tillmann sich nach vorn beugte und sagte: »Was? Ich habe dich nicht verstanden.«

»Weg«, wiederholte sie lauter, und dann schrie sie es ihm entgegen. »Die verdammten Nachrichten sind weg. Und der Anruf auch.«

30

Evelyn warf das Telefon auf den Tisch, sprang auf und begann, aufgeregt im Zimmer auf und ab zu gehen. Sie registrierte, dass sie sich die Hände rieb, als ob ihr kalt sei. Es interessierte sie nicht.

»Wie ist das möglich?«, sagte sie zu sich selbst, als sei Tillmann gar nicht da. »Wie, zum Teufel, kann das sein? Ich muss sie gelöscht haben. Ja, genau, vielleicht im Halbschlaf.« Abrupt blieb sie stehen und sah Tillmann an. »So muss es gewesen sein. Ich habe die Nachrichten gelöscht, tut mir leid.« Sie stieß ein heiseres Lachen aus. »Ist das nicht witzig? Die wichtigsten Nachrichten seit zwei Jahren. Vielleicht meines ganzen Lebens. Der Beweis, dass mein Bruder wahrscheinlich noch lebt, so, wie ich es immer gesagt habe. Und ich lösche sie. Ist das nicht zum Totlachen?«

Evelyn hörte selbst, dass ihre Stimme einen schrillen Klang angenommen hatte. Sie machte zwei Schritte auf Tillmann zu und ging vor ihm in die Hocke. Mit beiden Händen umschloss sie seine rechte Hand und sah ihn beschwörend an. »Aber ich habe dir davon erzählt, Gerhard. Du musst dich doch daran erinnern. *Ich habe dich gesehen*, hat er mir geschrieben, klingelt da nichts bei dir? Und danach schrieb er: *Bitte hilf mir, Eve*. Eve, Gerhard, er hat *Eve* geschrieben. Das war Fabian! Und dann die andere Nachricht. *Du musst mich aufhalten.* Ich habe dir davon erzählt, verdammt, das kannst du doch nicht vergessen haben.«

Den Blick, mit dem Tillmann sie ansah, konnte sie nicht deuten, aber war er wichtig? Nein.

»Und dieser Anruf, bei dem er nichts gesagt, sondern nur laut geatmet hat. Komm schon. Ich habe es dir gesagt, Gerhard, ich weiß es absolut sicher.«

»Evelyn, bitte setz dich wieder. Lass uns darüber reden.«

Mit einem Ruck stieß sie seine Hand zurück und richtete sich auf. »Nein, verdammt, ich setze mich nicht, und wir müssen auch nicht reden. Nun tu bloß nicht so überlegen. *Ich* bin die Psychologin, nicht du. Ich habe dir von den Nachrichten erzählt, und ich habe sie dir sogar gezeigt. Und wenn du jetzt behauptest, das ist nicht wahr, dann lügst du.«

Tillmann atmete schnaubend aus und stand auf.

»Also gut, jetzt reicht's.« Obwohl er unverkennbar aufgewühlt war, blieb er nach außen ruhig. »Ich werde mich von dir nach all dem, was du in den letzten Tagen veranstaltet hast und bei dem ich dir stets beigestanden habe, nicht als Lügner bezeichnen lassen. Ich weiß nichts von irgendwelchen ominösen Nachrichten, die du angeblich bekommen haben sollst. Du hast mir nämlich definitiv nichts davon erzählt. Mir ist klar, dass du im Moment in einer sehr schwierigen und psychisch belastenden Situation bist, aber irgendwann ist Schluss! Ich will mir keine weiteren Unterstellungen mehr von dir anhören. Erst fragst du mich allen Ernstes, ob ich einem Mörder, der in der Psychiatrie sitzt, intime Details von dir verraten habe, und dann, als ich dir sage, dass ich das niemals tun würde, fährst du zu Gersmann und fragst auch dort noch mal nach. Ja, er hat mich angerufen und es mir erzählt, weil er sich sehr über dein Verhalten gewundert hat. Und jetzt das! Ich weiß nicht, womit ich das verdient habe, was du da gerade tust, aber an dieser Stelle gebe ich es auf. Melde dich gern bei mir, wenn du dich wieder besser fühlst.«

Tillmann wandte sich ab und ging zur Tür.

»Du gehst?«, sagte Evelyn. »Wirklich? Du lässt mich jetzt echt allein?«

Er stockte und drehte sich zu ihr um. »Ich habe dir gerade gesagt, was ich darüber denke. Ich möchte dich nicht allein lassen, aber ich kann und werde mir von dir nicht mehr solche Dinge an den Kopf werfen lassen. Ich gebe dir den Rat, mit Gersmann zu reden. Er ist extrem kompetent und kann dir hoffentlich helfen.«

Evelyn stieß einen zischenden Laut aus. »Du hältst mich für verrückt, nicht wahr?« Sie war außer sich und wusste vor Wut und Verzweiflung nicht mehr, was sie tun sollte. Also tat sie instinktiv das, was sie meist in kritischen Situationen tat: Sie glitt ab in eine Art verzweifelten Zynismus. »Ja, doch, du hast recht. Vielleicht bin ich tatsächlich verrückt. Wenn du gleich weg bist, bekomme ich wieder Geisternachrichten von meinem toten Bruder, die automatisch verschwinden, sobald ich sie jemand anderem zeigen will. Das ist bei mir völlig normal.«

»Evelyn, hör auf damit«, sagte Tillmann ruhig. »Bitte.«

»Was denn? Nun schau mich nicht an, als würde ich rosa Einhörner kacken. *Du* musst das doch verstehen. *Du* behauptest doch, mein Freund zu sein, der immer für mich da ist. *Du* warst sogar zur Stelle, um mich in einem schwachen Moment zu vögeln.«

Sie brach ihren Redeschwall abrupt ab. Obwohl sie völlig außer sich war, wurde ihr bewusst, dass sie gerade zu weit gegangen war. Und doch schaffte sie es nicht, etwas zu sagen, als Tillmann sie mit einem unendlich traurigen Blick ansah. Ein paar Sekunden wartete er noch, dann wandte er sich erneut ab und die Wohnungstür fiel hinter ihm ins Schloss.

Evelyn setzte sich auf die Couch und vergrub das Gesicht in den Händen. Dann begann sie hemmungslos zu weinen.

31

Dieses Mal hat er Glück. Der alte Kerl an der Rezeption will keinen Ausweis sehen und hat auch keine Fragen, als er ihm die Platzmiete für drei Tage aufgerundet und in bar auf den verkratzten Holztresen legt und noch einen Zwanzig-Euro-Schein draufpackt. Mit einem verschmitzten Blick lässt der Alte die Scheine in seiner Hosentasche verschwinden und erklärt ihm, er könne sich auf irgendeinen freien Platz stellen, der ihm gefällt.

Auf der Seite steht ein schmales Regal, in dem Zeitungen zum Kauf angeboten werden. Er wirft einen Blick auf die fette Schlagzeile, die ihn von der obenliegenden Zeitung regelrecht anspringt.

Der Held von Schwanewede

»Ich habe doch nur meine Pflicht getan«

Er greift sich eines der in der Mitte zusammengefalteten Exemplare, klappt es auf und wirft einen Blick darauf.

In dem Artikel geht es um ihn. Und um den Mann, der nicht weggeschaut hat.

»Können Sie mitnehmen«, krächzt der Alte. »Ist im Preis inbegriffen.«

Er nickt, faltet die Zeitung wieder zusammen und wendet sich ab.

Auf dem Weg hinaus überlegt er, dass sein Bargeld zur Neige geht. Der nächste Kandidat muss also ein Single sein, so dass er anschließend in dessen Wohnwagen oder Wohnmobil steigen und sein Geld mitnehmen kann.

Er findet einen großzügigen Stellplatz am äußeren Ende mit einem Baum an der Seite und parkt das Wohnmobil. Er steigt gar nicht erst aus, sondern geht direkt nach hinten und legt sich aufs Bett. Er hat wieder starke Kopfschmerzen wie fast jeden Tag. Sie kommen vielleicht von den vielen Gedanken, die er sich macht. Oft dunkle Gedanken. Manchmal auch andere.

Aber obwohl es sich anfühlt, als versuche etwas, mit einem Hammer von innen seine Schädeldecke zu zertrümmern, schließt er noch nicht die Augen, sondern schlägt die Zeitung wieder auf und beginnt zu lesen.

Als er am Ende des Artikels angekommen ist, liest er ihn ein zweites Mal, danach lässt er die Zeitung achtlos vor dem Bett auf den Boden fallen und schließt die Augen.

Jasper Kriebich, *denkt er.* Eine Villa in Schwanewede.

Und dann fasst er einen Entschluss. Er wird Jasper Kriebich besuchen. Er muss dem Mann sagen, dass er ihn bewundert, weil er – anders als die meisten anderen – Mut hat. Und weil er nicht wegschaut.

Er verzieht den Mund zu etwas, das er für ein Lächeln hält. Er freut sich auf Jasper Kriebich.

Aber zuerst muss er noch etwas anderes erledigen.

32

Irgendwann hatte sie aufgehört zu weinen, irgendwann hatte sie aufgehört, sich den Kopf darüber zu zerbrechen, wie das sein konnte, was gerade passierte. Sie war zu einem Entschluss gekommen. Nein, eigentlich zu mehreren Entschlüssen. Und den ersten würde sie sofort in die Tat umsetzen.

Sie stand auf und ging ins Bad. Dass sie sich dabei fühlte wie eine Marionette, die an Fäden hing, die von jemand anderem gezogen wurden, nahm sie eher teilnahmslos zur Kenntnis.

Der Blick in den Spiegel zeigte ihre geröteten und geschwollenen Augen, die zerzausten Haare … Sie schaute weg. Mit mechanischen Bewegungen wusch sie sich das Gesicht mit kaltem Wasser ab und bürstete sich die Haare.

Zehn Minuten später verließ sie ihre Wohnung und fuhr zum Polizeipräsidium. Als sie dort ankam, hatte sie bereits vergessen, welchen Weg sie genommen hatte.

Nachdem sie den Wagen irgendwo auf dem Parkplatz abgestellt und das Gebäude betreten hatte, ging sie allerdings nicht zu Tillmanns Büro, sondern bog vorher ab zum Leiter des KK11, Kriminalrat Hagemeier. Nach dem, was sie mit Tillmann erlebt hatte, blieb ihr keine andere Wahl, als reinen Tisch zu machen.

Der Endfünfziger saß an seinem Schreibtisch und blickte verwundert auf, als sie eintrat.

»Frau Jancke«, sagte er und legte den Stift zur Seite, mit dem er gerade etwas notiert hatte. Im nächsten Moment zog er die Stirn kraus, und sein Blick wurde seltsam. »Was führt Sie zu mir? Geht es Ihnen gut?«

»Ich weiß, wer der *Camper* ist«, erklärte sie ohne Umschweife und mit ruhiger, monotoner Stimme.

»Entschuldigung? Habe ich das gerade richtig verstanden? Sie denken, Sie wissen, wer unser Täter ist? Handelt es sich um einen ehemaligen Patienten von Ihnen?«

»Nein, um meinen Bruder. Fabian Jancke.«

Offenbar brauchte Hagemeier eine Weile, bis er diese Information verarbeitet hatte, denn erst nachdem einige Augenblicke vergangen waren, sagte er: »Aber ist Ihr Bruder nicht vor zwei Jahren in Frankreich verschwunden? Soweit ich weiß, gehen die Kollegen hier und in Frankreich davon aus, dass er damals einem Gewaltverbrechen zum Opfer gefallen ist. Wie kommen Sie darauf, ausgerechnet er könnte der Täter sein?«

»Das Phantombild. Es gleicht ihm.« Sie tippte ein paarmal auf ihrem Smartphone herum, dann hatte sie die kleine Collage gefunden, die sie aus dem Phantombild auf der linken und dem Foto von Fabian auf der rechten Seite erstellt hatte.

»Hier.« Sie trat an den Schreibtisch heran und hielt Hagemeier das Handy so entgegen, dass er das Display sehen konnte.

Hagemeier betrachtete die beiden Gesichter eine Weile, dann nickte er. »Ich gebe zu, eine gewisse Ähnlichkeit ist vorhanden, aber ich würde nicht so weit gehen zu sagen, dass es sich um ein und dieselbe Person handelt.«

»Da ist noch etwas anderes. Wichtigeres. Er hat mir Nachrichten geschickt, dass er mich beobachtet und dass ich ihm helfen soll. Und dass ich ihn aufhalten soll. Unterschrieben sind alle mit *F.*«

»Das ist ja … Wo sind diese Nachrichten? Kann ich sie sehen?«

»Das ist leider nicht möglich«, gab Evelyn zu. »Ich habe sie aus Versehen gelöscht.«

»Ach«, entfuhr es Hagemeier.

»Er hat mich auch angerufen, ebenfalls anonym. Er hat nichts gesagt. Nur laut geatmet. Als ich gefragt habe, ob er Fabian ist, hat er aufgelegt.«

»Und dieser Anruf …«

»Auch gelöscht. Vielleicht, weil ich solche Angst hatte.«

»Hm … haben Sie schon mit Hauptkommissar Tillmann darüber gesprochen?«

»Noch nicht«, log sie so routiniert, als würde sie das täglich tun. »Ich gehe jetzt zu ihm und sage es ihm.« Etwas in ihr wollte verhindern, dass Tillmann Schwierigkeiten bekam, denn letztendlich hatte sie ihn ja überredet, ihr zu helfen und seinem Chef nichts von ihrem Verdacht zu sagen. Und sie hatte ein schlechtes Gewissen, weil sie ihn als Lügner bezeichnet hatte.

Hagemeier blickte eine Weile nachdenklich aus dem Fenster, dann sagte er: »Ich danke Ihnen für diese Information, Frau Jancke.«

»Was passiert jetzt?«

»Was soll passieren? Wir werden weiterhin versuchen,

den Täter zu schnappen. Dann werden wir sehen, ob es tatsächlich Ihr Bruder ist.«

»Ja. Und die Nachrichten? Und der Anruf?«

»Wir können versuchen, über Ihren Provider herauszufinden, woher diese Nachrichten und der Anruf kamen.«

Das bringt nichts, hätte sie fast gesagt, verkniff es sich aber.

»Ich verstehe, dass Sie aufgebracht sind angesichts des Verdachts, den Sie haben, aber an unserer Fahndung und den Ermittlungen ändert sich deswegen nichts. Da Ihr Bruder seit zwei Jahren verschwunden ist, ist er für uns ebenso wenig greifbar wie der Täter. Und eine namentliche Nennung würde auch nichts bringen, außer dass ehemalige Freunde und Bekannte Ihres Bruders uns wahrscheinlich die Hölle heiß machen würden. Von der Presse mal ganz abgesehen. Können Sie sich vorstellen, was die daraus machen würden? Die Schlagzeilen kann man ja fast schon erahnen. Und auch die Fahndung mit einem Originalfoto Ihres Bruders würde keinen Mehrwert bringen, denn es ist ja bestenfalls eine vage Vermutung, dass er es sein könnte. Herr Kriebich hat hingegen bestätigt, dass das Phantombild dem Täter extrem ähnlich sieht.«

»Aber …«, begann Evelyn einen Satz, von dem sie nicht wusste, wie sie ihn beenden sollte. Also beließ sie es dabei.

»Gehen Sie zu Hauptkommissar Tillmann«, sagte Hagemeier, »und erzählen Sie ihm davon. Ich bin überzeugt, er wird Ihnen einen guten Rat geben, schließlich sind Sie miteinander befreundet.« Als Evelyn nicht reagierte, erhob Hagemeier sich.

»Aber unabhängig davon, was sich am Ende herausstellen wird, danke ich Ihnen, dass Sie mit Ihrem Verdacht gleich zu mir gekommen sind. Das war der richtige Schritt, auch wenn er an den Ermittlungen nichts ändert. Und noch etwas: Sie sehen sehr … mitgenommen aus. Ich denke, Sie sollten sich eine Pause gönnen und sich ein wenig ausruhen. Die Tür können Sie beim Rausgehen gern schließen.«

Evelyn sah Hagemeier noch einen Moment entgeistert an, dann wandte sie sich um und verließ mit langsamen, unsicheren Schritten sein Büro.

Auf dem Flur angekommen, lehnte sie sich an die Wand und starrte auf eine Skizze der Oldenburger Innenstadt, die dort in einer rahmenlosen Glashalterung hing.

Das war der richtige Schritt, auch wenn er an den Ermittlungen nichts ändert, hatte Hagemeier gesagt. Sie bezweifelte das. Im Moment zweifelte sie an allem. Aber welche Rolle spielte es schon, was sie dachte? Vielleicht würde sich in wenigen Stunden herausstellen, dass sie gar nicht mit Hagemeier gesprochen, sondern nur von diesem Gespräch geträumt hatte. Vielleicht hatte sie dann bereits wieder vergessen, dass sie tatsächlich mit ihm geredet hatte. So, wie es aussah, gab es gerade nichts, dessen sie sich sicher sein konnte.

Woran sie sich aber deutlich erinnerte, waren die Entschlüsse, die sie zu Hause gefasst hatte. Sie stieß sich von der Wand ab und ging zu Tillmanns Büro. Die Tür war geschlossen. Evelyn öffnete sie, ohne anzuklopfen.

Zwei von Tillmanns Kollegen, ein Mann und eine Frau, standen vor seinem Schreibtisch und drehten sich überrascht um, als Evelyn hereinkam.

»Entschuldigung«, sagte sie, ohne die beiden richtig anzusehen. »Kann ich mit Hauptkommissar Tillmann allein sprechen? Es dauert nicht lange.«

Die beiden Beamten betrachteten sie einen Moment, bevor sie zu Tillmann hinübersahen. Der nickte ihnen mit ernster Miene zu, woraufhin sie an Evelyn vorbei kommentarlos das Büro verließen.

»Evelyn, was soll …«, setzte Tillmann an, doch sie unterbrach ihn.

»Ich komme von deinem Chef. Ich habe ihm gesagt, dass Fabian der Täter ist. Ich habe ihm auch gesagt, dass du nichts davon weißt und dass ich jetzt zu dir gehe, um es dir mitzuteilen.«

»Du hast … Okay, was soll's, das spielt keine Rolle mehr.«

»Ich wollte dir noch sagen, dass es mir leidtut. Ich weiß, dass du kein Lügner bist. Aber ich weiß auch, was ich gesehen und gesagt habe und was nicht.«

»Aber das ist doch …« Er seufzte. »Ehrlich gesagt, fand ich das andere, was du gesagt hast, fast noch schlimmer.«

Sie wusste genau, was er meinte, und ihr war auch klar, dass sie mit der Aussage über ihren schwachen Moment, den er ausgenutzt hatte, über das Ziel hinausgeschossen war und ihn verletzt hatte. Aber sie konnte und wollte nicht mit ihm darüber diskutieren.

»Evelyn, du siehst schrecklich aus«, bemerkte Tillmann, nachdem sie nicht reagierte. »Bitte, fahr nach Hause und leg dich ins Bett, und wenn du dich etwas besser fühlst, dann geh zu Gersmann, ich bin sicher …«

»Jetzt weißt du Bescheid, mach's gut«, unterbrach sie ihn und wandte sich ab, ohne ihm eine Chance zu geben, noch etwas hinzuzufügen. Auf dem Flur angekommen, hörte sie, wie Tillmann ihr nachrief: »Ich bin trotzdem für dich da.«

Sie ging einfach weiter. Sie hatte sich etwas vorgenommen, und dem würde sie sich jetzt zuwenden.

Besser fühlte sie sich zwar nicht, aber sie würde nicht mehr herumsitzen und darauf warten, weitere Nachrichten zu bekommen, die anschließend wieder verschwanden. Irgendwo in ihrem Verstand blitzte zum wiederholten Mal die Frage auf, ob sie vielleicht auch in Betracht ziehen sollte, dass sie sich diese Nachrichten und den Anruf wirklich nur eingebildet hatte, doch darüber wollte sie jetzt nicht nachdenken.

Zu Hause waren lediglich drei Telefonate nötig, dann hatte sie, was sie brauchte.

Sie ging ins Schlafzimmer, zog den größeren ihrer beiden Koffer vom Kleiderschrank herunter und begann, Sachen einzupacken. Als sie so weit fertig war, ging sie ins Bad. Sie hielt sich nicht mit Kleinigkeiten auf, packte einfach Zahnbürste, ein paar Cremes und sonstige Pflegeprodukte ein und kehrte kurz darauf mit dem prallgefüllten Kulturbeutel ins Schlafzimmer zurück.

Nachdem sie den Koffer geschlossen hatte, rief sie ein Taxi. Knapp dreißig Minuten später verließ sie das Haus.

Als sie auf das am Straßenrand wartende Taxi zuging, hatte sie das Gefühl, beobachtet zu werden. Sie blieb stehen und sah sich nach allen Seiten um.

Da war ein Paar, das eng umschlungen und lachend von rechts auf sie zukam, weiter hinten ein etwa Dreizehnjähriger, der an seinem Fahrrad hantierte. Evelyns Blick richtete sich auf die dicken Stämme der beiden großen Bäume, die wahrscheinlich schon seit Jahrzehnten im Abstand von etwa zwanzig Metern auf der gegenüberliegenden Straßenseite wuchsen. Wenn sich jemand dahinter versteckte, würde sie ihn nicht sehen. Sie wandte sich um und blickte nach links. Da war nur ein Mann, der gerade aus seinem Auto ausstieg und eine große Tüte vom Rücksitz des Wagens hob. Nichts, das in irgendeiner Weise ungewöhnlich gewesen wäre. Sie hatte sich wohl geirrt.

»Entschuldigung?« Eine Stimme riss sie aus ihren Gedanken. Der Taxifahrer. Er stand neben der geöffneten Fahrertür und sah sie fragend an.

»Ich komme«, sagte sie und ging zu dem Fahrzeug.

Knappe dreißig Minuten später stieg sie auf dem Gelände einer Wohnmobilvermietung aus und sah sich wieder nach allen Seiten um, bevor sie das kleine Büro betrat, in dem eine junge blonde Frau saß und ihr freundlich zulächelte. »Frau Jancke?«

»Ja.«

»Schön. Das Wohnmobil steht für Sie bereit. Wir müssen nur noch ein paar Papiere ausfüllen und Ihre Kreditkarte mit der Kaution belasten. Dann machen wir eine kleine Einweisung, und es kann losgehen. So spontan vermieten wir selten ein Fahrzeug. Wohin soll die Reise denn gehen?«

»Ich weiß es nicht«, antwortete Evelyn wahrheitsgemäß. »Ich mache einen Trip irgendwohin.«

»Ah, Sie wollen sich also einfach treiben lassen. Sehr schön.«

Nein, dachte Evelyn, *ich lasse mich nicht treiben. Ich werde getrieben. Von jemandem, der mit* F. *unterschreibt. Und hoffentlich nur von ihm.*

33

Die ersten Kilometer mit dem Wohnmobil gestalteten sich zwar ungewohnt, aber nicht so schwierig, wie Evelyn es befürchtet hatte. Das schwerfällige Fahrzeug war zwar alles andere als einfach zu manövrieren, doch relativ schnell entwickelte sie ein Gefühl dafür und verlor schon nach kurzer Zeit die Angst davor, irgendwo anzuecken.

Sie spürte, dass ihre Gedanken wieder etwas klarer wurden. Die vergangenen Stunden waren eine emotionale Höllenfahrt am Rande des Wahnsinns gewesen. Was es mit diesen Nachrichten und dem Anruf auf sich hatte, wusste sie noch immer nicht, aber sie schaffte es mittlerweile, diese Gedanken beiseitezuschieben und sich auf das zu konzentrieren, was sie sich vorgenommen hatte: Sie musste ihren Bruder finden.

Verrückterweise fühlte sie sich ihm ein Stück weit näher, jetzt, wo sie genau wie er damals hinter dem Steuer eines Wohnmobils saß.

Kurz überlegte sie, wie es wohl wäre, den Weg Richtung Spanien einzuschlagen und an Dijon vorbeizufahren. An der Stelle, an der Fabian den Unfall und das letzte Mal mit ihr per Handy Kontakt gehabt hatte.

Sie malte es sich aus, wie es wohl wäre, dort zu stehen und die Dinge zu sehen, die er damals gesehen hatte. Als er noch nicht ahnte, was nur kurze Zeit später auf ihn zukommen würde. Dass etwas mit ihm geschehen würde, das sein Leben für immer veränderte.

Von irgendwo drang ein lautes und unangenehmes Geräusch an ihre Ohren und ließ sie so heftig zusammenfahren, dass sie das Lenkrad ein wenig verriss und das Wohnmobil einen kleinen Schlenker machte. Das Inventar quittierte die Aktion mit knarzenden Geräuschen, die wie die Drohung der Hängeschränke klangen, das nächste Mal auseinanderzubrechen.

Sie warf einen Blick in die Außenspiegel, konnte aber weder das hupende Auto erkennen, noch den Grund, warum der Fahrer gehupt hatte. Sie war wohl so sehr in Gedanken gewesen, dass sie auf der Straße irgendetwas übersehen hatte.

Sie hatte Glück und fand einen Parkplatz am Straßenrand nur etwa zwanzig Meter von dem Haus entfernt, in dem ihre Wohnung lag.

Ihren Koffer, Bettwäsche, Handtücher und ein paar Kleinigkeiten in das Wohnmobil zu räumen, das dauerte eine halbe Stunde. Alles andere konnte sie sich unterwegs besorgen.

Als sie wenig später die Stadt hinter sich gelassen hatte, war sie erleichtert, das unhandliche Gefährt ohne größere Schwierigkeiten durch den Oldenburger Verkehr gelotst zu haben. Sie fuhr auf die A 29 in Richtung Norden und fand nach etwa zwanzig Kilometern einen Rastplatz.

Nachdem sie das Wohnmobil auf einem markierten Parkplatz abgestellt hatte, griff sie sich ihre Handtasche vom Beifahrersitz und stand auf. Sie ging nach hinten und setzte sich auf die gepolsterte Bank an den in alle Richtungen verschiebbaren Tisch. Dann zog sie die Karte von Norddeutschland aus einem Seitenfach ihrer Tasche und breitete sie vor sich aus. Anschließend entsperrte sie ihr Handy und lud sich eine Campingführer-App herunter.

Als das erledigt war, konzentrierte sie sich auf die Linie, die sie auf der Karte eingezeichnet hatte. Wieder einmal versuchte sie, irgendetwas zu erkennen – einen Buchstaben, ein Symbol –, doch es war und blieb nichts anderes als ein schwarzer Strich, der sich quer über die Karte zog. Evelyn entschloss sich dazu, der Autobahn weiter in Richtung Wilhelmshaven zu folgen und sich erst einmal irgendwo am Jadebusen einen Campingplatz zu suchen. Damit befand sie sich etwa in der Mitte zwischen den bisherigen Tatorten. Dort würde sie dann in Ruhe weiter versuchen, das System herauszufinden, nach dem der Täter vorging.

Kurz kam ihr der Gedanke, dass das, was sie gerade tat, völlig unsinnig war, weil die Chance, dem Killer auf diese Weise näher zu kommen, gleich null war. Aber alles war besser, als untätig zu Hause herumzusitzen und sich verrückt zu machen.

Mit ihrer neuen App fand sie einen Campingplatz hinter Varel, für den sie sich entschied. Nachdem sie die angegebene Telefonnummer gewählt und erfahren hatte, dass dort noch Plätze frei waren, faltete sie die Karte zusammen und steckte sie in ihre Tasche, als ihr Telefon klingelte. Es war Tillmann.

Erst wollte sie den Anruf ignorieren, überlegte es sich dann aber anders. Wenn sie das Gespräch nicht annahm, würde er es womöglich immer wieder versuchen. Sie würde ihm sagen, dass er sie nicht mehr anrufen sollte, weil sie Zeit für sich brauchte. Das sollte als Erklärung genügen.

»Bist du zu Hause?«, begann Tillmann das Gespräch.

»Ja«, log sie.

Er machte eine kurze Pause, bevor er weitersprach. »Ich habe gerade mit Gersmann geredet. Er ist sehr besorgt und sagt, du sollst dringend zu ihm kommen. Am besten sofort.«

»Heute nicht mehr. Vielleicht morgen.«

»Evelyn, ich denke, du unterschätzt die Situation. Du bist durch diese Sache mit deinem Bruder am Ende deiner Kräfte und hast dich in den letzten Tagen in etwas hineingesteigert, aus dem du ohne Hilfe nicht mehr rauskommst. Ich kann dich verstehen. Wenn man so lange auf etwas hofft und dann plötzlich einen Hinweis wie dieses Phantombild in der Hand hält, dann kann einen das umwerfen.«

»Ich komme schon klar.«

»Das denke ich ehrlich gesagt nicht. Und was ich überhaupt nicht verstehe, ist, wie du dich mir gegenüber verhältst. Ich habe dir nichts getan, im Gegenteil. Ich möchte dir noch immer helfen.«

»Das ist keine gute Idee. Du hast doch erlebt, was dabei herauskommt. Ich beschimpfe dich und unterstelle dir schlimme Dinge. Ich werde jetzt auflegen.«

»Warte, Evelyn. Ich muss dir noch etwas sagen. Ich stehe gerade vor deiner Wohnungstür und klingele in diesem Moment zum zehnten Mal. Ich weiß, dass du nicht zu Hause bist.«

Mist, dachte sie, sagte aber nichts.

»Es ist okay. Mir ist klar, dass du versuchst, vor der Situation zu fliehen, und das ist auch normal. Aber bitte, lass mich dir helfen. Ich liebe dich, und das weißt du auch. Du bist der Mensch, dem ich am meisten vertraue. Du bist meine Freundin. Und ganz unabhängig davon, ob wir noch mal ein Paar werden oder nicht, möchte ich dir helfen. Ich möchte dich beschützen und für dich da sein. Als dein Freund.«

Ihre Augen füllten sich mit Tränen. Sie wollte etwas sagen, wusste aber nicht, was, weil ihr Kopf sich vollkommen leer anfühlte.

»Und da ist noch etwas«, redete Tillmann weiter. »Ich war bei Hagemeier und habe mir Urlaub genommen. Ich habe also Zeit, und was immer du vorhast, ich möchte dich dabei begleiten.«

Evelyn horchte in sich hinein, versuchte herauszufinden, ob sie das wollte oder nicht, und hörte sich plötzlich selbst »okay« sagen.

»Das ist gut. Ich wäre durchgedreht, wenn ich nicht gewusst hätte, wo du bist und wie es dir geht. Wo bist du?«

»Auf einem Autobahnrastplatz.«

»Okay, und wo?«

Sie erklärte es ihm und fügte hinzu: »Ich stehe hier mit einem Wohnmobil.«

»Hast du es gemietet?«, fragte Tillmann, offenbar ohne sich zu wundern. »Ja. Ich möchte Richtung Norden …«

»Du versuchst, ihn auf eigene Faust zu finden.«

»Ja.«

»Ist in deinem Wohnmobil Platz für zwei Personen?«

Evelyn blickte ins Heck des Fahrzeugs, das komplett von einem breiten Bett eingenommen wurde. »Ja.«

»Wartest du auf mich? Ich packe zu Hause schnell ein paar Sachen und komme dann mit einem Taxi.«

»Okay.«

»Dann bis gleich. Und … Evelyn?«

»Ja?«

»Warte wirklich auf mich. Fahr nicht weg.«

»Okay.«

»Bis gleich.«

Tillmann legte auf, und Evelyn ließ die Hand mit dem Telefon sinken. So sehr sie noch Minuten zuvor davon überzeugt gewesen war, dass sie Abstand zwischen Tillmann und sich bringen musste, so groß war nun die Erleichterung, dass sie nicht allein unterwegs sein würde.

Blieb nur diese Sache mit den Nachrichten und dem Anruf. Was immer auch geschehen war, sie hoffte, dass es sich nicht wiederholte und sie nicht erneut in eine Situation geriet, in der sie Tillmann derart verletzte, wie sie es getan hatte.

Sie schätzte, dass es etwa eine Stunde dauern würde, bis er da war. Sie stand auf und ging nach hinten ins Heck des Fahrzeugs, wo sie ihre Schuhe auszog und auf das erhöhte Bett kletterte. Sekunden später war sie eingeschlafen.

Sie saß gefesselt auf einem Stuhl. Die Stricke waren so eng um ihren Körper gebunden, dass sie kaum atmen konnte. Ihr gegenüber saßen zwei Männer an einem kleinen Tisch und waren auf ein Würfelspiel konzentriert. Es waren Fabian und Tillmann. Jedes Mal, wenn einer von ihnen den Becher umdrehte, stießen sie ein irres Lachen aus.

In der Mitte des Tisches lag ein Messer mit einer langen, blit-

zenden Klinge. Sie sah sich um. Links ein breites Bett, vorn eine Fahrerkabine. Offensichtlich befand sie sich in einem riesigen Wohnmobil.

»Wenn ich gewinne, gehört sie mir«, sagte Tillmann und grinste sie dabei lüstern an. »Und dann nehme ich sie richtig ran.«

»Und wenn ich gewinne, schlitze ich sie vom Nabel bis zum Hals auf«, sagte Fabian, bleckte die Zähne und lachte schrill. Am Hals hatte er eine eklige, wulstige Narbe.

»Was tut ihr?«, wollte sie rufen. »Ich bin's doch, Evelyn.« Aber sie hatte keine Stimme. So sehr sie sich auch anstrengte, kein einziger Laut kam ihr über die Lippen.

Eine Tür öffnete sich, und ihre Schwägerin Isabel betrat das Wohnmobil und kam auf sie zu, in ihrer Hand das Messer mit der langen Klinge …

Plötzlich verschwand die Szene, alles wurde schwarz, und im nächsten Moment öffnete Evelyn die Augen und hörte das Klopfen. Gleichzeitig kam die Erinnerung. Sie lag auf dem Bett des gemieteten Wohnmobils und war eingeschlafen.

»Evelyn, mach auf!«

Tillmann!

Sie schob sich vom Bett herunter und öffnete die Tür.

»Gott sei Dank«, sagte Tillmann, und sie konnte die Erleichterung an seinem Gesicht ablesen. »Ich habe mir schon Sorgen gemacht.«

»Ich bin eingeschlafen. Komm rein.«

Tillmann drehte sich um und winkte jemandem zu.

»Ich habe dem Taxifahrer gesagt, er soll einen Moment warten«, erklärte er dann. »Hätte ja sein können, dass jemand anderes mir die Tür öffnet und du vielleicht doch …« Er winkte ab. »Ich bin jedenfalls erleichtert, dass ich bei dir bin.«

Er betrat das Wohnmobil, stellte seine Reisetasche unter dem Tisch ab und sah sich um.

Evelyn folgte seinem Blick und überlegte, dass sie die Einweisung, die die junge Frau mit ihr gemacht hatte, wie in Trance erlebt hatte und sie sich kaum noch daran erinnern konnte. Zudem war sie mit ihren Gedanken nicht bei der Sache gewesen, und es kam ihr nun, wo sie sich das Inventar gemeinsam mit Tillmann anschaute, so vor, als sehe sie es zum ersten Mal.

»Schick«, bemerkte Tillmann und begutachtete die Küchenzeile mit Gasherd und Edelstahlspülbecken. Nachdem sein Blick über den gegenüberliegenden Schrank gewandert war, machte er zwei Schritte und öffnete eine Tür, hinter der sich eine Toilette und ein kleines Waschbecken mit einem darüber angebrachten Hängeschrank befanden. Gegenüber war die Duschkabine untergebracht.

»Das ist das erste Wohnmobil, das ich von innen sehe«, erklärte er. »Zumindest in den letzten zwanzig Jahren. So lässt sich's doch aushalten.« Er wandte sich Evelyn zu. »Aber kommen wir zu einer anderen wichtigen Frage: Wo fahren wir eigentlich hin?«

»Hinter Varel gibt es einen Campingplatz, auf dem noch was frei ist«, sagte Evelyn, während ihre Gedanken um ein anderes Thema kreisten.

»Und weißt du schon, wie es dann weitergehen soll?«

»Nein. Ich weiß nur, dass ich etwas unternehmen muss, weil ich sonst den Verstand verliere.«

»Gut. Soll ich fahren?«

»Gerhard, ich möchte mich noch mal bei dir entschuldigen.«

Er schüttelte den Kopf. »Das brauchst du nicht, es ist gut.«

»Nein, es ist mir wichtig. Ich weiß mittlerweile nicht mehr, ob ich diese Nachrichten und den Anruf wirklich bekommen oder ob ich nur davon geträumt habe. Diese Dinge, die ich zu dir gesagt habe, tun mir wirklich leid, und ich hoffe, ich habe damit nicht unsere Freundschaft zerstört.«

»Ich habe dir doch am Telefon schon gesagt, wie ich zu dir stehe, Evelyn. Daran hat sich in der letzten Stunde nichts geändert, und das wird auch so bleiben.«

»Danke«, sagte sie und hauchte ihm einen Kuss auf die Wange.

»Und du kannst gern fahren, wenn du möchtest.«

Sie setzten sich auf Fahrer- und Beifahrersitz und schnallten sich an. Nachdem Tillmann sich kurz mit den Instrumenten und Bedienelementen vertraut gemacht hatte, startete er den Motor und fuhr los.

Evelyn betrachtete durch die Seitenscheibe die parkenden Autos, an denen sie vorbeifuhren. Kurz bevor sie die Auffahrt erreicht hatten, zuckte sie plötzlich zusammen, als sie sah, dass sich eine Gestalt hinter dem Lenkrad eines Pkw ruckartig umdrehte und wegduckte, als sie in diese Richtung blickte.

»Ist was?«, fragte Tillmann, der ihre Bewegung aus dem Augenwinkel mitbekommen hatte.

»Nein, nichts«, sagte sie, während ihr Herz wie verrückt

hämmerte. »Ich dachte nur, ich hätte einen ehemaligen Bekannten in dem Auto gesehen, an dem wir gerade vorbeigefahren sind.«

»Und?«

»Nein, ich glaube, das war er nicht.« Sie lehnte sich wieder zurück. »Aber das ist auch nicht wichtig.«

34

»Was mir die ganze Zeit durch den Kopf geht«, sagte Tillmann, nachdem sie die ersten Minuten auf der Autobahn schweigend zurückgelegt hatten, »dir ist schon klar, dass es nur zwei Möglichkeiten gibt?«

Sie sah zu ihm hinüber. »Was meinst du?«

»Nun, entweder werden wir mehr oder weniger wahllos von Campingplatz zu Campingplatz fahren, was die Chance, tatsächlich auf den Täter zu treffen, gegen null gehen lässt. Oder aber wir finden tatsächlich einen Hinweis, der uns vielleicht zu ihm führen könnte. In diesem Fall werde ich die Kollegen verständigen, damit sie die Sache übernehmen.«

»Nein«, entgegnete Evelyn bestimmt. »Falls wir irgendwie herausfinden, wo er sein könnte, dann lass uns bitte zuerst allein dorthin fahren. Ich muss wissen, ob es Fabian ist, bevor er von einer ganzen Horde schwerbewaffneter Polizisten gejagt wird.«

»Das ist viel zu gefährlich. Wir reden hier über einen brutalen Mörder, dem es wahrscheinlich egal ist, ob er zehn oder zwanzig Leuten den Bauch aufschlitzt.«

»Wenn es Fabian ist, wird er mir nichts tun. Ich bin seine Schwester.«

Tillmann sah kurz zu ihr hinüber. »Und wenn er es nicht ist?«

Darauf wusste sie keine Antwort.

Erneut schwiegen sie eine Weile, bis Tillmann sagte: »Ich finde, das ist ein interessantes psychologisches Phänomen.«

»Was meinst du?«

Bevor Tillmann antworten konnte, klingelte Evelyns Telefon. Es war Jasper Kriebich. Ohne lange darüber nachzudenken, nahm sie das Gespräch an. »Ich dachte, Sie wollten warten, bis ich Sie anrufe?«, sagte sie, woraufhin Tillmann ihr einen fragenden Blick zuwarf.

»Das dachte ich auch«, entgegnete Kriebich.

»Warum rufen Sie an?«

»Ich wollte wissen, ob es Ihnen gut geht.«

»So gut, wie es im Moment gehen kann.«

»Ich will ehrlich sein. Ich bin ein wenig beunruhigt und befürchte, das hängt mit Ihnen zusammen.«

»Was meinen Sie damit?«

»Ich habe Ihnen gut zugehört, Evelyn, und gespürt, wie sehr die Ungewissheit über das, was damals mit Ihrem Bruder passiert ist, Sie belastet. Vor allem nach den Ereignissen der letzten Tage.«

»Und?« Evelyn hörte selbst, wie abweisend sie klang, und sie fragte sich, warum das so war. Der Grund dafür war vermutlich Tillmann, der sich bestimmt denken konnte, mit wem sie sprach, und dem sie damit klarmachen wollte, dass sie nicht an Jasper Kriebich interessiert war.

»Na ja, ich wollte Ihnen nur sagen, dass ich nebenbei ein bisschen recherchiere, und möchte von Ihnen wissen, ob ich mich wieder bei Ihnen melden darf, wenn ich etwas Wichtiges herausfinde.«

»Sie meinen, anders als jetzt, wo Sie entgegen Ihrer Zusage doch wieder angerufen haben, fragen Sie vorsichtshalber vorher?«

»Ich deute das mal als ein Ja«, sagte Kriebich, und obwohl sie ihn nicht sehen konnte, wusste sie, dass er sein spitzbübisches Schmunzeln aufgesetzt hatte.

»Deuten Sie es als ein Nein. Ich rufe Sie an, wenn ich verschiedene Dinge geregelt habe. Aber erst dann.«

»Okay.« Er klang nun ernst. »Ich habe verstanden. Bis bald.«

Sie legte auf und sah Tillmann an. »Das war Jasper Kriebich.«

»Das habe ich mir gedacht. Ruft er eigentlich öfter an?«

»Wir haben ein paarmal miteinander gesprochen, aber ich denke, das hat sich jetzt erledigt.«

»Und was wollte er?«

»Nur hören, wie es mir geht.«

»Ich glaube, er fühlt sich zu dir hingezogen.«

Evelyn zuckte mit den Schultern. »Kann sein, aber das interessiert mich nicht.«

Tillmann sah zu ihr hinüber und lächelte. »Ich kann ihn verstehen.«

»Was meintest du eben?«, fragte sie und überging die Bemerkung.

»Was?«

»Als der Anruf kam, sagtest du gerade etwas von einem interessanten psychologischen Phänomen.«

»Ach so, ja. Ich meine damit das Phänomen, wie sich unsere Einstellung zu etwas ändert, wenn wir persönlich betroffen sind. Nimm einen Richter, der einen Straftäter, der sich einem Kind sexuell genähert hat, lediglich zu einer Bewährungsstrafe verurteilt. Würde er ihn auch auf freien Fuß setzen, wenn dieses Kind seine eigene Tochter gewesen wäre?«

»Und auf mich bezogen heißt das was genau?«, fragte Evelyn, obwohl sie zu wissen glaubte, worauf Tillmann hinauswollte.

»Wir haben da einen Serienkiller, der von Campingplatz zu Campingplatz zieht und unschuldige Menschen ermordet. Wir sind uns alle einig, dass er gejagt und mit allen Mitteln schnellstmöglich aus dem Verkehr gezogen werden muss. Und ich weiß, dass auch du so denkst. Wenn es sich um einen geisteskranken Täter handelt, wirst du ihn anschließend vielleicht behandeln, aber dass die Gesellschaft vor ihm geschützt werden muss, steht doch auch für dich außer Frage.« Er wartete einen Moment, um Evelyn die Gelegenheit zu geben, sich dazu zu äußern, was sie aber nicht tat.

»Jetzt allerdings, wo es rein theoretisch möglich wäre, dass es dein Bruder ist, der Menschen umbringt, möchtest du, dass die Polizei erst einmal rausgehalten wird, falls wir ihn finden sollten.« Erneut sah Tillmann kurz zu ihr hinüber und fügte schnell hinzu: »Versteh mich bitte nicht falsch, das werfe ich dir nicht vor, es ist lediglich eine Feststellung, die auf die allermeisten Menschen zutreffen würde, wahrscheinlich auch auf mich selbst. Die moralische Bewertung einer Tat hängt immer vom Blickwinkel ab, den man auf sie hat.«

»Natürlich muss man ihn aus dem Verkehr ziehen, egal, wer er ist. Aber wenn es Fabian sein sollte, dann werde ich alles dafür tun, ihm zu helfen. Dazu gehört für mich auch, dass ich ihm die Chance gebe, mich zu erkennen und sich dadurch vielleicht wieder an sein vorheriges Leben zu erinnern. Und zwar bevor die Polizei ihn in die Mangel nimmt.«

»Ja, das verstehe ich«, sagte Tillmann, doch das glaubte sie ihm nicht.

Erneut klingelte ein Telefon, aber dieses Mal war es das von Tillmann, das in einer Mulde des Armaturenbretts lag. Er griff danach und nahm das Gespräch nach einem Blick auf das Display an.

»Hallo, Dietmar«, meldete er sich und hörte kurz zu, bevor er sagte: »Ja, das stimmt. Aber es ist jetzt gerade schlecht. Lass uns später darüber reden … Ja, ich weiß. Wie gesagt, gerade geht es nicht … Ja, mache ich. Bis dann.«

Er legte das Handy zurück in die Mulde. »Das war Gersmann.«

»Ging es um mich?«

»Nein, es war wegen meines Gesprächs mit Kleinbauer. Dietmar soll sich schriftlich dazu äußern und wollte vorher mit mir darüber reden.«

»Okay. Weiß Gersmann mittlerweile, woher Kleinbauer die privaten Informationen über mich hat?«

»Nein, das ist ein absolutes Rätsel.«

»Für mich auch. Und es beschäftigt mich. Kleinbauer hat von Dingen gesprochen, die niemand außer Fabian wissen kann. Ich habe ja nicht einmal dir davon erzählt.«

»Kleinbauer war doch früher schon dein Patient. Hat er da vielleicht irgendetwas mitbekommen, was er nicht hören sollte?«

Evelyn dachte nur kurz nach, dann schüttelte sie den Kopf. »Nein, das ist völlig ausgeschlossen.«

Zumindest weiß ich nichts mehr davon, dachte sie. *Aber ich habe ja auch geglaubt, ich hätte Nachrichten von meinem Bruder erhalten.*

»Tja, dann bleibt das wohl ein Rätsel.«

Evelyn lehnte sich zurück und blickte aus dem Seitenfenster. »Ja«, sagte sie und betrachtete die Bäume eines Waldstücks, die draußen an ihr vorbeizogen. »Eines von vielen, die mich im Moment beschäftigen. Wer weiß, vielleicht habe ich es ihm selbst irgendwann gesagt und erinnere mich nur nicht mehr daran.«

»Das kann ich mir nicht vorstellen.«

Nach einer Weile fragte sie, den Kopf noch immer zur Seite gewandt, damit sie Tillmann nicht ansehen musste: »Sei ehrlich. Glaubst du, ich verliere langsam den Verstand?«

»Was? Nein! Wie kommst du denn darauf?«

Nun sah sie Tillmann doch an. »Muss ich das wirklich erklären?«

»Evelyn, du bist im Moment …«

»Ich war so sicher, dass ich dir von den Nachrichten und dem Anruf erzählt habe und dass wir uns darüber unterhielten, ob sie von Fabian stammen könnten. Du hast nachgeforscht und herausgefunden, dass die Nachrichten von einem marokkanischen Handy gesendet wurden und zumindest eine davon in der Nähe von Varel abgesendet worden war. Daran musst du dich doch erinnern. Wir haben darüber geredet, dass in Frankreich viele Marokkaner leben, und dass Fabian so vielleicht an ein marokkanisches

Handy gekommen ist. Ich erinnere mich an jedes Detail unserer Unterhaltung. Das kann ich mir doch nicht eingebildet haben.« Evelyn stockte. »Varel! Das ist wahrscheinlich auch der Grund, warum ich mir jetzt Varel als Ziel ausgesucht habe.«

»Moment.« Tillmann runzelte die Stirn. »Ich habe Nachforschungen angestellt? Und herausgefunden, dass diese Nachrichten von einem marokkanischen Handy aus geschickt wurden?«

»Ja.«

»Und wir haben darüber geredet?«

»Ja.«

Tillmann atmete hörbar aus. »Okay. Das hat nichts damit zu tun, dass du den Verstand verlierst. Du bist doch Psychologin. Nun tu dir bitte selbst den Gefallen und versuche, das alles mal halbwegs neutral zu betrachten und einzuordnen. Ich werde es mal so weit zusammenzufassen, wie ich es verstanden habe, und ich bitte dich, es als nichts anderes zu sehen als das, was es ist: Mein Versuch, dir zu helfen. Als dein Freund. Okay?«

Evelyn nickte stumm, und obwohl Tillmanns Blick nach vorn auf die Straße gerichtet war, nahm er es aus dem Augenwinkel wahr.

»Also: Dein Bruder, den du über alles liebst, verschwindet vor zwei Jahren zusammen mit seiner Frau irgendwo in Frankreich spurlos nach einem Unfall. Aller Wahrscheinlichkeit nach sind die beiden einem Verbrechen zum Opfer gefallen und nicht mehr am Leben. Du klammerst dich aber in diesen zwei Jahren an die Hoffnung, dass alle Experten sowohl in Frankreich als auch in Deutschland sich irren und er doch noch lebt und irgendwann wieder auftauchen wird. Du verrennst dich so sehr in diese Vorstellung, dass du ihr dein komplettes Leben unterordnest. Du triffst dich nicht mehr mit Freunden und unternimmst nichts mehr, außer dich in geradezu selbstzerstörerischer Weise in Spelunken vollaufen zu lassen und dann mit irgendwelchen Typen nach Hause zu gehen. Dann siehst du plötzlich das Phantombild eines Serientäters und glaubst, darin deinen Bruder zu erkennen und damit die Bestätigung zu haben, dass er tatsächlich noch lebt. Du sperrst dich gegen jedes vernünftige Argument, und als dann ein Zeuge, der den Mann aus der Nähe gesehen hat, dir bestätigt, dass es *nicht* Fabian war, tauchen plötzlich geheimnisvolle Nachrichten auf deinem Handy auf, angeblich ein Hilferuf deines Bruders an dich, die der Absender zur Bestätigung sogar mit *F.* unterschrieben hat. Passenderweise finde ich scheinbar heraus, dass die Nachrichten von einem marokkanischen Handy aus geschrieben wurden. Nicht nachverfolgbar und vor allem nahtlos die Geschichte bestätigend, die du dir ausgedacht hast. Als ich dir dann versichere, nichts von diesen Nachrichten zu wissen, verschwinden sie passenderweise spurlos von deinem Handy. Ach so, den Anruf habe ich vergessen. Für den gilt das Gleiche wie für die Nachrichten. So, und jetzt stell dir vor, diese Geschichte erzählt dir jemand in deiner Funktion als Psychologin. Zu welchem Ergebnis würdest du kommen?«

Als Tillmann ihr einen kurzen Blick zuwarf und sah, dass sie weinte, sagte er: »Es tut mir leid, Evelyn, aber ich bin es dir schuldig, offen und ehrlich zu sein. Du musst mir nicht antworten.«

»Du denkst also wirklich, dass ich verrückt bin.«

»Nein, ich denke, dass du völlig verzweifelt bist, weil du es einfach nicht verkraftest, dass dein Bruder nicht mehr da ist. Ich denke, dass dein Unterbewusstsein alles unternimmt, um zu verhindern, dass du vollkommen daran zerbrichst.«

»Dafür ist es zu spät«, sagte Evelyn leise und mehr zu sich selbst.

Erneut ein Seitenblick von Tillmann, dann löste er eine Hand vom Lenkrad und legte sie auf ihre. »Nein, ist es nicht. Und genau deshalb bin ich bei dir.«

Evelyn hörte nur noch mit einem Ohr zu. Ihre Gedanken drehten sich im Kreis und kehrten doch immer wieder zu der Frage zurück, ob sie sich selbst eigentlich noch über den Weg trauen konnte.

35

Eine Dreiviertelstunde später hielten sie vor der Schranke des Campingplatzes an und gingen zur Rezeption.

Ein junger Mann saß hinter einem modern gestalteten Tresen an einem Schreibtisch und unterbrach seine Tätigkeit am Computer, als sie eintraten.

Nachdem sie sich angemeldet und gezahlt hatten, erfuhren sie, dass das Restaurant ab achtzehn Uhr geöffnet hatte und sie einen Tisch reservieren konnten, was sie auch taten.

Bevor sie die Rezeption wieder verließen, zeigte Evelyn dem Mann auf ihrem Smartphone ein Foto von Fabian. »Haben Sie eine Ahnung, ob er hier zufällig auf dem Platz ist?«, fragte sie.

Der etwa Dreißigjährige betrachtete eine Weile das Display, dann zuckte er mit den Schultern. »Nicht, dass ich wüsste. Tut mir leid, aber hier kommen und gehen jeden Tag so viele Menschen … Außerdem bin ich ja nicht den ganzen Tag da, sondern habe noch zwei Kolleginnen. Sind Sie auf der Suche nach ihm?«

»Nein«, schaltete sich Tillmann ein, »er gehört zu einer befreundeten Familie, die wir hier treffen wollen. Wir wollten nur wissen, ob er schon eingetroffen ist.«

»Wie gesagt …«

»Schon gut.«

Sie verließen die Anmeldung und stellten kurz darauf das Wohnmobil auf einem ruhigen, schönen Platz ab.

Nachdem Tillmann aus dem hinteren Stauraum die dort verstauten Stühle und den Tisch geholt und aufgestellt hatte, kurbelte er die Markise heraus und betrachtete dann die Szene. »Sieht fast aus, als würden wir Urlaub machen.«

»So soll es ja auch für einen Außenstehenden aussehen«, entgegnete Evelyn.

Tillmann verschwand im Inneren des Wohnmobils, tauchte aber Sekunden später wieder auf und blieb in der Tür stehen. »Woran ich überhaupt noch nicht gedacht habe: Wie handhaben wir das mit dem Schlafen? Kann man die Sitzgruppe irgendwie zu einem Bett umbauen?«

Evelyn schüttelte den Kopf. »Keine Ahnung, aber nun werd nicht kindisch. Ich denke, wir sollten es schaffen, nebeneinander in einem Bett zu schlafen, oder?«

»Ich habe damit ganz sicher kein Problem. Ich dachte nur, nach dem, wie du dich nachträglich über die letzte Nacht geäußert hast, wäre es dir vielleicht unangenehm.«

»Ich habe mich doch bei dir entschuldigt. Warum fängst du jetzt wieder damit an?«

»Das weiß ich, und es ist für mich auch erledigt. Aber ich musste doch fragen.«

»Okay, wir haben darüber geredet. Können wir jetzt bitte das Thema wechseln?«

»Sicher. Ich habe gesehen, dass es neben der Anmeldung einen kleinen Laden gibt. Was hältst du davon, wenn ich uns eine Flasche Wein besorge?«

»Wie wäre es, wenn wir das zusammen tun, nachdem wir eine Runde über den Platz gedreht haben?«

Tillmann bedachte sie mit einem nachdenklichen Blick, dann nickte er. »Okay. Ich verstehe, dass du nervös bist. Auch wenn die Wahrscheinlichkeit …«

»Lass uns gehen.« Ohne eine weitere Reaktion von ihm abzuwarten, lief Evelyn los. Tillmann eilte ihr nach.

Sie waren gerade erst ein paar Meter über den geschotterten Weg gegangen, als Evelyn erneut den Eindruck hatte, beobachtet zu werden. Sie sah sich nach allen Seiten um, konnte jedoch niemanden entdecken. Sie bemühte sich, das Gefühl zu ignorieren. Die letzten Tage hatten gezeigt, dass sie ihren Emotionen besser nicht trauen sollte.

Der Platz war von überschaubarer Größe. Hier und da saßen Paare oder Familien mit Kindern an Tischen und spielten oder unterhielten sich. Einige Leute waren in Bücher vertieft, eine Frau lag auf einer Liege in der Sonne.

»Das Problem ist, dass sicher nicht alle Camper an ihren Plätzen sind«, sagte Tillmann neben ihr. »Sicher sind einige unterwegs. Aber ich denke, die Wohnwagen und Wohnmobile, vor denen ein Vorzelt aufgebaut ist, können wir ignorieren. Der Täter wird sicher kein Vorzelt aufstellen.«

»Das stimmt. Aber vielleicht haben wir ja Glück«, kommentierte Evelyn seine Überlegungen.

»Ich bezweifle, dass er mit einer Frau oder sogar einem Kind unterwegs ist. Im Grunde könnten wir uns also auf alleinreisende Männer konzentrieren.«

»Du vergisst, dass Isabel vor zwei Jahren zusammen mit Fabian verschwunden ist. Wer weiß, vielleicht ist sie ja dabei?«

»Evelyn, ich bitte dich. Die Wahrscheinlichkeit geht gegen null.«

Sie blieb stehen und sah Tillmann an. »Gerhard, ich weiß auch, dass das, was wir hier tun, eine reine Verzweiflungstat ist, und wir müssen uns auf jeden Fall überlegen, wie wir systematisch vorgehen können. Aber ich brauche für mich das Gefühl, keine Möglichkeit ausgelassen zu haben, und dazu gehört, dass ich mich hier mal umsehe. Und zwar überall.«

»Schon gut. Ich habe ja versprochen, dass ich dir zur Seite stehe. Zudem bin ich Polizist, und es geht letztendlich darum, nach einem Mörder zu suchen. Also …« Er deutete den Weg entlang. »Gehen wir weiter.«

Der Platz war gut belegt, doch nirgendwo war jemand zu entdecken, der Fabian oder dem Phantombild geglichen hätte.

Kurz bevor sie zwanzig Minuten später an dem kleinen Laden ankamen, passierten sie einen Bereich, der offensichtlich Dauercampern vorbehalten war. Die Stellplätze dort waren teilweise aufwendig eingezäunt, vor manchen gab es Blumenbeete oder fest installierte Holzterrassen. Hier und da waren sogar kleine Schuppen angebaut. Vor einem langen Wohnwagen mit einem solchen Holzanbau waren in einem separaten Bereich mindestens zwanzig bunte Gartenzwerge zu einem Stillleben der besonderen Art arrangiert worden. Evelyn blieb stehen und betrachtete die skurrile Szene. Sie fragte sich, was Menschen dazu bringen konnte, in einer solchen Umgebung ihre Freizeit zu verbringen. Wie weit weg von ihrer eigenen Vorstellung von Urlaub das doch war.

»Welch eine Idylle«, kommentierte Tillmann mit Blick auf die Gartenzwerge, und in seiner Stimme schwang eine Mischung aus Abscheu und Ironie mit. »Das steht für mich auf der gleichen Stufe wie Clowns. Die finde ich auch schrecklich. Besonders, seit ich den Film *ES* von Stephen King gesehen habe. Ich glaube, ich hätte nachts Albträume, wenn ich in diesem Wohnwagen schlafen müsste. Diese Dauercamper scheinen ein ganz eigenes und sehr spezielles Völkchen zu sein.«

»Ja, allerdings«, sagte Evelyn und setzte sich wieder in Bewegung.

Als sie kurz darauf den Laden erreichten, wartete Evelyn, bis Tillmann mit einer Flasche Weißwein und einer Packung Kräcker wieder herauskam, dann gingen sie zusammen zurück zum Wohnmobil.

Während Tillmann im Inneren nach einem Flaschenöffner suchte, setzte sich Evelyn draußen an den Tisch, faltete die Karte auseinander und konzentrierte sich auf die eingezeichnete Linie.

Entweder die Orte, an denen die Campingplätze lagen, oder die Plätze selbst mussten eine für den Täter wichtige Gemeinsamkeit haben. Also legte sie ihr Smartphone mit der geöffneten Camping-App neben die Karte und gab den Platz des ersten Mordes ein. Er war mit vier Sternen bewertet und bot neben Stellplätzen für Zelte, Wohnwagen und Wohnmobilen auch sogenannte Chalets an, kleine Holzhütten, die man mieten konnte. Evelyn machte von der Seite mit den Beschreibungen einen Screenshot und widmete sich dann dem nächsten Platz.

Tillmann hatte es zwischenzeitlich geschafft, die Flasche zu öffnen und Weingläser zu finden, die allerdings aus Plastik waren, wie Evelyn feststellte, als Tillmann ihr gegenübersaß und ihr zuprostete.

»Das sind wir in der Soko schon tausendmal durchgegangen«, sagte er dann mit Blick auf die Karte. »Es gibt keine Gemeinsamkeiten.«

»Ich bin sicher, es gibt sie. Wir haben sie nur noch nicht gefunden.«

»Ja, vielleicht.« Tillmann trank noch einen Schluck und deutete auf die Karte. »Dann lass uns mal gemeinsam überlegen. Vielleicht haben wir ja mehr Glück als die Kollegen von der Soko.«

Bevor sie dazu kamen, klingelte Tillmanns Telefon, das vor ihm auf dem Tisch lag. Wie Evelyn auf dem Display sehen konnte, rief sein Chef an.

»Oh«, sagte Tillmann, »wenn Hagemeier anruft, bedeutet das in der Regel nichts Gutes.«

»Ja, Tillmann hier«, meldete er sich und hörte eine Weile zu. »Ja, natürlich weiß ich von den Nachrichten und dem Anruf, wir haben doch darüber gesprochen ... Ja, sie sagte mir, dass Sie beim Provider ... aha ... okay ... und die Liste ist sicher vollständig? ... Ja, verstehe ... Nein, das ist nicht nötig, ich glaube, sie ist einfach enorm gestresst. Ihr Bruder stand ihr sehr nahe ... Nein, das halte ich für keine gute Idee. Ich denke, man sollte sie einfach mal ein paar Tage in Ruhe lassen. Sie macht gerade einiges durch ... genau ... Ja, ich brauche nur ein, zwei Tage ... Ja, das tue ich, danke.«

Tillmann legte das Telefon wieder auf dem Tisch und sah Evelyn an. Sein Blick verriet ihr, dass er keine guten Nachrichten für sie hatte.

»Hagemeier hat sich eine Liste über alle Nachrichten und Anrufe der letzten beiden Wochen von deinem Provider geben lassen.«

»Und?«, hakte sie ungeduldig nach.

Tillmann zuckte mit den Schultern. »Nichts außer ganz normale Kontakte. Keine Anrufe von einem marokkanischen Handy und auch keine Nachrichten.«

»Dann vielleicht von einer anderen unbekannten Nummer?«

»Evelyn, bei allen Anrufen und Nachrichten, die du in den vergangenen vierzehn Tagen erhalten hast, ist die Rufnummer mitgesendet worden. Es gibt keine anonymen Nachrichten oder Anrufe in diesem Zeitraum.«

Sie richtete den Blick an Tillmann vorbei in die Ferne. »Das ist dann wohl die Bestätigung, dass ich doch allmählich den Verstand verliere.«

Tillmann entgegnete darauf nichts, und sie konnte es ihm nicht verdenken. Er hatte recht, sie war Psychologin, und genau deswegen wusste sie, dass die Theorie, die er darüber aufgestellt hatte, warum sie sich Dinge einbildete, zwar grundsätzlich nicht falsch, in der Ausprägung wie bei ihr allerdings eher unwahrscheinlich war. Wenn man sich so klar an etwas erinnern konnte, das gar nicht stattgefunden hatte, dann war das keine geistige Manifestation von Wunschdenken, sondern konnte ein erstes Anzeichen einer Schizophrenie sein.

Aber sie wusste, dass es sinnlos war, ihm das zu sagen. Sie warf einen Blick auf die Uhr. Es war fast acht.

»Wie wäre es, wenn wir jetzt mal etwas essen würden? Es ist schon spät, und ich habe ziemlichen Hunger.«

»Ich finde, das ist eine gute Idee.« Tillmann schien froh zu sein, dass sie das Thema gewechselt hatte. »Ich hatte schon befürchtet, du fragst nie.«

Nachdem sie alles zusammengeräumt und im Wohnmobil verstaut hatten, machten sie sich auf den Weg zum Restaurant. Sie verbrachten beinahe zwei Stunden dort, in denen sie über Belanglosigkeiten sprachen, nur um nicht wieder zu den Morden und letztlich auch zu Evelyns Bruder zurückzukehren. Als sie schließlich aufbrachen, fühlte sich Evelyn unendlich müde. Ob es nur am Wein lag, den Tillmann für sie beide bestellt hatte, wusste sie nicht. Aber sie wollte dem auch nicht weiter nachgehen, sondern nur noch schlafen.

Zurück im Wohnmobil stellten sie jedoch fest, dass nur ein Kopfkissen und eine Decke vorhanden waren.

Tillmann versicherte Evelyn, klarzukommen, zumal es auch nachts recht warm war. Er nutzte ein zusammengerolltes Sweatshirt als Kissen und legte sich in Unterhose und T-Shirt mit so viel Abstand, wie es das Bett zuließ, neben sie.

»Gute Nacht«, sagte Evelyn.

»Schlaf gut«, erwiderte Tillmann gegen das heruntergezogene Rollo des Seitenfensters.

Es vergingen höchstens fünf Minuten, bis Evelyn sagte: »Gerhard?«

»Ja?«

»Würdest du mich bitte in den Arm nehmen? Nur in den Arm.«

Wortlos schlüpfte er zu ihr unter die Decke und nahm sie in den Arm.

»Danke, das tut gut. Ich fühle mich vollkommen allein.«

»Dazu hast du keinen Grund. Ich werde immer auf dich aufpassen.«

»Danke.«

Sie schloss die Augen und hoffte, zumindest in dieser Nacht keine Albträume zu haben.

36

Er betritt sein Wohnmobil und zieht die Tür mit einem heftigen Ruck hinter sich zu, bevor er das Licht einschaltet.

Er ist wütend.

Der ganze Aufwand … umsonst. Er hat nicht nur Stunden verschenkt, sondern auch fast sein gesamtes Bargeld für den Mietwagen ausgegeben. Und wofür?

Aber was hat er erwartet? Er stutzt. Was genau hat er noch mal vorgehabt? Er weiß es nicht mehr. Es ist einfach weg.

Er öffnet die Tür des Kühlschranks mit solchem Schwung, dass die Außenseite gegen die Kante des Kleiderschranks knallt. Er achtet nicht darauf, nimmt sich eine Dose Energy-Drink heraus und öffnet sie, dann setzt er sich an den Tisch und trinkt sie zur Hälfte leer.

Wenigstens hat er seinen nächsten Kandidaten gefunden. Besser gesagt, eine Kandidatin. *Eine Frau um die fünfzig, halbwegs schlank, mit schulterlangen braunen Haaren, die sie so geföhnt hat, dass sie aussehen, als hätte sie einen Helm aus* Star Wars *auf. Sie ist allein.*

Offenbar gibt es in der Nähe einen Reitstall, denn als er bei seinem Erkundungsgang über den Platz an ihrem Wohnwagen vorbeigekommen ist, hat sie, ein Glas Wein vor sich, in Reithosen und Stiefeln vor ihrem winzigen, kugelförmigen Wohnwagen gesessen. Er hat sie gegrüßt. Sie hat ihn angesehen, als sei er ein ekliges Insekt, und wortlos zur Seite geschaut. So wie die Feiglinge alle weggeschaut haben, als er Hilfe dringend nötig gehabt hatte. Sie ist genauso, da ist er sicher. Dieser überhebliche Gesichtsausdruck … Sie würde wegsehen, wenn er vor ihr im Dreck liegen würde.

Seine Gedanken wollen abschweifen, zurück zu dem Ausflug, den er gerade hinter sich hat. Dieser Schnapsidee von ihm. Er zwingt sich dazu, sich auf das zu konzentrieren, was vor ihm liegt. Es gelingt ihm recht schnell, denn der Gedanke daran, dass er bald wieder jemanden bestrafen wird, erfüllt ihn mit Vorfreude, mehr noch, mit Lust.

Er öffnet einen der Hängeschränke hinter der Fahrerkabine und hat mit einem sicheren Griff das Messer in der Hand. Er lässt es im Inneren seiner dünnen Jacke verschwinden, trinkt dann den Rest aus der Dose und verlässt gleich darauf das Wohnmobil.

Es ist weit nach Mitternacht, auf dem Platz herrscht Ruhe. Lediglich die spärlichen Geräusche der nächtlichen Natur sind zu hören. Hier und da ein leises Rascheln oder Knacken. Eine gedämpft klingende Stimme aus dem Inneren eines Wohnwagens, in dem noch Licht brennt.

Er geht auf sein Ziel zu. Die Nacht ist warm. Zu warm für eine Jacke, auch wenn sie dünn ist. Aber er muss sie tragen, damit jemand, der ihm zufällig begegnet, das Messer nicht sieht.

Dieses Mal wird er anders vorgehen. Er möchte nicht schon wieder gestört werden.

Der Wohnwagen der Frau steht – optimal für seine Zwecke – an einer etwas abgelegenen Stelle des Campingplatzes. Als er sich ihm nähert, stellt er fest, dass im Inneren alles dunkel ist.

Er drückt sich an einen Baum und beobachtet eine Weile die Umgebung. Alles ruhig.

Das Auto der Frau, ein SUV, parkt neben dem Wohnwagen.

Langsam geht er darauf zu. Als er vor der Tür steht, sieht er sich erneut um, dann klopft er vorsichtig an. Wartet. Im Inneren regt sich nichts, also versucht er es erneut. Dieses Mal hat er Erfolg. Das Licht im Wohnwagen wird eingeschaltet, und eine gedämpft klingende Stimme sagt: »Ist da jemand?«

»Können Sie bitte kurz zur Tür kommen?«, sagt er gerade so laut, dass sie ihn verstehen kann. »Ich habe aus Versehen Ihr Auto beschädigt.«

»Was? Verdammter Mist«, hört er die Frau sagen, dann ein polterndes Geräusch. Sekunden später schwingt die Tür nach außen auf. Sie trägt Shorts und ein zerknittertes weißes T-Shirt.

Ohne Zögern macht er einen Satz nach vorn und presst der Frau eine Hand auf den Mund, während er ihr mit der anderen die lange Klinge seines Messers an die Kehle hält. Mit weit aufgerissenen Augen lässt sie sich von ihm in den Wohnwagen drängen.

Dann schließt er die Tür.

37

Evelyn erwachte um halb acht. Sie hatte Kopfschmerzen und fühlte sich alles andere als ausgeschlafen. Es dauerte eine Weile, bis sie sich erinnerte, dass auf dem leeren Platz neben ihr eigentlich Tillmann hätte liegen müssen.

Sie richtete sich auf und stellte fest, dass er sich nicht mehr im Wohnmobil befand.

Der Traum fiel ihr ein, den sie in der Nacht gehabt hatte. Ein Albtraum. Wieder einmal. Dieses Mal hatte sie ihren toten und furchtbar verstümmelten Bruder in einem offenen Grab liegen sehen.

Sie rutschte nach vorn auf die Bettkante, stand auf und ging zur Tür. Das lange Shirt, das sie auch zu Hause zum Schlafen trug, reichte ihr bis fast zu den Knien, so dass sie sich damit auch draußen zeigen konnte.

Als sie die Tür öffnete, musste sie für einen Moment geblendet die Augen schließen. Die Sonne stand noch so tief am wolkenlosen Himmel, dass sie direkt in die gleißenden Strahlen geblickt hatte.

»Guten Morgen«, sagte Tillmann und lächelte sie an. Er saß am fertig gedeckten Frühstückstisch und war schon beim Einkaufen gewesen. Auf dem Tisch standen ein Glas Marmelade und ein Glas Honig sowie eine Viererpackung Joghurt und eine Tüte Milch, daneben lagen auf Packpapier angerichtet roher Schinken und Scheibenkäse und ein weißer Papierbeutel, der vermutlich Brötchen enthielt. Teller, Tassen und Besteck aus dem Bestand des Wohnmobils hatte er ebenfalls bereits verteilt. Er musste dabei extrem leise gewesen sein, denn Evelyn hatte nichts davon mitbekommen.

»Wow«, sagte sie mit Blick auf den Tisch, »seit wann bist du auf?«

»Etwa eine halbe Stunde.« Er deutete auf sein Werk. »Ich hoffe, es fehlt nichts für dich zum Frühstück.«

»Nein, das sieht gut aus.«

»Das fühlt sich fast an wie ein richtiger Urlaub.« Er atmete tief durch. »Frische Luft, die Ruhe, frühstücken, wann und so lange man möchte ... Ich glaube, an diese Art Camping könnte ich mich gewöhnen. Möchtest du dich nicht setzen?«

Evelyn schüttelte den Kopf. »Nein, ich gehe schnell duschen, und dann drehe ich eine Runde über den Platz. Jetzt sitzen die meisten Leute draußen und trinken Kaffee. Auch die, die wir gestern nicht gesehen haben.«

»Aber das können wir doch auch nach dem Frühstück machen.«

»Nein. Für mich fühlt sich das hier nämlich überhaupt nicht nach Urlaub an. Wir suchen meinen Bruder.«

Damit wandte sie sich ab, um ihren Kulturbeutel und ein Duschtuch aus dem Wohnmobil zu holen. Als sie gleich darauf an Tillmann vorbei in Richtung Sanitärhaus ging, sagte er: »Wir suchen einen Mörder.«

Fünfzehn Minuten später war Evelyn zurück und brach kurz darauf zu einem Rundgang über den Platz auf, zu dem Tillmann sie begleitete. Das Ergebnis war das Gleiche wie am Vorabend. Wie Evelyn richtig vermutet hatte, saßen die meisten Camper mittlerweile beim Frühstück, so dass sie die Gesichter der Männer im Vorbeigehen studieren konnte. Es war niemand darunter, der Fabian auch nur entfernt ähnelte.

Als sie schließlich zu ihrem Wohnmobil zurückkamen, setzte Tillmann heißes Wasser für Kaffee auf, kurz darauf saßen sie sich draußen in der Sonne gegenüber und frühstückten.

»Wohin wollen wir heute weiterfahren?«, erkundigte sich Tillmann zwischen zwei Bissen.

»Ich weiß es noch nicht. Nach dem Frühstück sollten wir uns noch mal alles anschauen, was wir zu den Campingplätzen wissen, auf denen er bisher gewesen ist.«

»Und gemordet hat«, fügte Tillmann hinzu.

Evelyn ignorierte die Bemerkung. »Ich bin überzeugt, dass in den Campingplätzen der Schlüssel liegt.«

Nachdem sie den Frühstückstisch gemeinsam abgeräumt hatten, wollte Evelyn das benutzte Geschirr spülen, doch Tillmann nahm ihr den Lappen aus der Hand. »Setz dich nach draußen und beschäftige dich schon mal mit den Campingplätzen, ich übernehme das hier.«

Ohne zu diskutieren, verließ sie das Wohnmobil, breitete erneut die Karte vor sich aus und begann damit, die einzelnen Campingplätze in ihrer App aufzurufen und Screenshots von den Info-Seiten zu Ausstattung, Lage und Sehenswürdigkeiten in der Nähe zu machen.

Als Tillmann sich wenig später ihr gegenübersetzte, sah sie von ihrem Handy auf. »Ich möchte dich mal was fragen und hoffe, du gibst mir als Freund eine ehrliche Antwort.«

»Nur zu«, sagte er und nickte aufmunternd.

»Du machst das alles nur wegen mir, stimmt's? Du glaubst keine Sekunde lang daran, dass wir wirklich Erfolg haben könnten, und noch viel weniger glaubst du daran, dass es Fabian ist, den wir vielleicht finden.«

Ohne lange zu überlegen, erwiderte Tillmann: »Ja, das ist richtig, aber ich habe auch nie etwas anderes behauptet. Im Gegenteil, du weißt genau, wie ich dazu stehe. Ich begleite dich, weil ich bei dir sein und dafür sorgen möchte, dass dir nichts geschieht.«

»Aber ist das nicht ein Widerspruch? Du sagst, du begleitest mich, weil du mich beschützen möchtest. Wenn du aber nicht glaubst, dass ich den Täter finde, egal, wer es ist – wovor musst du mich dann beschützen?«

»Vielleicht vor allen Eventualitäten, vielleicht vor dem unwahrscheinlichen Fall, dass du doch auf den Kerl stößt. Vielleicht auch vor dir selbst.«

»Verstehe«, sagte sie und widmete sich wieder ihrer App.

»Was tust du da gerade?«, wollte Tillmann wissen.

»Ich vergleiche die Campingplätze miteinander, auf denen er bisher war«, erklärte sie. »Irgendeine Gemeinsamkeit *muss* es geben.«

»Okay.« Tillmann stand auf und verschwand im Inneren des Wohnmobils. Eine Minute später war er wieder zurück, in der Hand einen dicken orangefarbenen Ordner, den er gleich darauf auf den Tisch warf.

»Alles, was wir bisher über die Taten haben. Ich habe es vorsichtshalber mal eingepackt.«

Er setzte sich und klappte den Ordner auf. »Gehen wir's an.«

Sie verbrachten den ganzen Vormittag mit ihren Recherchen und sprachen in dieser Zeit kaum miteinander. Evelyn fertigte eine handgeschriebene Tabelle an, in der sie alle markanten Informationen zu den Campingplätzen eintrug, so dass sie sie anschließend miteinander vergleichen konnte. Schon während des Studiums hatte sie den Stoff am schnellsten behalten, wenn sie ihn nicht nur las, sondern sich direkt Stichpunkte handschriftlich notierte.

Hier und da machten sie eine Bemerkung zu dem, was sie gerade lasen, doch nichts davon erschien von Relevanz. Zwischendurch standen sie auf und vertraten sich für ein paar Minuten die Beine oder kochten frischen Kaffee.

Und immer mal wieder drifteten Evelyns Gedanken ab zu den anonymen Nachrichten; zu den Gesprächen, die sie glaubte, mit Tillmann darüber geführt zu haben; zu der Frage, ob sie sich selbst noch über den Weg trauen konnte.

Es war bereits Mittag, als Tillmanns Telefon klingelte. Es war sein Chef, und nachdem Tillmann ihm einige Sekunden zugehört hatte, wurde er blass und sagte: »Scheiße!«

Evelyn ahnte, was Hagemeier ihm gerade mitteilte.

»O Gott«, stieß Tillmann als Nächstes aus, dann hörte er eine ganze Weile nur zu. »Damit durchbricht er seine Serie, das ist die erste Frau … Das stimmt allerdings.«

Evelyn spürte, wie sich ihr Hals zuschnürte. Eine Frau …

»Vielleicht hat er aus irgendwelchen Gründen eine Ausnahme gemacht … Ja, da haben Sie recht. Verflixt nochmal. Wo genau ist das passiert? … Okay, ja … Nein, das geht im Moment nicht, ich bin nicht zu Hause … Ja, das müsste gehen … Ja, okay.«

Tillmann legte das Telefon ab.

»Er hat wieder zugeschlagen. Auf einem Campingplatz in der Nähe von Neuharlingersiel. Dieses Mal ist das Opfer eine Frau.«

»O mein Gott. Hört dieser Albtraum denn nie auf? Wo liegt das?«

Tillmann tippte auf seinem Smartphone herum, dann sagte er: »Ungefähr eine Stunde von hier, direkt am Meer.«

Evelyn beugte sich über die Karte und hatte den Ort schnell entdeckt. Er lag nur wenige Kilometer von Bensersiel entfernt, einem Hafen, von dem aus sie schon mit der Fähre nach Langeoog übergesetzt hatte.

»Die Frau war allein unterwegs. Er ist zu ihr in den Wohnwagen gestiegen und hat ihr dort den Bauch und die Kehle aufgeschlitzt.«

»Wie furchtbar«, sagte Evelyn, und zum ersten Mal betete sie, dass sie sich täuschte und Fabian nicht zurückgekehrt war.

»Damit können wir alle Theorien, die mit männlichen Opfern zusammenhängen, vergessen. Hagemeier meint, dass es sich um denselben Täter handeln muss, da die Art, wie sie getötet wurde, die gleiche war wie bei den anderen Opfern.«

»Aber er ist vorher noch nie in einen Wohnwagen eingedrungen, oder?«

»Ich schätze, das hängt damit zusammen, dass diese Frau im Gegensatz zu allen bisherigen Opfern allein gereist ist.«

Tillmann sah sie an. »Was denkst du gerade?«

»Ich wünsche mir, dass es nicht Fabian ist.«

»Du weißt, dass ich das sowieso nicht glaube.«

»Ja. Ich aber schon.« Evelyn beugte sich über die Karte

vor sich auf dem Tisch, setzte einen dicken Punkt neben den Ort Neuharlingersiel und verband ihn mit dem letzten Tatort.

»Er kehrt in einer Kurve wieder nach Westen zurück«, sagte sie dann. »Erst hat er sich im Zickzack Richtung Osten bewegt, nun geht es offenbar zurück. Das muss doch etwas zu bedeuten haben.« Sie fand den Campingplatz auf ihrer App und machte ebenso wie bei allen anderen einen Screenshot von den Informationen.

»Da ist noch was«, sagte Tillmann nach einer Weile. »Hagemeier möchte, dass ich morgen zurückkomme. Er braucht mich.«

»Okay«, antwortete Evelyn nur und horchte im selben Moment in sich hinein. Tat es ihr leid, dass Tillmann schon bald wieder abreiste? Oder war sie erleichtert?

Verblüffenderweise fühlte sie nichts. Es war ihr egal.

38

Den Campingplatz hat er um acht Uhr morgens verlassen. Die meisten Camper, die mit einem Wohnmobil unterwegs sind, brechen so früh auf, damit sie den ganzen Tag haben, um das nächste Ziel ihres Trips zu erreichen. Wenn er gleich in der Nacht gefahren wäre, hätte das verdächtigt gewirkt.

Er macht sich keine Gedanken darüber, ob man die Frau bald finden wird oder nicht. Es ist ihm egal. Sie *ist ihm egal. Er hat ihr Portemonnaie in ihrem Wohnwagen gefunden. Es waren fast fünfhundert Euro darin. Er hat das Geld mitgenommen.*

Das nächste Ziel seines Trips ist ein gutes Stück entfernt.

Er hat erst wenige Kilometer zurückgelegt, als der Drang plötzlich wieder da ist und innerhalb von Minuten übermächtig wird.

Als er an einem Waldstück vorbeikommt, biegt er nach rechts in einen Weg ein und hält nach wenigen Metern an.

Eine ganze Weile sitzt er einfach nur da und starrt vor sich hin. Er hat Angst vor dem, was jetzt kommt. Er versucht, sich dagegen zu wehren, fleht verzweifelt seine inneren Dämonen an, es ihm zu ersparen, doch er weiß, es muss sein.

Er steht auf, nimmt das Messer aus dem Hängeschrank und geht nach hinten.

Seine Hand zittert, als er die Hose öffnet und auszieht. Ihm ist übel, so wie jedes Mal, wenn er es tun muss. Manchmal muss er sich sogar übergeben.

Nachdem er auch seine Unterhose abgestreift hat, nimmt er diese andere Unterhose aus einem Fach, wo sie unter Handtüchern versteckt ihren festen Platz hat.

Das Blau ist ausgebleicht und kaum noch als solches zu erkennen. Auf der Vorderseite ist nur noch vage das verblichene Emblem von Superman zu sehen. Aber er weiß, dass die Unterhose einmal dunkelblau gewesen ist und das Superman-S in kräftigem Rot geleuchtet hat. Vor vielen, vielen Jahren.

Mittlerweile ist der alte Stoff übersät mit dunklen Flecken.

Die Unterhose ist schon sehr alt und wäre ihm heute viel zu klein. Damals hat sie ihm gepasst.

Ein Kloß bildet sich in seinem Hals, als er sich auf das Bett setzt und die Unterhose zwischen seinen Oberschenkeln platziert.

Dann greift er zu, sucht eine Stelle, die noch nicht von alten oder frischen Narben verunstaltet ist.

»Nein, bitte nicht«, kommt es ihm über die Lippen, und seine Stimme klingt dabei nicht wie die eines Erwachsenen. »Bitte, bitte, nicht wieder weh tun«, jammert er. Tränen rinnen ihm über das Gesicht, er zittert so sehr, dass er das Messer kaum halten kann.

»Nicht wieder weh tun«, wiederholt er. Dann setzt er das Messer an zum ersten Schnitt.

39

»Ich möchte als Nächstes zu diesem Platz«, sagte Evelyn am frühen Nachmittag und deutete auf die Karte. »Das ist in der Nähe von Leer und müsste zumindest ungefähr auf seiner Route liegen.«

Tillmann warf einen kurzen Blick auf die Stelle und nickte. »Okay. Von dort aus kann ich dann morgen mit dem Zug oder einem Leihwagen zurückfahren.«

»Gut.« Evelyn stand auf und machte sich auf den Weg zum Sanitärgebäude, das nur etwa fünfzig Meter von ihrem Stellplatz entfernt lag.

Kurz bevor sie den Eingang erreichte, blickte sie sich um und glaubte, eine Gestalt zu sehen, die schnell zur Seite huschte. Sie blieb stehen. Hatte sie sich getäuscht? Oder hatte es da tatsächlich jemand eilig gehabt, aus ihrem Blickfeld zu verschwinden? Sie dachte an das Gefühl, beobachtet zu werden, das sie nun schon zweimal gehabt hatte, und ging auf die Stelle zu.

Als sie sie erreicht hatte, war da nichts außer zwei Wohnwagen. Niemand war zu sehen. Aber wenn da wirklich jemand gewesen war, dann hätte er oder sie ohne Probleme zwischen den Stellplätzen verschwinden können, ohne von ihr entdeckt zu werden. Mit einem mulmigen Gefühl wandte sie sich ab und ging zur Toilettenanlage zurück.

Als Evelyn kurz darauf wieder an ihrem Stellplatz ankam, war Tillmann schon dabei, alles zusammenzuräumen und das Wohnmobil reisefertig zu machen.

Sie überlegte, ob sie ihm von ihrem Gefühl erzählen sollte, entschied sich aber dagegen. Tillmann war sowieso schon der Meinung, dass sie psychische Probleme hatte. Es war nicht nötig, dass er auch noch dachte, dass sie unter Verfolgungswahn litt.

»Bin gleich fertig«, sagte er, während er mit der Kurbel die Markise einfuhr. »Schaust du drinnen mal, ob alles verstaut ist?«

Sie setzte gerade den Fuß auf die unterste Stufe, als sie aus dem Inneren das Klingeln ihres Telefons hörte.

»Gersmann hier«, meldete sich der Leiter der Forensischen Psychiatrie.

»Hallo, Dr. Gersmann. Falls Sie wegen Kleinbauer anrufen, kann ich Ihnen nicht mehr helfen. Mein Entschluss steht fest.«

»Sind Sie allein?«, wollte Gersmann wissen.

»Nein, warum?«

In diesem Moment lugte Tillmann zum Eingang herein und sah sie fragend an.

»Wer ist bei Ihnen? Gerhard?«, fragte Gersmann.

»Ja.«

»Können Sie aus dem Raum gehen?«

»Was? Warum?«

»Ich meine es gut.«

Wie oft ich das wohl in den letzten Tagen gehört habe, dachte sie. *Meist von Leuten, die der Meinung waren, dass ich den Verstand verliere.*

»Das ist schwierig«, antwortete sie, neugierig darauf, was Gersmann von ihr wollte.

Tillmann runzelte die Stirn.

»Hört er gerade zu?«

»Ja, schon.«

»Okay. Wir beenden jetzt das Gespräch. Gehen Sie irgendwohin, wo Sie ungestört sind, und rufen Sie mich unter der gleichen Nummer zurück. Tun Sie es bitte. Es ist wichtig. Und nun verabschieden Sie sich von mir.«

»Ja«, sagte Evelyn völlig verwirrt, und mit einem äußerst unguten Gefühl fügte sie hinzu: »Tut mir leid. Bis bald.«

Dann legte sie auf und steckte das Telefon in die Gesäßtasche ihrer Jeans.

»Ich habe gehört, dass das Gersmann war«, sagte Tillmann. »Was wollte er von dir?«

»Ach, es ging um Kleinbauer. Er wollte mich überreden, mit ihm weiterzumachen.«

»Er gibt nicht auf. Aber du hast dich geweigert?«

»Ja.«

»Und? Findet er sich damit ab?«

»Ich glaube schon.« Sie bemühte sich, ihrer Stimme einen festen Klang zu geben, obwohl sich gerade alles in ihr seltsam taub anfühlte.

»Na dann.« Tillmann wandte sich um und verschwand vom Eingang. Evelyns Gedanken rasten. Was sollte sie jetzt tun? Sie musste unbedingt wissen, was Gersmann wollte. So, wie es sich angehört hatte, schien es enorm wichtig zu sein. Und mit Tillmann zu tun zu haben.

Sie wartete noch eine Minute, dann verließ sie das Wohnmobil und sagte: »Ich gehe noch kurz in den Laden. Ich möchte ein bisschen was für unterwegs mitnehmen.«

»Wir können doch gleich davor anhalten, wenn wir rausfahren.«

»Ach, ich gehe schnell hin«, sagte sie und lief los.

Kurz vor dem kleinen Geschäft bog sie in einen Seitenweg ein, hielt nach ein paar Metern an und rief Gersmann zurück.

»Sind Sie jetzt allein?«

»Ja, aber ich finde das sehr seltsam. Was ist denn so wichtig?«

»Hat Gerhard Ihnen von meinem gestrigen Telefonat mit ihm erzählt?«

»Ähm … Ja, er sagte mir, dass Sie sich schriftlich zu seinem Gespräch mit Kleinbauer äußern sollen und mit ihm darüber reden wollten.«

Gersmann schnaubte in den Hörer. »Das habe ich befürchtet. Es hat mir keine Ruhe gelassen, weil er so seltsam reagiert hat. Und weil ich etwas nicht verstehe. Dass er Ihnen eine glatte Lüge bezüglich meines Anrufs aufgetischt hat, bestätigt leider meine Befürchtung.«

Evelyns Puls beschleunigte sich. »Was meinen Sie damit?«

»Es stimmt, es ging um sein Gespräch mit Kleinbauer. Aber ich muss mich nicht schriftlich dazu äußern. Und es ist auch nicht die Unterhaltung, die aufgezeichnet wurde, nach der ich ihn gefragt habe. Ich habe von einem Pfleger erfahren, dass Gerhard vor dieser Unterhaltung in Kleinbauers Zimmer war und den Pfleger rausgeschickt hat. Er war für ein paar Minuten mit Kleinbauer allein, bevor er das Zimmer wieder verlassen hat und in den Therapieraum gegangen ist, wo er dann das offizielle Gespräch mit ihm führte.«

»Das … ist ja seltsam«, hörte Evelyn sich sagen, während sie versuchte, Schlüsse aus dieser Information zu ziehen. Im selben Moment, in dem die einzig logische Schlussfolgerung in ihr aufblitzte und ihr einen kalten Schauer durch den Körper jagte, sagte Gersmann: »Ja, das ist es. Vor allem angesichts der Tatsache, dass Kleinbauer danach private Informationen über Sie hatte und behauptete, er habe sie von Tillmann.«

»Das ist mir auch gerade in den Sinn gekommen. Aber … das kann doch nicht sein, ich meine … Gerhard. Warum sollte er so etwas tun? Und mich anlügen? Das ist doch unmöglich.«

»Das ist eine gute Frage. Leider kann ich sie Ihnen nicht beantworten. Und ja, mir ging es genauso wie Ihnen. Gerhard ist mittlerweile zu einem Freund geworden, und ich glaube, ihn gut genug zu kennen, dass ich ihm so was nicht zutraue. Aber dennoch …«

»Nein, es muss irgendeine andere Erklärung dafür geben. Außerdem wusste Gerhard von dem, was Kleinbauer sagte, nichts. Er *konnte* davon nichts wissen, weil ich nie mit ihm darüber gesprochen habe. Mit ihm nicht und auch sonst mit niemandem.«

»Ich hoffe sehr, dass ich mich irre. Bleibt aber die Frage, warum er Sie angelogen hat.«

»Ich werde das mit ihm klären. Gleich.«

»Tun Sie das. Er kann mich gern anrufen, wenn er wütend auf mich ist. Ich musste Ihnen davon erzählen. Ich habe Gerhard gestern darauf angesprochen und ihm die Möglichkeit gegeben, es aufzuklären, aber er hat abgewiegelt.«

»Ich danke Ihnen«, sagte Evelyn und beendete das Gespräch.

Auf dem Weg zurück gingen ihr tausend Theorien durch den Kopf, von denen ihr eine unsinniger vorkam als die andere.

Tillmann sah sie erstaunt an, als sie das Wohnmobil erreichte, und richtete den Blick dann demonstrativ auf ihre leeren Hände. »Ich dachte, du wolltest etwas einkaufen?«

Ohne darauf einzugehen, sagte Evelyn: »Wir müssen uns unterhalten.«

»Oh, das klingt aber frostig.«

Täuschte sie sich, oder schwang Unsicherheit in seiner Stimme mit?

Evelyn stieg ins Wohnmobil, setzte sich an den Tisch und wartete nervös, bis Tillmann sich ebenfalls gesetzt hatte.

»Ich habe gerade noch mal mit Dr. Gersmann geredet«, begann sie dann ohne Umschweife. »Es ging um euer Gespräch gestern. Möchtest du mir etwas dazu sagen?«

Tillmanns Gesicht schien kurz um eine Nuance blasser zu werden, doch dann hatte er sich wieder gefangen.

»Ich weiß, was du meinst. Es tut mir leid, dass ich dir nicht die ganze Wahrheit gesagt habe, aber ich habe befürchtet, du ziehst falsche Schlüsse, wenn du hörst, dass ich mich vor dem offiziellen Gespräch kurz privat mit Kleinbauer unterhalten habe.«

»Was sind die falschen Schlüsse? Und was sind die richtigen? Was soll ich darüber denken, dass du …«

»Ich würde es dir gern erklären«, unterbrach Tillmann sie. »Aber du musst mir schon die Möglichkeit dazu geben. Ich war vor dem offiziellen Gespräch in Kleinbauers Zimmer und habe mit ihm geredet. Das durfte aber nicht auf dem Video auftauchen.«

»Weshalb?«

Tillmann senkte den Blick und betrachtete eine Weile seine Hände, bevor er antwortete: »Weil ich ihm gedroht habe.«

»Du hast ihm gedroht?«

»Ja, ich habe ihm gesagt, wenn er nicht sofort damit aufhört, dich fertigzumachen, würde ich dafür sorgen, dass ihm eine Menge Schmerzen zugefügt werden.«

»Was?«

»Ich habe doch gesehen, wie sehr dich die Bemerkungen dieses Mistkerls mitgenommen haben. Ich weiß nach wie vor nicht, woher er seine Informationen hat, von mir auf jeden Fall nicht. Aber ich wollte auf jeden Fall verhindern, dass er dir weiter zusetzt. Evelyn, ich habe dir mehrfach gesagt, ich werde dich mit allen Mitteln beschützen. Nichts anderes habe ich getan.«

Evelyn sah ihm in die Augen, versuchte, darin einen Hinweis zu finden, ob er die Wahrheit sagte oder nicht.

»Evelyn.« Er legte seine Hand auf ihre. »Du kannst unmöglich glauben, dass ich wirklich etwas tun würde, was dir schadet. Ich habe nie aufgehört, dich zu lieben, das muss dir doch klar sein.«

Evelyn erwiderte nichts. Sie wusste nicht, was sie dazu sagen sollte, weil sie nicht wusste, was sie glauben konnte. Nach ein paar Minuten zog sie ihre Hand unter seiner heraus und nickte. »Also gut. Aber dass du mich angelogen hast, ist kein Zeichen dafür, dass du mich liebst. Zudem ist es ein verdammt beschissenes Gefühl. Tu so was bitte nie wieder, sonst werde ich dir nicht mehr vertrauen können.«

Sie stand auf und ging nach draußen. Tillmann folgte ihr erst nach einer Weile.

Er blieb neben ihr stehen und sah sie an. »Ich verspreche es. Okay?«

»Das hoffe ich.«

»Alles wieder gut?«

Sie wandte sich ihm zu. »Diese anonymen Nachrichten, die ich bekommen habe. Und der Anruf. Weißt du wirklich nichts davon, oder hast du mich dabei auch angelogen, um mich vor irgendwas zu beschützen?«

Tillmann nickte mit zerknirschtem Gesicht. »Okay, ich kann verstehen, dass du mich das fragst. Das habe ich verdient.«

»Das beantwortet meine Frage nicht. Habe ich dir von den Nachrichten erzählt und sie dir gezeigt oder nicht?«

40

Der Platz ist groß. Er schätzt, dass es der größte ist von allen, auf denen er bisher war.

Er sitzt auf dem alten, durchgesessenen Campingstuhl vor seinem Wohnmobil, hat den Kopf weit in den Nacken gelegt und betrachtet den Himmel. Die Wunden pochen und senden bei jeder Bewegung Schmerzpfeile durch seinen Unterleib. Er hält es aus, er ist es gewohnt. Mehr noch, er weiß, wenn es aufhört, wird ihn der Drang erneut überkommen.

Einzelne Wolken stehen wie unbeteiligt am blauen Himmel. Er betrachtet sie und versucht, Formen darin zu erkennen. Es gelingt ihm nicht. Sie verändern sich mit jeder Sekunde, als wollten sie verhindern, von jemandem in eine Form gepresst zu werden.

Er gibt es auf, richtet den Blick durch die weißen Gebilde hindurch in die Unendlichkeit. Er denkt über sich nach.

Und über Jasper Kriebich. Den Bericht in der Zeitung über ihn und Jasper hat er mittlerweile bestimmt hundertmal gelesen.

Und je öfter er ihn liest, umso mehr bewundert er Jasper für das, was er getan hat.

Jasper. Es fühlt sich gut an, ihn beim Vornamen zu nennen. Gut und richtig. Ein schöner Name. Der Name eines Helden.

Wenn es einen Jasper gegeben hätte, als er *ihn gebraucht hatte, wäre sein Leben ein vollkommen anderes geworden. Dann hätte er vielleicht ein ganz normales Leben führen können wie jeder andere auch. Und bestimmt wären er und Jasper für immer Freunde geworden.*

Aber er ist zweimal allein gewesen mit denen, die ihm all das Schreckliche angetan haben. Die den aus ihm gemacht haben, der er jetzt ist.

Zum wiederholten Mal wünscht er sich, Jasper hätte ihm sein Messer abgenommen und es ihm in den Bauch gerammt. Er hat ihm, ohne darüber nachzudenken, die Möglichkeit gegeben, das ist ihm im Nachhinein klargeworden. Er hat sich kaum gewehrt, als Jasper sich mutig gegen ihn geworfen hat in jener Nacht. Er hat ihm sein Messer regelrecht angeboten. Aber dann hat er gespürt, dass Jasper ihn nicht getötet hätte. Er hätte ihn nur überwältigt und ihn dann der Polizei übergeben. Das konnte er nicht zulassen.

Es wäre so einfach gewesen. Die Zeitungen hätten Jasper noch mehr als Held gefeiert. Er wäre ein leuchtendes Vorbild für viele gewesen und hätte anderen Mut gemacht, ebenfalls einzugreifen, wenn jemand Hilfe brauchte.

Und er selbst hätte endlich seinen Frieden gefunden. Durch die Hand von einem, der kein Feigling war. Anders als die anderen.

Er verzieht das Gesicht. Sein Nacken schmerzt von der unnatürlichen Haltung, und dennoch umspielt ein Lächeln seinen Mund.

Er hat einen Entschluss gefasst.

41

Evelyn sah die Traurigkeit in Tillmanns Gesicht, und plötzlich war die Angst in ihr riesengroß, er würde zugeben, sie auch bezüglich der Nachrichten angelogen zu haben.

»Nein, du hast mir nichts davon erzählt«, beteuerte Tillmann. »Ich habe zum ersten Mal von diesen Nachrichten und dem Anruf gehört, als du so ausgeflippt bist und überzeugt warst, ich müsste davon wissen. Und vergiss bitte nicht, dass sie nicht auf deinem Telefon waren, als du sie mir zeigen wolltest. Ich denke nach wie vor, dein Unterbewusstsein hat dir auf diese Weise eine Bestätigung verschafft, dass dein Bruder tatsächlich noch lebt. Und ich bin auch immer noch der Meinung, du solltest mit Gersmann darüber reden.«

Sekundenlang standen sie sich gegenüber und sahen sich in die Augen. Dann sagte Evelyn: »Lass uns losfahren.«

Kurz darauf verließen sie den Campingplatz und bogen nach rechts ab, nachdem die Navigationsapp dazu aufgefordert hatte. Tillmann saß am Steuer, Evelyn hatte die Füße gegen das Armaturenbrett gestemmt und den Kopf an die Kopfstütze gelehnt. Über die anonymen Nachrichten sprachen sie nicht mehr, und auch sonst redeten sie nicht viel, weil Evelyn die meiste Zeit die Augen geschlossen hatte.

Eineinhalb Stunden später erreichten sie ihr Ziel.

Das Prozedere der Anmeldung war wie das am Tag zuvor, und auch hier konnte keine der beiden Frauen, die hinter dem Tresen der Rezeption standen, sich erinnern, jemanden gesehen zu haben, der dem Foto von Fabian glich.

Anders als am Vortag konnten sie sich nicht aussuchen, wo sie stehen wollten, sondern bekamen einen Platz zugewiesen. Sie mussten fast das ganze Areal durchqueren, bis sie ihn gefunden hatten, und Tillmann hatte Mühe, den Wagen zwischen zwei Bäumen hindurchzumanövrieren, bis er so stand, dass sie Tisch und Stühle davor aufstellen und die Markise ausfahren konnten. Kaum waren sie damit fertig, machten sie sich auf Evelyns Betreiben hin auf den Weg zu einem ersten Rundgang.

Die Szenen, die sie sahen, waren identisch mit denen auf dem anderen Platz. Wohnwagen mit Vorzelten, Wohnmobile mit ausgefahrenen Markisen, hier und da ein paar Zelte. Dann kamen sie in den Bereich, der Dauercampern vorbehalten war.

»Es ist schon verrückt«, sagte Tillmann, als sie zwischen den auch hier teilweise sehr aufwendig angelegten Plätzen der festen Mieter vorbeiliefen. »Ich war als Jugendlicher und junger Erwachsener oft auf Campingplätzen unterwegs, aber so viele Dauercamper wie auf den letzten beiden Plätzen habe ich dabei nie gesehen. Das scheint sich in den letzten drei Jahrzehnten enorm gewandelt zu haben.«

Evelyn machte noch ein paar Schritte, dann verharrte sie abrupt und betrachtete den Platz, vor dem sie gerade standen. Was Tillmann gesagt hatte, elektrisierte sie. In Gedanken ging sie die Notizen durch, die sie sich zu den Campingplätzen gemacht hatte.

»Was ist?«, fragte Tillmann neben ihr.

»Ja, stimmt«, antwortete sie ausweichend, »das hat sich wohl geändert.«

Sie ging schnell weiter. Plötzlich konnte sie es nicht mehr erwarten, wieder zum Wohnmobil zu kommen und sich mit der Karte und der Camping-App zu beschäftigen.

Kaum dass sie zurück waren, breitete sie alles auf dem Tisch aus und betrachtete ihre Liste. Das, worauf es ihr ankam, hatte sie sich bisher noch nicht näher angeschaut.

Also öffnete sie die App und dort den Platz, auf dem der erste Mord geschehen war. Dann suchte sie den Lageplan und klickte ihn an. Nur Sekunden später schlug ihr das Herz bis zum Hals.

Der nächste Platz, der nächste Plan … das gleiche Ergebnis.

Nach zehn Minuten lehnte sie sich aufgeregt zurück.

Nun erst bemerkte sie, dass Tillmann sie beobachtete. »Was ist mit dir?«, fragte er. »Du wirkst so, als hättest du etwas Wichtiges herausgefunden.«

Evelyns Gedanken schlugen Kapriolen. Sollte sie Tillmann von ihrer Entdeckung erzählen? Sie dachte an seine Worte.

Wenn wir tatsächlich einen Hinweis finden, der uns zu ihm führen könnte, werde ich die Kollegen verständigen, damit sie die Sache übernehmen.

Das konnte sie nicht zulassen. Ihr war klar, dass sie sich womöglich in große Gefahr begeben würde, aber dieses Risiko musste sie eingehen. Nicht auszudenken, wenn es wirklich Fabian war und sie verpasste die Chance einer Begegnung mit ihm, bevor er verhaftet und womöglich beim

Zugriff sogar erschossen wurde. Welch eine albtraumhafte Vorstellung. Zwei Jahre lang hatte sie verzweifelt gehofft, dass ihr Bruder gegen alle Wahrscheinlichkeit doch noch am Leben war, und dann wurde er womöglich bei einem Polizeieinsatz getötet.

Zudem war sie sich nach dem, was sie von Dr. Gersmann erfahren hatte, nicht mehr sicher, ob sie Tillmann absolut vertrauen konnte.

»Es ist eher das Gegenteil der Fall«, log sie. »Es macht mich langsam verrückt, dass wir einfach keinen Ansatzpunkt finden.«

Tillmann musste am nächsten Morgen zum Dienst antreten, das bedeutete, er würde im Laufe dieses Tages wieder nach Oldenburg fahren. Dann hatte sich die Frage, ob sie ihm von ihrer Vermutung erzählen sollte oder nicht, sowieso erledigt.

»Hast du dir schon überlegt, wie du heute zurückkommst?«, fragte sie betont beiläufig.

Er schüttelte den Kopf. »Nein, ich werde mich nachher darum kümmern. Ich denke, ich werde einen Mietwagen nehmen.«

Sie nickte. »Das ist zwar nicht ganz billig, aber wahrscheinlich die einfachste Möglichkeit.«

Tillmann lehnte sich nun ebenfalls zurück. »Es gäbe natürlich noch eine Alternative, die meiner Meinung nach die allerbeste Lösung wäre. Du setzt mich zu Hause ab und bringst dann das Wohnmobil weg.«

»Ich soll aufgeben? Auf keinen Fall. Ich denke, darüber haben wir ausführlich gesprochen.«

Er versuchte erst gar nicht, sie umzustimmen, sondern

zuckte mit den Schultern. »Einen Versuch war es wert. Mal was anderes. Wie sieht es mit Essen aus?«

»Großen Hunger habe ich nicht.«

»Mir knurrt der Magen. Ich schlage vor, ich schaue mal, was der Supermarkt hergibt, den ich da vorn gesehen habe.«

Er stand auf und verschwand im Wohnmobil, um gleich darauf mit seinem Portemonnaie in der Hand wieder herauszukommen. »Hast du irgendeinen Wunsch?«, fragte er.

»Ja, aber den kannst du mir wohl nicht erfüllen.«

Tillmann nickte und ging los.

Kaum war er außer Sichtweite, beugte Evelyn sich gleich wieder über die Karte und begann dann aufgeregt, in der App die Campingplätze in dem Viereck zwischen Bremen, Papenburg, Norden und Bremerhaven nach einem bestimmten Kriterium abzusuchen. Die Trefferliste war tatsächlich halbwegs übersichtlich, aber was ihr das Herz fast aus der Brust springen ließ, nachdem sie alles hektisch überprüft hatte: Sämtliche Plätze, auf denen der Mörder bisher zugeschlagen hatte, waren dabei. Und es gab nur noch vier weitere.

42

Etwa fünf Minuten später kam Tillmann mit einer vollen Papiertüte auf dem Arm zurück. Evelyn hatte Mühe, sich nichts von der Aufregung anmerken zu lassen, die sie erfasst hatte. Kurz hatte sie noch einmal darüber nachgedacht, ihm von ihrer Entdeckung zu erzählen, doch letztendlich hatte sie sich dagegen entschieden. Wenn sie es tatsächlich schaffte, den Mörder zu finden, und feststellte, dass es nicht ihr Bruder war, würde sie sofort Tillmann verständigen, damit die Polizei anrücken konnte.

Nachdem Tillmann die Tüte in den Wohnwagen gebracht hatte, setzte er sich wieder zu Evelyn an den Tisch. Ihr fiel sofort sein seltsamer Gesichtsausdruck auf. Er hatte fast etwas Selbstgefälliges.

»Das Problem mit der Fahrt nach Oldenburg hat sich erledigt«, verkündete er. »Hagemeier hat mir noch zwei Tage genehmigt, nachdem ich ihm gesagt habe, dass ich bei dir bin und ein wenig auf dich aufpasse.«

Evelyn sah ihn an und wusste nicht recht, was sie dazu sagen sollte. »Ach«, brachte sie schließlich heraus, »hast du ihn angerufen?«

»Nein, er hat sich bei mir gemeldet, weil er noch eine Frage hatte. Dabei habe ich ihm gesagt, dass ich dich im Moment nicht allein lassen möchte. Er war nicht begeistert, hat aber letztendlich zugestimmt, weil er ja mitbekommen hat, dass es dir nicht so gut geht.«

»Verstehe«, sagte Evelyn und merkte selbst, wie eigenartig sich ihre Stimme anhörte.

Tillmann kniff die Augen zusammen. »Das klingt ja fast so, als ob du enttäuscht bist, dass ich bleibe.«

»Ich … Nein, ich bin nicht enttäuscht, es ist nur … ich hatte mich darauf eingestellt, ein bisschen Zeit für mich zu haben.«

Tillmann zog die Stirn kraus. »Zeit für dich?«

»Ja. Ach, vergiss es, es ist nicht wichtig.« Sie stand auf und begann, im Inneren des Wohnmobils die Einkäufe zu verstauen. Dabei fasste sie den Entschluss, Tillmann dennoch nichts von ihrer Entdeckung zu sagen. Sie würde den nächsten Campingplatz nach ihrer neugewonnenen Erkenntnis aussuchen, und wenn sie dort wirklich fündig wurde, würde sie spontan entscheiden, was als Nächstes zu tun war.

Es war schon später Nachmittag, als ein Wohnwagengespann vor ihrem Stellplatz hielt. Ein Mann um die sechzig stieg aus dem Auto und musterte angesichts des schmalen Zugangs kritisch den Nachbarplatz, der noch frei war.

Nachdem auch seine Frau den Wagen verlassen und den Platz begutachtet hatte, unterhielten die beiden sich und sahen dann zu Evelyn und Tillmann herüber.

»Entschuldigen Sie«, sagte der Mann und kam ein paar Schritte näher. »Wären Sie so freundlich, uns ein wenig zu helfen? Leider haben wir keinen Mover an unserem Wohnwagen und müssen ihn schieben.« Er deutete auf den ziemlich langen Anhänger. »Normalerweise drücke ich ihn mit dem Auto rückwärts an die richtige Stelle, aber ich befürchte, das wird bei diesem Platz nicht funktionieren.«

»Na klar«, entgegnete Tillmann und stand auf. »Ich helfe Ihnen gern.«

Während er kurz darauf mit dem Wohnwagenbesitzer und zwei weiteren Männern, die herbeigeeilt waren, zu manövrieren begann, betrachtete Evelyn sein Smartphone, das auf dem Tisch lag.

Als Tillmann hinter dem Wohnwagen außer Sicht war, griff sie danach und tippte den Code ein, den er schon benutzt hatte, als sie noch zusammen waren. Tatsächlich hatte er ihn seitdem nicht geändert.

Mit flinken Fingern öffnete Evelyn die Anruferliste und betrachtete sie. Es gab zwei Gespräche vom Vortag mit Hagemeier in der Liste, und zwar den Anruf um die Mittagszeit, bei dem er Tillmann über den neuen Mord informiert hatte, und den Anruf etwas später wegen der Nachforschung bei ihrem Provider. Der letzte von vorhin, bei dem Hagemeier Tillmann angeblich erlaubt hatte, noch zwei Tage bei ihr zu bleiben, fehlte. Mit einem mulmigen Gefühl schloss sie die Liste. Hatte er sie schon wieder angelogen? Es musste so sein, denn warum hätte er ausgerechnet dieses Gespräch aus der Anrufliste löschen sollen? Das ergab keinen Sinn. Ihr Blick fiel auf eine App namens *The Wrong Call.*

Nachdem sie sich kurz versichert hatte, dass Tillmann noch beschäftigt war, klickte sie die App an. Es dauerte einen Moment, bis sie den Sinn der Anwendung verstand, doch dann klickte sie auf einen Link mit dem Titel *History* und riss kurz darauf entsetzt die Augen auf.

Die App diente dazu, Anrufe zu simulieren. Man konnte den Namen, der beim Anruf und später auch in der Anrufliste angezeigt werden sollte, ebenso frei eintragen wie die angezeigte Telefonnummer sowie Datum und Uhrzeit des gewünschten Fake-Anrufs. Und in der Historie der App gab es einen Eintrag. Er lautete auf den Namen *Hagemeier*, und ein Blick auf die Uhrzeit zeigte Evelyn, dass es der Anruf gewesen sein musste, bei dem Hagemeier Tillmann angeblich von der ergebnislosen Nachforschung bei ihrem Provider erzählt hatte.

Sie ließ das Telefon sinken. Das bedeutete, Tillmann hatte den Anruf simuliert und sie definitiv angelogen, und zwar nicht nur ein Mal. Und dieses Mal war es noch weitaus schlimmer als bei der Lüge über sein Gespräch mit Kleinbauer.

Evelyn legte das Smartphone zurück, griff nach ihrem eigenen Handy und stand auf. Sie ging zum Nachbarplatz, wo Tillmann gerade gemeinsam mit einem anderen Mann an der Deichsel des Wohnwagens zog.

»Bin gleich zurück!«, rief sie ihm zu, wandte sich ab und ging mit schnellen Schritten los. Eine selten gespürte Kälte hatte von ihr Besitz ergriffen. Sie würde dieser Sache auf den Grund gehen und konnte es nicht erwarten, außer Tillmanns Sicht- und Hörweite zu kommen.

Hinter einem Holzschuppen blieb sie stehen und suchte aus den Kontakten ihres Smartphones Tillmanns Büronummer heraus. Hagemeiers Durchwahl hatte sie nicht, aber das sollte kein Problem sein.

Es läutete sechsmal, dann war ein Klicken zu hören, und kurz darauf meldete sich eine von Tillmanns Kolleginnen.

Evelyn hatte also richtig vermutet, der Anruf war intern weitergeleitet worden.

»Evelyn Jancke hier. Können Sie mich bitte mit Kriminalrat Hagemeier verbinden?«

»Kleinen Moment, bitte, ich höre mal nach, ob er am Platz ist.«

Sekunden später war erneut ein Klicken zu hören, dann meldete sich der Leiter des Oldenburger Kriminalkommissariats 11. »Frau Jancke, schön von Ihnen zu hören. Ich hoffe, es geht Ihnen gut?«

»Im Großen und Ganzen – ja«, sagte sie.

»Das freut mich. Was kann ich für Sie tun?«

»Es geht um den anonymen Anruf und die Nachrichten, die ich erhalten habe. Sie können sicher verstehen, dass ich mir Gedanken wegen dieser Sache mache. Sie sagten, Sie wollten bei meinem Provider recherchieren lassen, was es damit auf sich hat. Haben Sie schon eine Antwort bekommen?«

Es vergingen einige Sekunden, bis Hagemeier erwiderte: »Also jetzt doch?«

»Wieso *doch*? Ich verstehe nicht.« Evelyn zog sich der Magen zusammen.

»Hauptkommissar Tillmann hat mich kurz nach Ihrem Besuch bei mir angesprochen. Er sagte, Sie machten gerade eine schwere Phase durch wegen Ihres verschwundenen Bruders – wofür ich übrigens vollstes Verständnis habe – und dass Sie diesen Anruf mit anderen Gesprächen verwechselt hätten. Er meinte, das hätte sich geklärt und Sie wüssten nun, dass es keinen anonymen Anruf gegeben hat. Das ist ja seltsam.«

»Das bedeutet … Sie haben wegen des Anrufs nicht nachgeforscht?«

»Nein, wie gesagt, ich bin davon ausgegangen … Wirklich sehr seltsam. Ich würde Hauptkommissar Tillmann jetzt gern hinzuziehen, um dieses Missverständnis zu klären, aber er ist zurzeit nicht im Büro. Er musste sich wegen einer familiären Sache ein paar Tage freinehmen. Er sagte etwas von einem überraschenden Todesfall.«

»Ein Todesfall«, wiederholte Evelyn mechanisch.

»Ja. Ich denke, er wird aber bald zurück sein. Ich habe ihn gestern Mittag noch gesprochen. Sie haben sicher schon im Internet gelesen, dass es wieder einen Mordfall gegeben hat.«

»Ja, das habe ich gesehen«, log sie. »Und danach haben Sie nicht mehr mit ihm geredet?«

»Ehm … nein.« Hagemeier klang verwundert. »Er ist ja gerade wegen eines Todesfalls bei seiner Familie.«

Evelyn kämpfte innerlich mit sich selbst, ob sie Hagemeier sagen sollte, wie sehr Tillmann sie belogen und hintergangen hatte, aber das hätte wahrscheinlich das Ende ihres Trips bedeutet. Und das durfte nicht sein. Sie *musste* wissen, ob Fabian zurückgekommen war. Wenn es diesen anonymen Anruf doch gegeben hatte – und davon war sie wieder überzeugt –, sprach alles dafür.

»Da hat Tillmann mich offensichtlich falsch verstanden«, sagte sie deshalb. »Würden Sie bitte bei meinem Provider nachfragen, ob es diese Nachrichten und den Anruf gegeben hat? Das ist mir sehr wichtig.«

»Ich werde es veranlassen. Geht es Ihnen denn gut?«

»Wirklich gut geht es mir erst dann wieder, sobald ich

die Bestätigung bekomme, dass es diese Nachrichten tatsächlich gegeben hat.«

»Sagen Sie mir doch bitte noch mal, was der Inhalt dieser Nachrichten war.«

»Sie waren nur kurz. In einer stand *Ich habe dich gesehen*, in einer anderen *Bitte hilf mir, Eve.* Kaum jemand nennt mich Eve. Und es gab noch eine, in der stand *Du musst mich aufhalten.* Alle waren sie mit *F.* unterschrieben. Sie wissen, dass mein Bruder Fabian heißt.«

»Gut, ich kümmere mich darum«, entgegnete Hagemeier knapp.

»Würden Sie mir bitte noch einen Gefallen tun?«

»Das kommt darauf an. Wie Sie wissen, stecken wir gerade in einer heiklen Ermittlung, und …«

»Ich weiß, ich möchte Sie nur bitten, unsere Unterhaltung Tillmann gegenüber nicht zu erwähnen, falls Sie heute oder morgen noch mal mit ihm reden. Er hat es sicher nur gut gemeint und mich missverstanden. Ich möchte das Thema ihm gegenüber selbst ansprechen.«

»Ja, sicher. Wie gesagt, liegt im Moment unser Fokus auf den Morden. Sie glauben ja nicht, was hier los ist. Mein Telefon läutet im Minutentakt.«

»Ja, ich verstehe. Und ich danke Ihnen, dass Sie sich trotzdem die Zeit für mich genommen haben. Bitte sagen Sie mir Bescheid, wenn Sie etwas zu dem Anruf wissen. Ach, und dürfte ich bitte Ihre Durchwahl haben? Ich werde Sie nicht belästigen, versprochen. Ich möchte nur erkennen, dass Sie es sind, wenn Sie sich bei mir melden.«

Hagemeier nannte ihr die dreistellige Durchwahl. Sie bedankte sich und legte auf. Nachdem sie den neuen Kontakt gespeichert hatte, warf sie noch einmal einen Blick darauf. *Ulrich Meier* hatte sie als Namen eingetragen. Sie war vorsichtig geworden.

Evelyn steckte das Telefon ein und ging los, aber nicht zum Wohnmobil zurück, sondern in die entgegengesetzte Richtung. Sie bebte innerlich.

Wie konnte sie sich nur so in einem Menschen täuschen, den sie gut zu kennen glaubte? Mit dem sie einmal liiert gewesen war?

Was versprach er sich davon, dass er sie derart belog? Warum stritt er ab, von den anonymen Nachrichten zu wissen? Wollte er nicht, dass sie ihren Bruder fand?

Oder – sie blieb unvermittelt stehen. Oder wollte er gar verhindern, dass sie sich auf die Suche machte und Fabian half, wenn sie ihn fand? Hatte er sich deshalb an ihre Fersen geheftet und sowohl seinen Chef als auch sie angelogen, um in ihrer Nähe bleiben zu können? Wollte er vielleicht sogar über sie an Fabian herankommen, um ihn dann verhaften zu können und den Ruhm einzuheimsen? Weil er wusste, dass Fabian sich mit ihr über die Nachrichten und den Anruf in Verbindung gesetzt hatte und insgeheim *wollte*, dass seine geliebte Schwester ihn davon abhielt, weiter zu töten?

Benutzte er sie also für seine selbstsüchtigen Zwecke und nahm dafür in Kauf, dass sie ihm das niemals verzeihen würde, sollte dieses Szenario eintreten?

Sie zischte wütend. Diese Gedanken würde er sich nicht mehr zu machen brauchen. Sie war fertig mit ihm. Für immer.

43

Als sie zum Wohnmobil zurückkam, saß Tillmann am Tisch und blickte ihr lächelnd entgegen. Es kostete sie eine enorme Willenskraft, ihm nicht entgegenzuschleudern, dass sie von seinem falschen, verlogenen Spiel wusste. Am liebsten hätte sie ihm in sein scheinheilig lächelndes Gesicht geschlagen.

»Ich dachte schon, du bist getürmt und hast mich hier sitzenlassen.«

Sie rang sich so etwas wie ein Grinsen ab. »Dann pass mal auf, dass du dich mir gegenüber gut benimmst. Nicht dass deine Befürchtungen noch wahr werden.«

Sie setzte sich zu ihm an den Tisch und öffnete die Camping-App, auf der noch die Liste der Plätze zu sehen war, die ihren Suchkriterien entsprachen. Tillmann erzählte derweil von der Wohnwagenabstell-Aktion des Nachbarn. Evelyn hörte ihm nur mit einem Ohr zu und sagte ab und zu »ach« und »okay«.

Als sie die Liste betrachtete, spürte sie sofort wieder Unruhe in sich aufsteigen. Nur vier Plätze, die nach ihrer Überzeugung als nächster Tatort in Frage kamen. Erneut dachte sie darüber nach, ob es nicht völlig verrückt war, was sie vorhatte, und ob sie nicht doch die Polizei über ihre neueste Erkenntnis informieren *musste*. Immerhin war sie damit wahrscheinlich ein gutes Stück weiter als die gesamte Soko *Camping*. Und sie würde entscheidend dazu beitragen, dass ein Serienmörder gefasst wurde. Aber dieser Serienmörder konnte ihr Bruder sein, und sie musste mit ihm sprechen, bevor er verhaftet wurde. Und das ging nur, wenn die Polizei erst nach diesem Gespräch erfuhr, was sie herausgefunden hatte.

Am liebsten wäre sie sofort aufgebrochen und hätte die vier Campingplätze nacheinander abgefahren, bis sie Fabian gefunden hätte.

Aber da war noch Tillmann, und das Wissen um seine schäbigen Lügen setzte ihr spürbar zu.

Sie riss sich von den Gedanken los und widmete sich wieder der Liste.

»Was tust du gerade?«, erkundigte sich Tillmann.

»Ich suche das nächste Ziel aus.«

»Okay. Nach welchen Kriterien gehst du vor?«

Sie zuckte mit den Schultern. »Ich denke, er bewegt sich wieder in Richtung Westen, und ich versuche mir vorzustellen, wohin er sich wenden könnte. Letztendlich habe ich aber keinen konkreten Anhaltspunkt, und meine Auswahl ist mehr oder weniger zufällig.«

Zumindest der erste Teil dessen, was sie gesagt hatte, entsprach der Wahrheit.

Evelyn schaute sich die Adressen der vier verbliebenen Campingplätze an und markierte sie mit kleinen Kreuzen auf der Karte. Wenn Fabian seiner bisherigen Logik folgte, bewegte er sich nicht in einer geraden Linie, sondern im Zickzackkurs in Richtung Westen, was zwei der Plätze ausschloss, denn sie befanden sich östlich des letzten Tatorts in Neuharlingersiel. Blieben zwei weitere. Beide lagen von Fabians letztem Standort aus gesehen südwestlich. Beide waren nicht weit von ihrem jetzigen Standort entfernt, einer bei Aurich und einer bei Emden.

Instinktiv entschied sie sich für Emden.

Sie malte einen Kreis um die Stadt an der Emsmündung und warf den Stift auf den Tisch.

»Wir fahren nach Emden.«

»Okay«, sagte Tillmann ohne Anzeichen von Verwunderung. »Einfach so, oder hast du doch irgendetwas gefunden, das dich vermuten lässt, der Täter würde dort als Nächstes auftauchen?«

»Es liegt in der richtigen Richtung. Wenn denn meine Theorie stimmt, dass er sich weiter westlich bewegt.«

»Okay. Dann brechen wir morgen früh also auf.«

»Nein, ich möchte gleich losfahren.«

»Gleich? Warum denn das? Ich meine …« Er machte eine ausholende Geste. »Er könnte doch auch genauso gut hier sein. Warum sonst sind wir hierhergefahren?«

»Trotzdem. Es ist so ein Gefühl.«

Tillmann schüttelte energisch den Kopf. »Evelyn, es ist bald Abend. Bis wir dort angekommen sind, ist es schon so spät, dass wir sowieso nichts mehr tun können. Ich mache ja alles mit, aber nun sei doch bitte vernünftig und sieh ein, dass das wirklich völliger Quatsch ist.«

Sosehr es ihr widerstrebte, musste sie ihm recht geben. Auch wenn es sie fast verrückt machte zu wissen, dass die Wahrscheinlichkeit nicht gering war, dass Fabian sich auf dem Campingplatz hinter Emden befand, würde sie an diesem Tag tatsächlich nicht mehr viel erreichen können.

»Also gut«, gab sie nach. »Aber dann brechen wir morgen sehr früh auf.«

Im nächsten Moment überlegte sie, wie es wohl sein würde, neben einem Mann im Bett zu liegen, von dem sie nun wusste, dass er sie auf übelste Art hintergangen hatte. Und das vielleicht nur, um sich einen beruflichen Vorteil zu verschaffen.

Sie erhob sich, und als Tillmann sie fragend anschaute, sagte sie: »Ich gehe noch eine Runde über den Platz, bevor ich hier durchdrehe.«

Auch Tillmann stand auf. »Ich komme mit.«

Nachdem sie ein Stück weit gegangen waren, wobei sich Evelyn, um den Schein zu wahren, die männlichen Camper näher anschaute, sagte sie: »Ich wundere mich, dass dein Chef dir so einfach freigegeben hat. Ich meine, du gehörst zu der Soko, die in diesem Fall ermittelt. Dass ich ausfalle, dürfte für ihn verschmerzbar sein, aber du bist doch einer seiner Top-Ermittler.«

»Ja, zuerst wollte er auch nicht. Erst als ich ihm gesagt habe, dass ich bei dir bin, weil es dir im Moment nicht so gut geht, hat er nachgegeben. Ich denke, er hat ein Faible für dich.«

»Das finde ich sehr rücksichtsvoll von ihm. Vielleicht sollte ich ihn anrufen und mich bei ihm bedanken.«

»Das würde ich nicht tun.«

»Aber warum? Ich finde, das verlangt der Anstand.«

»Ja, vielleicht. Aber es könnte ihm einfallen, dass es dir doch gut genug geht, um mich sofort wieder zurückzubeordern.«

»Aber wenn er dir gerade erst eine Verlängerung …«

Tillmann blieb stehen und sah sie eindringlich an.

»Evelyn, bitte. Du weißt, ich räume dem, was du hier tust, keine allzu großen Chancen ein, aber trotzdem ist es nicht ganz ungefährlich, denn wie der Zufall es will, könntest du dem Mörder tatsächlich begegnen. Das würde mir permanent im Kopf herumgehen, und ich würde verrückt werden, wenn ich nicht wüsste, wo du gerade bist und was du tust, und vor allem, wenn ich wüsste, dass ich im Zweifelsfall nicht eingreifen könnte.«

Sie tat so, als müsse sie eine Weile darüber nachdenken, und genoss es auf eine fast schon boshafte Art, wie Tillmann sich wand und versuchte, sie davon abzuhalten, Hagemeier zu kontaktieren.

»Aber wenn er tatsächlich ein Faible für mich hat, wie du meinst, und ich sage ihm, dass ich mich wohler fühle, wenn du noch zwei Tage bei mir bist, dann müsste er doch darauf eingehen, oder?«

»Ja, vielleicht. Vielleicht aber auch nicht.«

»Also gut. Aber da du sowieso bald wieder zurückmusst, rufe ich ihn morgen an und bedanke mich.«

Sollte er darüber brüten, wie er aus dieser Nummer wieder herauskam. Wobei sie sich zudem die Frage stellte, wie er glauben konnte, mit seinen Lügen durchzukommen. Er musste doch damit rechnen, dass die Rede bei ihrer nächsten Begegnung mit Hagemeier noch einmal auf das Ergebnis der Anfrage bei ihrem Provider kommen würde.

Sie kamen an einer zum Campingplatz gehörenden Pizzeria vorbei, die geöffnet hatte, und Tillmann schlug vor, dort etwas zu essen. Der Gedanke, mit ihm zusammen gemütlich in dem Restaurant zu sitzen, kam ihr zwar reichlich abwegig vor, aber sie sah ein, dass es kein vernünftiges Argument dagegen gab. Also stimmte sie zu, und gemeinsam betraten sie das Lokal.

Tillmann war bemüht, das Gespräch auf andere Themen als die Mordserie und Evelyns Bruder zu bringen, was aus seiner Sicht verständlich und Evelyn ganz recht war.

Sie unterhielten sich über gemeinsame Unternehmungen und Bekannte, hier und da versuchte Tillmann sich an einem Scherz, merkte aber bald, dass es Evelyn nicht nach Lachen zumute war, und gab es wieder auf. Insgesamt verbrachten sie eine knappe Stunde in dem Restaurant, in der Evelyn eine halbwegs leckere Pasta und Tillmann eine große Pizza aß. Dazu tranken sie gemeinsam eine Flasche *Cà dei Frati*, ein Lugana di Sirmione aus Italien, der Evelyn so gut schmeckte, dass sie noch eine Flasche zum Mitnehmen orderte, bevor sie gingen.

Als sie wieder an ihrem Wohnmobil ankamen, saßen ihre Nachbarn vor dem Wohnwagen und winkten ihnen lächelnd zu.

Die Sonne war schon seit geraumer Zeit am Horizont verschwunden, und die Dämmerung brach herein. Dennoch waren es nach Evelyns Schätzung noch deutlich über zwanzig Grad.

»Ich hole einen Öffner und Gläser«, sagte Tillmann. »Wir sollten den Wein trinken, bevor er warm wird.«

Evelyn wusste, dass es besser gewesen wäre, sie hätte sich mit dem Alkohol zurückgehalten, aber bei dem Gedanken daran, irgendwann neben Tillmann zu liegen, erschien es ihr ratsam, die nötige Bettschwere zu haben, um schnell einschlafen zu können.

Nachdem Tillmann die Flasche geöffnet und die Gläser zwei Finger breit gefüllt hatte, prostete er ihr zu.

»Auf dich, Evelyn. Und darauf, dass diese schlimme Zeit bald vorüber ist. Wer weiß, vielleicht geht es dir danach ja sogar besser als in den letzten beiden Jahren.«

»Ja, wer weiß. Vielleicht klären sich in den nächsten ein, zwei Tagen tatsächlich einige Dinge auf.« Auch sie hob ihr Glas und prostete ihm zu.

Noch während sie trank, spürte sie, dass das Handy in der Gesäßtasche ihrer Jeans vibrierte. Sie hatte vorsichtshalber den Ton abgestellt und das Gerät nicht auf den Tisch gelegt. Eine kluge Entscheidung, wie sich kurz danach herausstellte, als sie wie nebenbei das Telefon aus der Tasche zog, einen kurzen, bewusst desinteressierten Blick darauf warf und es dann wieder wegsteckte.

Der verpasste Anruf war von *Ulrich Meier* gekommen, also von Tillmanns Chef Hagemeier. Das konnte nur eines bedeuten, und dieses Wissen machte sie fast verrückt.

Sie wartete etwa eine halbe Stunde, dann hielt sie es nicht mehr aus. Sie stand auf und machte sich auf den Weg zur Toilette. Noch bevor sie das Gebäude erreicht hatte, zog sie das Telefon aus der Tasche und klickte auf den verpassten Anruf von Hagemeier.

Es läutete viermal, sechsmal, neunmal. Dann gab sie auf. Ein Blick auf die Uhr sagte ihr, dass Hagemeier wohl zwischenzeitlich nach Hause gegangen sein musste. Leise fluchend steckte sie das Telefon wieder ein. Sie ärgerte sich, dass sie das Gespräch nicht sofort angenommen hatte. Nun würde sie erst am nächsten Morgen erfahren, was Hagemeier wollte.

Sie sparte sich den Weg bis zur Toilette und wartete einfach zwei Minuten, bevor sie zurückkehrte. Allerdings erst, nachdem sie ein weiteres Mal vergeblich versucht hatte, den Chef des KK11 zu erreichen.

»Das ging aber schnell«, bemerkte Tillmann, als sie sich ihm gegenüber wieder an den Tisch setzte.

Sie sah ihn an und musste alle Kraft aufwenden, weiterhin ruhig zu wirken. Während sie zur Weinflasche griff und ihr Glas bis zur Hälfte füllte, überlegte sie, ob sie diese Beherrschung auch noch nach ihrem Telefonat mit Hagemeier aufbringen würde.

Sie wusste es nicht.

Erneut sah sie Tillmann an und spürte, dass sie bereits anfing, ihn für das, was er getan hatte, zu hassen.

44

Er liegt bäuchlings auf dem Bett und blättert in dem Buch.

Der Umschlag in knalligem Orange ist abgenutzt und übersät mit Schmutzflecken, der Rücken teilweise zerfasert.

Und doch ist es sein wertvollster Besitz.

Es ist ein Fotoalbum und das Einzige, was er von früher besitzt. Er richtet den Blick für einen Moment an dem Album vorbei auf die Bettdecke und denkt über diesen Begriff nach. Früher.

Er hat für ihn etwas Abstraktes, nicht näher Definierbares. Früher *ist für ihn ein dichter Nebel, der sich nur hier und da ein wenig lichtet und für kurze Zeit kleine Flecken freigibt. In dem es aber auch zwei dunkle Inseln gibt, die nie im Verborgenen liegen. Sie sind immer sichtbar.*

Eine ist so nahe, dass er alle Einzelheiten darauf erkennen kann. Er liegt hilflos auf dem Boden, und diese Kerle treten und schlagen auf ihn ein. Niemand aus den umliegenden Wohnwagen, Wohnmobilen und Zelten hilft ihm.

Die andere Insel ist weit weg. Sie ist da, aber er sieht nur bedrohliches Schwarz. Einzelheiten erkennt er keine. Aber er weiß, er darf diese Insel nicht betreten.

Sein Blick kehrt zu dem Foto zurück, das er sich gerade angeschaut hat. Es zeigt seine Mama und ihn als Baby. Er spreizt den Zeigefinger ab und fährt vorsichtig die Konturen seiner Mutter nach.

Er hat kaum eine Erinnerung an sie, aber wann immer er sich dieses Foto anschaut, breitet sich für einen kurzen Moment eine seltsame Wärme in ihm aus. So, als würden sich unsichtbare Arme zärtlich um ihn legen.

Er klappt das Album zu und verstaut es wieder an seinem Platz über dem Bett.

Neben ihm liegt sein schon in die Jahre gekommenes Notebook.

Er kennt sich nicht sonderlich gut aus mit dem Internet, aber er hat es dennoch geschafft, das zu finden, was er gesucht hat. Der Browser mit der Seite ist noch geöffnet. Er klickt auf einen Button, dann beginnt er mit zwei Fingern zu schreiben. Es dauert eine Weile, weil er sich oft vertippt, aber schließlich hat er es geschafft. Langsam liest er den Text noch einmal durch und klickt anschließend ohne Zögern auf ein Feld mit der Beschriftung ABSENDEN.

Dann knipst er das Licht aus, legt sich auf den Rücken und starrt in die Dunkelheit.

Morgen wird ein wichtiger Tag.

Der wichtigste seines Lebens.

45

Die Nacht verlief weniger schlimm, als Evelyn befürchtet hatte.

Der Wein hatte seine Wirkung getan und dafür gesorgt, dass sie recht schnell eingeschlafen war. Allerdings war sie mitten in der Nacht aufgewacht, weil sie zur Toilette musste. Im Wohnmobil gab es zwar ein kleines Bad mit Toilette, aber sie mochte sie nicht benutzen, da nur eine dünne Wand aus Pressspan zwischen dem winzigen Raum und dem Bett lag und die Tür zudem unten und oben nicht ganz abschloss.

Also schob sie sich vorsichtig aus dem Bett und schlüpfte in ihre Sneakers. Das Klacken, mit dem das Türschloss zurücksprang, erschien ihr laut wie ein Kanonenschlag, und sie verharrte ein paar Sekunden in angespannter Haltung, bis sie sicher war, dass Tillmann nicht aufgewacht war. Dann erst verließ sie leise den Wagen.

Die Nacht war immer noch so warm, dass sie in ihren Shorts und dem Schlafshirt nicht fror, als sie sich auf den Weg zum Sanitärgebäude machte.

Etwa auf der Hälfte des Weges wurde ihr bewusst, wie still es auf dem ganzen Platz war. Geradezu unheimlich. Sie dachte an die Morde, und wie leichtsinnig sie sich verhielt. Instinktiv schlang sie die Arme um ihren Oberkörper und sah sich nach allen Seiten um, während sie ihre Schritte beschleunigte.

Sie erinnerte sich an das Gefühl, beobachtet zu werden, das sie in den vergangenen beiden Tagen schon mehrfach gehabt hatte, und lauschte in sich hinein, doch da war nichts außer dem Unbehagen darüber, nachts allein über einen spärlich beleuchteten Campingplatz zu laufen. In einer Zeit, in der auf Plätzen in der Nähe immer wieder Menschen umgebracht wurden.

Sie war froh, als sie das Gebäude erreicht hatte. Das Innere war hell erleuchtet, und es kam ihr sogar eine verschlafen aussehende junge Frau entgegen.

Den Rückweg legte sie fast im Laufschritt zurück, so dass sie vor dem Wohnmobil erst einmal kurz warten musste, bis ihr Atem sich beruhigt hatte.

Tillmann schlief und bekam auch nicht mit, dass sie sich wieder neben ihn legte. Den Rücken ihm zugewandt, schloss sie die Augen und hatte das Gefühl, eine eisige Hand streiche ihr über die Wirbelsäule. Trotzdem war sie kurz darauf wieder eingeschlafen.

Sie wachte auf, als Tillmann umständlich aus dem Bett stieg. Als sie sich ein wenig aufrichtete, drehte er sich zu ihr um und lächelte sie an. »Guten Morgen, tut mir leid, wenn ich dich geweckt habe, aber es ist gar nicht so einfach, die alten Knochen aus diesem Bett zu bugsieren.«

Spar dir dein verlogenes Lachen, dachte sie bitter.

Als Tillmann kurz darauf den Frühstückstisch decken wollte, erklärte Evelyn ihm, sie hätte keinen Appetit, was der Wahrheit ziemlich nahekam. Die Stunden, die seit ihrem

Telefonat mit Hagemeier vergangen waren, hatten die Kluft, die zwischen Tillmann und ihr aufgerissen war, deutlich vergrößert. Der Gedanke daran, wie ein Paar auf Urlaub gemeinsam mit ihm zu frühstücken, erzeugte Übelkeit in ihr.

Hagemeier! Sie blickte auf die Uhr ihres Handys. Gleich halb acht. Tillmanns Chef war mit hoher Wahrscheinlichkeit noch nicht im Büro. Soweit sie sich erinnerte, erschien er meist zwischen halb neun und neun, sie würde sich also noch ein wenig gedulden müssen.

Während sie Kaffeewasser aufsetzte, überredete sie Tillmann, das Wohnmobil gleich anschließend startklar zu machen und loszufahren.

Evelyn hatte das Gefühl, dass ein entscheidender Tag angebrochen war, und zwar in vielerlei Hinsicht.

Um zwanzig nach acht hatten sie fast alles verstaut, und Evelyn schnappte sich ihren Kulturbeutel und ein großes Handtuch und machte sich auf den Weg zum Sanitärgebäude.

Sie wollte schnell unter die Dusche springen und danach versuchen, Hagemeier zu erreichen.

Das Wasser tat ihr gut, und nachdem sie sich den Schaum aus den Haaren gewaschen hatte, drehte sie die Temperatur so weit herunter, dass der kalte Schauer sie frösteln ließ. Das brachte ihren Kreislauf in Schwung.

Es war fünf nach halb neun, als sie sich in einer Ecke an der Außenseite des Gebäudes gegen die Wand lehnte und versuchte, Hagemeier zu erreichen.

Sie hörte eine Weile dem Freizeichen zu und wollte schon enttäuscht auflegen, als Tillmanns Chef abhob. Er klang, als sei er ein wenig außer Atem.

»Guten Morgen, Evelyn Jancke hier. Sie hatten gestern noch versucht, mich zu erreichen.«

»Guten Morgen. Da haben Sie aber Glück, ich bin gerade zur Tür hereingekommen.«

»Können Sie mir schon etwas sagen?«, erkundigte sie sich ungeduldig.

»Wegen dieser Nachrichten, ja. So wie es aussieht, haben Sie sich nicht getäuscht. Es hat sie tatsächlich gegeben, und den Anruf auch. Allerdings sind sie leider nicht nachverfolgbar.

Sie kamen von einem Handy mit marokkanischer Karte, und aus Erfahrung weiß ich, dass es so gut wie unmöglich ist, von den dortigen Behörden etwas über den Inhaber der Karte zu erfahren. Wir werden es natürlich trotzdem versuchen, aber die Chancen sind gering.«

Evelyn hörte zwar, was Hagemeier sagte, aber es interessierte sie kaum. Wichtig war nur diese eine Information, denn sie bestätigte endlich, dass sie nicht den Verstand verloren hatte. Aber es gab noch eine Frage, die sich sofort aufdrängte.

Was Hagemeier ihr gerade gesagt hatte, das war genau die gleiche Information, die Tillmann ihr – zumindest soweit sie sich erinnerte – auch gegeben hatte, nachdem sie ihm die Nachrichten gezeigt und er versprochen hatte, beim Provider nachzuforschen.

Das ergab doch alles keinen Sinn.

Aber egal, was die Lösung dieses Rätsels sein würde, eines stand fest: Nämlich dass Tillmann ein unvorstellbares Schmierentheater mit ihr inszenierte. Und dafür musste es einen Grund geben.

46

Auf der Fahrt nach Emden versuchte Tillmann mehrmals, ein Gespräch in Gang zu bekommen, aber Evelyn schaffte es trotz aller Mühe nicht, so zu tun, als wäre zwischen ihnen alles in Ordnung. Sie gab sich wortkarg und zog es vor, gedankenverloren aus dem Seitenfenster zu blicken.

Schließlich gab Tillmann auf und sagte: »Evelyn, bitte hilf mir doch. Ich weiß nicht, ob es dir auffällt, aber ich ziehe wirklich alle Register, um dich irgendwie aufzumuntern und dir zu vermitteln, dass ich, egal, was auch passiert, zu dir stehen werde. Aber du tust wirklich alles dafür, um es mir so schwer wie möglich zu machen. Findest du nicht auch, ich hätte es verdient, dass du zumindest versuchst, meine Hilfe anzunehmen?«

Evelyn hätte ihm am liebsten gesagt, dass sie ihm vor die Füße kotzt, wenn er weiterredet. Stattdessen sagte sie: »Du weißt doch, dass ich im Moment unter psychischen Problemen leide. Oder hast du diese Nachrichten schon vergessen, die ich mir eingebildet habe?«

Als er nicht gleich darauf antwortete, fügte sie hinzu: »Ich meine, überleg dir doch einfach mal die Tragweite. Es ist ja nicht nur so, dass ich mir einbilde, irgendwelche anonymen Nachrichten bekommen zu haben. Dieser Wahn ist ja noch viel perfider. Er geht ja sogar so weit, dass ich mich wortgetreu an Gespräche zwischen uns zu diesem Thema erinnern kann, die offenbar gar nicht stattgefunden haben. An Einzelheiten wie zum Beispiel die, dass du bei meinem Provider herausgefunden hast, dass die Nachrichten von einem marokkanischen Handy aus gesendet wurden. Mal ehrlich, wie kommt mein krankes Hirn dazu, sich eine solch ausgefallene Story einzubilden? Das macht mir echt zu schaffen.«

»Darüber haben wir ja schon geredet, und gerade dir als Psychologin müsste doch die Symbolik klar sein, Evelyn. Wie du selbst festgestellt hast, bietet ein marokkanisches Handy die Möglichkeit für dich, daraus eine Bestätigung abzuleiten, dass die angeblichen Nachrichten von deinem Bruder stammen und er dementsprechend noch leben muss. Er ist in Frankreich verschwunden, in Frankreich leben viele Marokkaner, und voilà, es passt in deine Theorie.«

»Ja«, sagte sie. »Schon ganz schön ausgebufft, was sich mein krankes Hirn da ausgedacht hat.«

Ein schneller Seitenblick Tillmanns. »Nun sei nicht so übertrieben streng mit dir selbst. Du stehst unter enormem psychischem Stress, da ist es doch nicht ungewöhnlich, dass dein Verstand dir ab und zu einen Streich spielt. Wenn diese furchtbare Geschichte vorbei ist, wird sich das von selbst erledigen, da bin ich ganz sicher.«

»Ja, wahrscheinlich. Sobald ich Fabian gefunden habe.«

Sie blickte Tillmann an und konnte ihm die Anstrengung ansehen, die es ihn kostete, nichts dazu zu sagen und weiterhin geradeaus zu schauen. Es tat ihr gut.

Gegen halb elf erreichten sie den Campingplatz kurz hinter Emden. Noch während Tillmann an der Rezeption den Anmeldebogen ausfüllte, checkte Evelyn die Gesichter der Männer, die draußen an ihr vorbeigingen. Sie hatte bewusst darauf verzichtet, mit Tillmann hineinzugehen und Fabians Foto an der Rezeption zu zeigen, denn sie wollte unter allen Umständen vermeiden, dass er es mitbekam, falls Fabian auf dem Platz sein sollte. Und etwas in ihr sagte ihr, nein, schrie ihr entgegen, dass sie richtiglag und er hier war.

Wie ein Tiger im Käfig lief sie vor der Rezeption auf und ab und inspizierte jeden Mann, der in ihre Nähe kam. Sie fühlte sich seltsamerweise trotz des Stresses der letzten Tage voller Energie und konnte es nicht erwarten, das Wohnmobil irgendwo abzustellen und zu einer Runde über den Platz aufzubrechen.

Nach einer endlos scheinenden Weile kam Tillmann endlich aus dem Blockbohlenhäuschen, in dem die Anmeldung untergebracht war. »Die sind ziemlich dicht. Wir haben einen der letzten Plätze bekommen.«

»Das genügt uns ja«, bemerkte Evelyn und stieg auf der Beifahrerseite ins Wohnmobil.

Der Stellplatz hatte eine angenehme Größe und war an drei Seiten durch hüfthohe Hecken begrenzt.

Kaum hatte Tillmann den Motor ausgeschaltet, stieg Evelyn aus und sagte: »Sei so gut und kümmere dich um das Wohnmobil. Ich drehe schon mal eine Runde.«

»Aber soll ich nicht …«

»Nein!«, unterbrach sie ihn und ging unbeirrt los.

Der Platz war kleiner als der, von dem sie gekommen waren. Allerdings war der Bereich für die Dauercamper erstaunlich groß. Das Bild, das sich ihr bot, war jedoch das gleiche. Kitschig angelegte Vorgärten, holzbudenartige Anbauten an meist große Wohnwagen, die teilweise schon so lange am selben Fleck standen, dass sie auf den Dächern Moos angesetzt hatten.

Und viele Menschen. Männer. Gesichter, die Evelyn sich genau ansehen musste. Sie spürte, dass sie ihm ganz nahe war, und dieser Gedanke pumpte Adrenalin durch ihren Körper, das sie in höchste Anspannung versetzte.

Nach einigen Minuten kam sie an einem Zelt vorbei, vor dem ein Mann Ende vierzig saß. Er hatte den Kopf ein wenig gesenkt, so dass sie sein Gesicht nicht genau erkennen konnte. Seine Haare waren hellbraun und reichten bis weit über die Ohren. Evelyn verlangsamte unwillkürlich ihre Schritte. War er das? Konnte es so einfach sein? Er hob den Kopf, sah in ihre Richtung. Nein. Dieser Mann hatte nicht mal eine entfernte Ähnlichkeit mit Fabian oder dem Phantombild.

Mit einer Mischung aus Enttäuschung und Beruhigung ging sie weiter.

Als sie zum Wohnmobil zurückkam, hatte Tillmann schon alles aufgebaut und saß unter der Markise. Er trug nur Badeshorts und ein weißes T-Shirt.

»Und?«, fragte er in einer Art, als amüsiere er sich insgeheim über ihre hoffnungslose Suche.

»Ich drehe später noch eine Runde«, antwortete Evelyn knapp, ging ins Wohnmobil und schloss die Tür hinter sich. Zwei Minuten später setzte sie sich Tillmann gegenüber. Wie er trug nun auch sie Shorts und Shirt.

Sie bemerkte Tillmanns Blicke, die über ihren Körper

glitten, und hätte ihm dafür am liebsten ins Gesicht geschlagen.

»Was hast du heute vor?«, wollte er wissen.

»Ich werde meinen Bruder suchen.«

Tillmann erwiderte nichts.

Kurz darauf stand er auf, nahm sein Handy vom Tisch und sagte: »Ich mache einen Spaziergang. Ich denke, es wird dir guttun, wenn ich mal für eine Weile verschwinde.«

Statt einer Antwort zuckte Evelyn mit den Schultern, woraufhin Tillmann sich umwandte und losging.

In der folgenden Stunde nahm Evelyn immer wieder ihr Smartphone zur Hand und öffnete das Foto von Fabian, das sie darauf gesichert hatte.

Millimeter für Millimeter strich sie die Konturen seines Gesichts ab, vergrößerte einzelne Bereiche, betrachtete jede Kleinigkeit. Je öfter sie das tat, je intensiver sie sich seine Augen, seine Nase und seinen Mund betrachtete, ihren Blick auf die hohen Wangenknochen richtete oder auf das kleine Grübchen am Kinn, umso fremder erschien ihr seltsamerweise sein Gesicht. Nach einer Weile war es fast so, als betrachte sie das Foto eines Unbekannten. Das beunruhigte sie so sehr, dass sie das Telefon schließlich einsteckte und ihren Platz verließ.

Sie wollte eine ausgiebige Runde drehen, bevor Tillmann zurück war und womöglich auf die Idee kam, sie zu begleiten.

Es war nicht die letzte an diesem Tag. Vier weitere Rundgänge folgten, bei dreien davon begleitete Tillmann sie. Die Zeit dazwischen verbrachten sie mit belanglosen Gesprächen, meistens aber beschäftigten sie sich mit ihren Handys.

Irgendwann am späten Nachmittag sagte Tillmann: »Ich muss morgen zurück. Kommst du mit?«

»Das weiß ich noch nicht«, antwortete sie wahrheitsgemäß.

»Verstehe. In den letzten Tagen ist viel passiert. Mehr, als du vielleicht glaubst, und ich …«

»Was meinst du damit, mehr, als ich glaube?«, unterbrach sie ihn. Setzte er etwa gerade an, ihr seine Lügen zu gestehen?

»Das kann ich dir jetzt noch nicht sagen, aber du wirst es erfahren.«

»Das klingt ja geheimnisvoll.«

»Wart's einfach ab«, erklärte er auf eine Art, die deutlich machte, dass er nicht mehr dazu sagen würde.

Sie gab sich damit zufrieden, obwohl sie sehr gespannt darauf war, wie er seine unfassbaren Lügen erklären würde.

Vielleicht mit weiteren Lügen?

Am Abend brach Evelyn zu einem letzten Rundgang auf und erklärte Tillmann, dass sie lieber allein wäre. Er akzeptierte das ohne Diskussion und schien beinahe froh darüber zu sein. Offenbar war er sicher, dass sie auch dieses Mal nichts entdecken würde.

Evelyn war enttäuscht und rechnete fast damit, dass sie sich geirrt und Fabian sich womöglich den anderen Campingplatz ausgesucht hatte. Der Elan, mit dem sie den Tag auf diesem Platz begonnen hatte, war verflogen, aber dennoch wollte sie es noch einmal versuchen. Wenn sie tatsächlich nichts entdeckte, war es sowieso gelaufen, denn die Dämmerung hatte eingesetzt, und bald würde es dunkel sein.

Ihr erster Weg führte sie zum Sanitärgebäude, wo sie sich ein paar Hände voll kaltes Wasser in ihr schweißbedecktes Gesicht spritzte. Trotz der Uhrzeit hatte es sicher noch dreißig Grad, und es schien Evelyn, als sei dies der heißeste Tag bisher.

Nachdem sie das Gebäude verlassen hatte, sah sie sich um und horchte in sich hinein. Da war es wieder.

Dieses Gefühl, beobachtet zu werden, das sie in den letzten Tagen mehrfach gespürt hatte. Erneut suchte sie die Umgebung mit Blicken ab, konnte aber niemanden entdecken, der ihr auf irgendeine Art verdächtig vorkam oder der sie angestarrt hätte.

Langsam setzte sie ihren Weg fort, sah immer wieder nach allen Seiten, aber es gab nichts Auffälliges.

Trotzdem wurde sie von dieser kaum auszuhaltenden Unruhe erfasst, die ihr sagte, dass sie ihrem Bruder ganz nahe war. Was würde sie tun, wenn sie Fabian gegenüberstand und er ein völlig anderer Mensch geworden war? Was, wenn er sie sogar angriff?

Aber würde er das tun, nachdem er ihr geschrieben hatte, dass sie ihm helfen, dass sie ihn sogar aufhalten sollte?

Und was war mit der Polizei? Wie würde sie reagieren, wenn er weinend in ihre Arme sank, verzweifelt über seine eigenen Taten? Konnte sie ihn dann zurückstoßen und dabei zusehen, wie er verhaftet wurde und man ihn für den Rest seines Lebens in ein Gefängnis oder eine forensische Psychiatrie einsperrte?

Evelyn zwang sich dazu, diese bohrenden Fragen beiseitezuschieben und sich auf die Menschen um sie herum zu konzentrieren.

Der Weg vor ihr gabelte sich, führte nach links zu dem Bereich für Dauercamper und nach rechts zu den normalen Stellplätzen. Sie wandte sich nach rechts, denn Fabian war sicher kein Dauercamper.

Sie sah Familien mit Kindern. Einige der Kleinen steckten schon in bunten Schlafanzügen. Obwohl sie es nicht wollte, stellte sie sich vor, was es für eine Frau und für kleine Kinder bedeutete, wenn der Mann und Vater mit aufgeschlitztem Bauch aufgefunden wurde. Wie schrecklich die Nachricht für ein Kind sein musste, dass es ohne seinen Vater aufwachsen musste, dass die Umarmung beim Spielen die unwiderruflich letzte gewesen war.

Durfte sie überhaupt darüber nachdenken, wie sie sich verhalten sollte, wenn sie ihren Bruder fand? Einen Mann, der in den vergangenen Wochen womöglich mehrere Menschen auf bestialische Art ermordet hatte?

Nein, sie wollte sich diese Gedanken nicht machen. Sie würde abwarten, was geschah.

Der Weg bog hinter einem großen Wohnwagen mit Vorzelt nach rechts ab. Sie blickte ihn entlang, sah dann nach links, wo in einiger Entfernung und ein Stück zurückgesetzt ein in die Jahre gekommenes Wohnmobil stand.

Dann entdeckte sie ihn.

47

Evelyn blieb wie angewurzelt stehen.

Er saß ein gutes Stück entfernt auf einem Campingstuhl. Sie konnte ihn allerdings nur im Profil sehen, zudem war die Dämmerung mittlerweile hereingebrochen. Und doch zweifelte sie keine Sekunde daran, dass er es war.

Tatsächlich sah er mehr aus wie der Mann auf dem Phantombild als wie Fabian, aber es war auf jeden Fall derjenige, den die Polizei suchte. Und vielleicht war dieser Mann auch ihr Bruder.

Als ob er ihre Blicke gespürt hätte, drehte er den Kopf und schaute in ihre Richtung. Schnell wandte Evelyn den Blick ab und ging weiter.

Sie konzentrierte sich darauf, ruhig einen Fuß vor den anderen zu setzen. Hatte er sie trotz der Entfernung erkannt? Vielleicht nicht, denn er rechnete mit Sicherheit nicht damit, sie hier zu treffen. Alles in ihr drängte danach, sich zu ihm umzudrehen, zu prüfen, ob er ihr nachschaute, doch das durfte sie auf gar keinen Fall tun.

Der Weg vor ihr begann zu schwanken, sie atmete tief ein und aus, pumpte Sauerstoff in ihre Lungen, um zu verhindern, dass sie die Besinnung verlor. Sie konzentrierte sich auf ihre Füße, darauf, sich Schritt für Schritt weiter von ihm zu entfernen.

Der Weg, den sie eingeschlagen hatte, schien endlos geradeaus zu gehen, bis er eine Kurve machte und der Mann sie nicht mehr sehen würde.

Die Augen stur geradeaus gerichtet, hörte sie ein leises Wimmern und registrierte, dass sie selbst es bei jedem Schritt ausstieß.

Endlich war sie hinter der Biegung angekommen. Sie blieb stehen, wandte sich um, stellte beruhigt fest, dass das alte Wohnmobil aus ihrem Blickfeld verschwunden war, und ließ sich zu Boden sinken.

Sie hockte am Rand des Weges im Gras und versuchte, sich zu beruhigen.

Eine Frau vom Stellplatz gegenüber stand von ihrem Stuhl auf und kam ein paar Schritte auf sie zu. »Ist alles in Ordnung mit Ihnen?«, fragte sie besorgt. »Brauchen Sie Hilfe?«

»Nein, danke, es ist okay. Die Hitze hat mir ein wenig zugesetzt. Mein Kreislauf … Ich habe zu wenig getrunken.«

»Soll ich Ihnen ein Glas Wasser holen?«

Evelyn rappelte sich wieder auf. »Vielen Dank, aber es geht schon wieder.« Dann lief sie weiter, ohne sich noch einmal umzusehen.

Ihre Gedanken wurden nur noch von einem Wort beherrscht: Fabian!

48

Er sitzt vor dem Wohnmobil und hängt seinen Gedanken nach. Schon am Nachmittag hat er entdeckt, dass alles seinen Gang geht, so, wie er es will.

Wie immer wird er sein weiteres Vorgehen nicht lange planen, sondern spontan entscheiden, was zu tun ist.

Aber dennoch gibt es einen Unterschied zu sonst. Er weiß, dass er heute dafür sorgen wird, dass zumindest die Menschen in Deutschland aufwachen. Speziell die vielen elenden Feiglinge in diesem Land.

Mit einem Mal hat er das Gefühl, beobachtet zu werden.

Die Frau, die ihn aus einiger Entfernung angeschaut hat, dreht schnell den Kopf weg, als er in ihre Richtung sieht, und geht weiter. Wieder so eine, die es nicht nötig hat, zu grüßen. Die nur dasteht und glotzt und sich einen Scheiß um andere Menschen kümmert. Sie ist wahrscheinlich auch eine von denen, die sich wegdrehen, wenn jemand in Not ist und um Hilfe schreit.

Das kommt ihm sehr gelegen.

Er wartet, bis sie ein Stück weit entfernt ist, dann steht er auf und folgt ihr in einigem Abstand.

Hinter einer Biegung hält sie an, setzt sich an den Rand des Weges. Offenbar geht es ihr nicht gut. Bald wird es ihr noch schlechter gehen.

Eine Frau kommt dazu, sie sprechen kurz miteinander, dann

steht sie wieder auf und geht weiter. Er folgt ihr bis zu einem Wohnmobil, vor dem ein Mann sitzt. Er ist so um die fünfzig und macht einen recht fitten Eindruck. Das könnte ein Problem werden. Wenn er es zulässt.

Er denkt kurz nach, ob er sich umentscheiden soll, wischt den Gedanken aber beiseite. Er wird das hinbekommen. Warum nicht zwei zu diesem besonderen Anlass? Die Wirkung wird umso größer sein.

Er wird sich einfach zuerst um den Kerl kümmern. Und darauf hoffen, dass der wichtigste Teil seines Plans funktioniert.

Er wendet sich ab und macht sich auf den Rückweg. In zwei, drei Stunden ist es so weit.

49

»Was ist denn mit dir los?«, fragte Tillmann verwundert, als Evelyn auf ihn zuging. »Du siehst blass aus. Als hättest du einen Geist gesehen.«

»Der Kreislauf.« Sie blieb bei ihrer Geschichte. »Ich glaube, ich habe zu wenig getrunken bei der Hitze. Ich musste mich gerade sogar kurz hinsetzen.«

Tillmann stand auf. »Das kann natürlich sein. Ich hole dir ein Glas Wasser.«

Als hättest du einen Geist gesehen, wiederholte sie in Gedanken seine Worte. *Er ist so sehr von seiner Meinung überzeugt, dass er nicht einmal ansatzweise auf den Gedanken kommt, ich könnte vielleicht tatsächlich jemanden gesehen haben.*

Tillmann kehrte zurück und stellte ein Glas Wasser vor ihr auf den Tisch. »Bitte, setz dich und trink das.«

Das wird nichts nützen, denn es ist, als hätte ich tatsächlich einen Geist gesehen.

Nachdem sie sich ihm gegenüber gesetzt und das Glas leer getrunken hatte, fragte er: »Geht's wieder?«

»Ja.«

»Na, Gott sei Dank. Du musst besser auf dich aufpassen, Evelyn. Ich mache mir Sorgen.«

Du hast auch allen Grund dazu, allerdings einen anderen, als du vielleicht denkst.

Fabian! Habe ich dich wirklich gefunden?

»Ab morgen werde ich nicht mehr da sein, um auf dich aufzupassen.«

»Ich werde daran denken, Wasser zu trinken.«

Oder ist es gar nicht Fabian, sondern ein völlig Fremder?

Sie saßen noch eine Weile zusammen, während Tillmann versuchte, sich mit ihr zu unterhalten. Sie ging auf seine Bemühungen nicht ein, denn ihre Gedanken kreisten um diesen Mann.

Was sollte sie tun? Konnte sie es wagen, noch mal zu ihm zu gehen? Ihn anzusprechen?

Aber warum dachte sie überhaupt darüber nach? War nicht genau das der einzige Grund, weshalb sie unterwegs war? Fabian zu finden?

Aber war dieser Mann wirklich Fabian? Er hatte zwar eine gewisse Ähnlichkeit mit ihrem Bruder, aber sie hatte nicht das Gefühl gehabt, Fabian zu sehen. Sie hatte in diesem Gesicht nichts Vertrautes erkannt. Wenn sie nun zu ihm ging, und es war *nicht* Fabian, würde sie sich in große Gefahr begeben.

Ihr Blick traf den von Tillmann.

»Ich versuche es noch mal, Evelyn. Möchtest du mir nicht sagen, was dir die ganze Zeit durch den Kopf geht? Seit du heute Abend von deinem Rundgang zurückgekommen bist, verhältst du dich sehr seltsam. Ich sehe dir an, dass etwas nicht stimmt. Bitte, sprich mit mir.«

Nach einem kurzen inneren Kampf musste Evelyn sich eingestehen, dass in der Realität alles anders aussah, als sie es sich in ihrer Phantasie vorgestellt hatte. Tillmann hatte sich zwar als echtes Arschloch erwiesen, aber er war Polizist, und hundert Meter weiter gab es einen Mann, der mit großer Wahrscheinlichkeit mehrere Menschen umgebracht hatte. Und der – dessen war sie sich nun, da sie ihn gesehen hatte, ziemlich sicher – mit großer Wahrscheinlichkeit nicht ihr Bruder war.

»Okay. Ich sage es dir.« Sie schluckte. »Ich habe ihn gefunden.«

50

Tillmann sah sie an, als zweifle er an ihrem Verstand.

»Was sagst du da? Wen hast du gefunden?«

»Den Täter. Und ich glaube nicht, dass es Fabian ist.«

»Was? Aber das ist doch unmöglich. Es kann nicht sein, dass du durch Zufall …«

»Es hat nichts mit Zufall zu tun. Ich habe ihn gefunden, weil ich die Psyche von Serientätern kenne und mir klar war, dass es einem gemeinsamen Nenner geben muss. Ich musste ihn nur finden. Aber das klären wir später. So, wie noch einiges andere. Jetzt will ich von dir wissen: Was tun wir?«

Tillmann rieb sich mit der flachen Hand über das Kinn. »Wir gehen jetzt dorthin, und du zeigst ihn mir. Wenn es wirklich der Mistkerl ist, schlage ich Alarm. Dann rückt hier in kürzester Zeit ein Sondereinsatzkommando an und macht den Kerl dingfest.«

»Du glaubst mir nicht?«

»Das hat nichts damit zu tun, ob ich dir glaube oder nicht. Ich muss mir einfach absolut sicher sein, bevor ich das SEK mobilisiere.«

»Also gut, gehen wir.«

»Warte!« Tillmann verschwand im Inneren des Wohnmobils und kam gleich darauf mit einer Pistole wieder zurück.

»Du hast eine Pistole dabei?«, fragte Evelyn überrascht.

»Das ist meine Dienstwaffe«, erklärte Tillmann und steckte die Pistole wie in einem Krimi in den Hosenbund, wo sie von seinem T-Shirt verdeckt wurde.

Mittlerweile war es dunkel. Die Laternen bildeten im Abstand von vielleicht dreißig Metern vereinzelte Lichtinseln, zwischen denen jedoch immer wieder dunkle Bereiche lagen.

Zwei Minuten später waren sie der Stelle mit dem alten Wohnmobil so nah, dass Evelyn stehen blieb und auf den Platz zeigte, wo nur am Rand der Schatten eines Baumes erkennbar war.

»Da vorn, ein Stück hinter dem Baum, steht sein Wohnmobil«, erklärte sie.

»Natürlich in einer dunklen Ecke«, zischte Tillmann. »Okay, dann vorsichtig jetzt.«

Geduckt gingen sie weiter, bis sie an eine Stelle kamen, von der aus sie das Wohnmobil sehen konnten. Im Inneren war ein schwacher Lichtschein erkennbar.

»Mist, er ist schon drin«, kommentierte Tillmann.

»Und jetzt?«, flüsterte Evelyn.

»Lass uns noch ein Stück näher herangehen.«

Vorsichtig tasteten sie sich über die dunkle Rasenfläche auf das Wohnmobil zu, bis Tillmann Evelyn am Arm packte und festhielt. Er beugte sich zu ihr vor und flüsterte: »Stopp. Es hat keinen Zweck. Wir gehen zurück. Das ist zu gefährlich.«

»Aber ich …«, setzte Evelyn an und erstarrte im selben Augenblick, als sie ein Rascheln hinter sich hörte und sich eine grobe Hand auf ihren Mund presste. Gleichzeitig spürte sie etwas Kaltes, Schmerzhaftes an ihrem Hals.

»Ruhig«, sagte eine heisere Stimme leise. »Sonst steche ich ihr das Messer in den Hals.«

Evelyns Herz begann zu rasen, als sie spürte, wie sich Tillmann neben ihr ruckartig bewegte.

Im nächsten Moment überschlugen sich die Ereignisse.

Neben ihr entstanden hektische Bewegungen, irgendwo hinter ihr war plötzlich eine Stimme, die etwas rief, dann stieß jemand direkt neben ihrem Ohr einen unterdrückten Schrei aus. Die Hand löste sich von ihrem Mund, das Messer von ihrer Kehle. Sie war frei.

Noch während sie sich wegdrehte, knallte ein Schuss durch die Nacht.

Ein Schatten flog von hinten heran und streifte Evelyn so heftig am Arm, dass sie zu Boden stürzte. Neben ihr tobte ein Kampf, kurze Schreie, Keuchen und Stöhnen waren zu hören.

Ein weiterer Schuss ertönte, und nur ein, zwei Sekunden danach ein dritter. Es folgte ein gurgelnder Laut, dann war alles ebenso plötzlich vorbei, wie es angefangen hatte. Lediglich lautes Keuchen war zu hören.

»Scheiße«, stieß jemand heiser aus.

Evelyn stützte sich auf einem Arm ab, sank jedoch gleich wieder zitternd zu Boden. Erst beim zweiten Versuch gelang es ihr, den Oberkörper aufzurichten. Sie bemühte sich, in der Dunkelheit etwas zu erkennen.

»Gerhard?« War das wirklich ihre Stimme? »Gerhard, was ist mit dir?«

»Alles okay? Sind Sie verletzt?« Das war nicht Tillmann, aber Evelyn wusste, dass sie die Stimme schon einmal gehört hatte.

»Gerhard?«, fragte sie trotzdem erneut.

»Nein, nicht Tillmann«, sagte die Stimme, dann näherte sich ihr ein Gesicht, und ein besorgter Blick traf sie.

Jasper Kriebich.

51

»Sie?«, fragte Evelyn völlig verwirrt, obwohl es in diesem Moment tausend andere Fragen gab. »Was ist mit Tillmann? Und wo ist der Kerl, der …«

»Beide außer Gefecht gesetzt«, entgegnete Kriebich. »Moment.«

Kurz darauf leuchtete die Taschenlampe seines Handys auf, und Evelyn sah die beiden reglosen Körper auf dem Boden liegen. Und viel Blut.

»O Gott«, stieß sie aus und kroch auf allen vieren an Kriebich vorbei zu Tillmann. Er lag gekrümmt auf der Seite. Ihre Hände tasteten über seinen Körper, drehten ihn ein Stück, so dass sie ihren Kopf auf seine blutverschmierte Brust legen konnte. Sie konnte keinen Herzschlag spüren. »Nein, o Gott, nein«, stammelte sie, richtete sich auf und sah die Stelle auf Höhe seines Herzens, aus der nur noch wenig Blut sickerte.

Kriebich legte seine Finger auf Tillmanns Halsschlagader. Sekunden verrannen, dann sagte er: »Er ist tot.«

Evelyn saß auf dem Boden und starrte Tillmanns leblosen Körper an. Tot. Das war doch nicht möglich. Das musste einer ihrer schrecklichen Albträume sein, aus dem sie sicher gleich aufwachen würde.

Sie wollte weinen, aber es kamen keine Tränen. Sie wollte

schreien, doch kein Ton kam über ihre Lippen, lediglich ein leises, unkontrolliertes Wimmern.

Sie registrierte, dass Kriebich sich ein Stück zur Seite beugte. »Dieser Kerl ist auch tot.«

Evelyn hörte es, doch die Information löste nichts in ihr aus.

»Ich glaube, ich habe ihn getötet.«

»Und ihn?«, fragte Evelyn mit monotoner Stimme und richtete den Blick auf Tillmanns reglosen Körper. »Ihn auch?«

»Nein, das war ich nicht. Das war er.«

Es entstand eine minutenlange Stille, in der beide dasaßen und vor sich hin starrten, bis sie Bewegungen wahrnahmen. Leute, die sich vorsichtig näherten.

»Was ist passiert?«, fragte ein Mann.

»Ist jemand verletzt?«, erkundigte sich eine Frau. »Ich habe Schüsse gehört.«

Evelyn hörte die Stimmen, doch sie interessierten sie nicht. Immer wieder glitt ihr Blick über Tillmanns Gesicht, bis plötzlich alle Dämme brachen und ihr Körper in einem Weinkrampf bebte.

Irgendwann, als sie schon keine Tränen mehr hatte, hörte sie aus der Ferne Sirenengeheul. Um sie herum hatte sich mittlerweile eine große Gruppe Menschen gebildet. Jemand hatte ihr eine Decke um die Schultern gelegt, und immer wieder fragte man sie, ob sie wirklich nicht verletzt sei.

Evelyn sah sich nach Kriebich um. Er saß mit hängendem Kopf neben ihr und starrte in die Dunkelheit.

Kurz darauf trafen die ersten Polizeifahrzeuge und zwei Krankenwagen ein.

»Er hat mir Nachrichten geschrieben«, hörte sie Kriebich wenig später zu einem Polizeibeamten sagen, während er neben ihr auf einer Krankenliege saß. Vor ihr stand eine Frau in Zivil und redete mit sanfter Stimme auf sie ein.

»Zweimal hat er mir geschrieben. Einmal gestern und einmal heute Nachmittag.«

»*Was* hat er Ihnen geschrieben?«

»Gestern war es wirres Zeug. Dass er mich bewundere und dass er eine große Sache vorhabe. Ich dachte, er ist irgendein verwirrter Spinner. Heute Nachmittag hat er dann geschrieben, dass ich herkommen soll. Ich müsse Menschen retten.«

»Warum haben Sie nicht die Polizei verständigt?«

»Er hat geschrieben, wenn ich die Polizei verständige, würde er das merken und verschwinden. Und dann würden viele Menschen sterben.«

»Woher hat er gewusst, wer Sie sind?«, wollte der Polizist wissen.

»Wir sind uns vor ein paar Tagen schon einmal begegnet. Da hätte ich ihn auch schon fast umgebracht.«

Kriebich sah den Polizisten direkt an. »Ich glaube, er wollte, dass ich es dieses Mal tatsächlich tue. Er wollte, dass ich ihn töte.«

52

Sie saßen am Tisch in Evelyns Küche und hatten Kaffeetassen vor sich stehen.

Die Nacht hatten sie auf dringendes Anraten einer Ärztin im Krankenhaus verbracht, und als man sie am Morgen gehen ließ, bot Kriebich an, Evelyn nach Hause zu begleiten. Sie war ihm dankbar dafür. Sie konnte die Tatsache, dass Tillmann tot war, noch immer nicht glauben. Irgendetwas in ihr hoffte gegen alle Vernunft darauf, dass sie einen Anruf bekam und man ihr mitteilte, dass er doch überlebt hatte.

»Der Mann hat geschrieben, er wolle sich bei mir bedanken für mein Eingreifen kürzlich«, erzählte Kriebich. »Es wäre sehr wichtig. Er schrieb auch, dass er sich extra einen Mietwagen besorgt hat und schon vor meinem Haus gewesen ist, weil er mit mir reden wollte. Er hat mich aber wohl nicht angetroffen.« Kriebich trank einen Schluck, den Blick auf die Tasse gerichtet.

»Normalerweise wäre ich nicht darauf eingegangen, aber …« Nun sah er Evelyn wieder an. »Als Sie mit dem Wohnmobil losgefahren sind, habe ich mich an Ihre Fersen geheftet. Ich habe mir gedacht, dass Sie Ihren Bruder suchen. Ich musste an meine Schwester denken und wollte in der Nähe sein, falls Sie ihn tatsächlich finden.«

»Sie sind mir gefolgt?«

»Ja. Ich glaube, auf dem ersten Rastplatz haben Sie mich bemerkt.«

»Sie waren das …«

»Später habe ich Sie dann verloren und nicht mehr finden können. Da habe ich es aufgegeben und bin wieder nach Hause gefahren. Als er mir dann geschrieben hat, dachte ich an Sie und Ihren Trip und dass Sie vielleicht in Gefahr sind. Und deshalb habe ich beschlossen, nach Emden auf den Campingplatz zu fahren, wo er mich haben wollte.«

»Das ist total verrückt.«

»Ja. Aber noch verrückter ist, dass er wollte, dass ich ihn töte. Er hat es darauf angelegt. Ich musste es tun. Er hat mir keine Wahl gelassen.«

53

Drei Stunden später – Jasper Kriebich war mittlerweile nach Hause gefahren, nachdem sie abgemacht hatten, sich am nächsten Tag wieder zu treffen – erhielt sie eine Nachricht aufs Handy. Sie kam über WhatsApp. Es war eine Sprachnachricht, und sie stammte von Tillmann.

Noch während sie sich fragte, wie das möglich war, erinnerte sie sich an Tillmanns Worte.

In den letzten Tagen ist viel passiert. Mehr, als du vielleicht glaubst. Du wirst es erfahren.

Würde sie es *jetzt* erfahren? Sie öffnete die Nachricht und ließ sie ablaufen.

Liebe Evelyn, hörte sie seine Stimme, und es versetzte ihr einen Stich ins Herz. *Ich habe diese Nachricht mit einem WhatsApp-Terminplaner aufgenommen, damit ich nicht in deiner Nähe bin, wenn du sie abhörst. Ich gebe zu, ich bin zu feige, dir persönlich zu sagen, was ich dir sagen möchte.*

Ich habe ein derart schlechtes Gewissen, dass ich nicht so recht weiß, wo ich mit meinem Geständnis anfangen soll. Aber ich muss jetzt reinen Tisch machen, ich halte diese Lügen nicht mehr aus.

Vielleicht beginne ich damit, dass ich dir versichere, dass alles, was ich getan habe, nur aus Liebe zu dir passiert ist und dass ich dir niemals weh tun wollte. Leider hat sich die ganze Geschichte aber verselbständigt, und ich habe mich in Situationen verstrickt, aus denen ich einfach nicht mehr herausgekommen bin.

Ich habe niemals aufgehört, dich zu lieben, aber du hast mich nach unserer Trennung nur noch als Kollegen und vielleicht als Freund gesehen. Weißt du, wie sehr es mich gequält hat, tagein, tagaus mit dir zu tun zu haben und dich nicht in den Arm nehmen zu dürfen? Ich kann dir versichern, es war die Hölle.

Dann passierte diese Sache mit dem Phantombild, und ab dem Moment, in dem du glaubtest, dein Bruder könnte vielleicht wieder aufgetaucht sein, warst du plötzlich anders zu mir. Du hast meine Nähe gesucht, es gab zärtliche Berührungen zwischen uns. Das hat mich so unglaublich glücklich gemacht. Dann fingst du an zu zweifeln, ob es sich wirklich um deinen Bruder handelt. Und was habe ich Idiot getan? In meiner Not dafür gesorgt, dass du rätselhafte Hinweise bekommst. Als ich auf dem Video gesehen habe, wie sehr dich Kleinbauers Aussagen aus der Fassung brachten, war ich bei ihm in der Zelle und habe nebenbei ein paar Informationen über Isabel fallenlassen. Ja, Evelyn, das war ich. Woher ich diese Dinge wusste, kann ich dir sagen, obwohl es darauf jetzt nicht mehr ankommt. Als wir noch zusammen waren, war ich eines Nachmittags allein in deiner Wohnung. Ich wusste, dass dein Tagebuch in der Schublade deines Nachtschränkchens liegt. Und ich habe es genommen und gelesen. Daher weiß ich so einiges.

Und wo wir schon dabei sind, das Gespräch mit Kleinbauer war auch keine Idee von Gersmann. Als ich am Telefon so tat, als habe er mich gefragt, ob ich mal mit Kleinbauer reden könne, hatte er schon aufgelegt.

Ja, und dann die Sache mit den Nachrichten und dem Anruf.

Ich weiß, das ist unverzeihlich, aber die kamen von mir, Evelyn. Ich habe dafür ein Handy aus unserer Asservatenkammer benutzt, das wir einem marokkanischen Drogendealer abgenommen haben. Diese Dinger liegen dort zu Hunderten herum. So konnte ich sichergehen, dass bei Nachforschungen genau das herauskam, was ich dir auch erzählt habe. Frage mich bitte nicht, warum ich plötzlich auf die Idee kam zu behaupten, ich wüsste nichts von den Nachrichten. Vielleicht dachte ich, wenn du an deinem Verstand zweifelst, fühlst du dich so hilflos, dass du mir in die Arme sinkst. Ich weiß es nicht. Als du bei mir übernachtet hast, war ich vor dir auf, wie du ja weißt. Ich habe die Nachrichten und den Anruf einfach von deinem Handy gelöscht. Wie schon gesagt, irgendwann haben die Dinge sich verselbständigt. Und ich bin nicht mehr aus dieser Nummer rausgekommen und musste immer neue Lügen erfinden.

Evelyn, es tut mir unendlich leid, was ich dir angetan habe. Wahrscheinlich wirst du nie wieder ein Wort mit mir reden, aber ich musste dir einfach die Wahrheit sagen. Und ich fand, eine Sprachnachricht ist eine gute Form, denn ich weiß, wenn ich für mein Geständnis vor dir gestanden hätte, wäre mir kein Wort über die Lippen gekommen.

Ich habe die Nachricht schon gestern aufgenommen, als wir noch zusammen waren, weil ich mich gut genug kenne, um zu wissen, dass ich es mir sonst vielleicht doch wieder anders überlegt hätte. Aus Feigheit.

Wenn du irgendeine Möglichkeit siehst, dass wir jetzt noch miteinander reden können, dann lass es mich wissen. Denk bitte nicht zu schlecht über mich.

Ich bin immer für dich da.

Gerhard

Evelyn ließ das Telefon sinken und wischte sich mit dem Handrücken die Tränen aus den Augen.

Nein, du bist nicht mehr für mich da, dachte sie. *Nicht für mich und nicht für sonst jemanden. Du bist tot. Weil du mich beschützen wolltest.*

Eine ganze Weile hockte Evelyn da und dachte an ihre Zeit mit Tillmann zurück. An Dinge, die sie zusammen erlebt hatten, Momente, in denen sie gelacht hatten und glücklich zusammen waren. Dann war Fabian verschwunden, und mit ihm so vieles andere.

Etwa zwei Stunden später klingelte es an ihrer Wohnungstür, und als Evelyn öffnete, standen der Leiter der Forensischen Psychiatrie und Tillmanns Chef vor ihr.

»Fühlen Sie sich in der Lage für ein Gespräch?«, fragte Dr. Gersmann.

»Ja, sicher, kommen Sie doch herein.«

Nachdem sie im Wohnzimmer Platz genommen hatten, tauschte Hagemeier einen Blick mit Gersmann, dann sagte er: »Hauptkommissar Tillmann ist durch einen Stich ins Herz getötet worden. Nach dem, was wir bisher rekonstruieren konnten, hat Jürgen Rolfe – das ist der Name des Täters – ihm seine Dienstwaffe entrissen. Bei dem Gerangel um die Pistole haben sich mehrere Schüsse gelöst. Irgendwie muss der Täter es geschafft haben, seine Hand mit dem Messer freizubekommen.«

Hagemeier machte eine Pause, die Gersmann nutzte.

»Mittlerweile haben wir auch schon einiges über Rolfe herausgefunden. Wir haben seine Akten bekommen. Seine Taten sind schrecklich, aber ihm selbst ist auch Schreckliches widerfahren. Rolfe ist als Kind von zwei Männern entführt und wochenlang von einer ganzen Gruppe Pädophiler auf abscheulichste Weise missbraucht worden. Sie haben ihn misshandelt und gequält und …« Gersmann atmete tief durch. »Ihm wurden schlimme Verletzungen zugefügt. Das ist in einem Wohnmobil auf einem Campingplatz geschehen. Er konnte erst nach Wochen befreit werden. Es war wohl so, dass viele der Camper ihn gesehen haben, und der Junge hat anscheinend auch mehrfach versucht, auf seine Situation aufmerksam zu machen, aber das hat damals offensichtlich niemanden interessiert.

Er war danach massiv traumatisiert und hat seine gesamte Jugend und einen großen Teil seines Erwachsenenlebens in Psychiatrien verbracht. Nachdem er entlassen worden war, hat er sich ein altes Wohnmobil gekauft. Zu dieser Zeit hat er niemandem etwas zuleide getan. Er war ein sehr ruhiger und in sich gekehrter Mensch.

Irgendwann ist er dann auf einem Campingplatz von einer Gruppe Männer fast zu Tode geprügelt worden. Weshalb, das wissen wir nicht. Niemand ist ihm dabei zu Hilfe gekommen, obwohl der Platz sehr gut belegt war. Er hat schwere Verletzungen erlitten. So schwer, dass er fast daran gestorben wäre.

Wir gehen davon aus, dass ihn das getriggert hat. Er hat sich durch die Morde an den Campern stellvertretend an denjenigen gerächt, die damals zugesehen und ihm nicht geholfen haben, als er missbraucht wurde und als man ihn später zusammengeschlagen hat.«

»O mein Gott«, entfuhr es Evelyn. Sie hörte nicht zum ersten Mal von einem solchen Fall, aber dieser war besonders tragisch. Für Rolfe und für die Menschen, die er getötet hatte.

»Dass Rolfe dafür gesorgt hat, dass Herr Kriebich an diesem Abend zur Stelle war, können wir uns nur damit erklären, dass er in ihm das gesehen hat, was er sich so sehr gewünscht hätte: Jemanden mit Zivilcourage, der anderen hilft.«

»Fast könnte man Mitleid mit ihm haben«, sagte Evelyn leise. »Was ich aber noch nicht verstehe, ist, warum er sich für seine Taten Plätze mit vielen Dauercampern ausgesucht hat. Darüber habe ich ihn gefunden.«

»Wahrscheinlich, weil der Platz, auf dem er als Kind missbraucht worden war, ein Campingplatz für Dauercamper war. Ich schätze, er hat die beiden Ereignisse miteinander vermischt.«

»Letztendlich wirklich eine tragische Gestalt.«

»Ja.«

»Wie geht es Ihnen wegen Gerhard?«, erkundigte sich Hagemeier.

Evelyn zuckte mit den Schultern. »Er hat mich schlimm belogen. Aber er hat sein Leben dafür eingesetzt, um mich zu beschützen. Ich habe ihm vergeben.«

EPILOG

ACHT MONATE SPÄTER

»Schatz, machst du bitte auf?«, rief Jasper von oben, als es an der Tür klingelte.

Evelyn legte die Akte eines Patienten zur Seite, mit der sie gerade beschäftigt war, stand auf und ging quer durch das große Wohnzimmer zur Haustür.

Als sie in die angespannten Gesichter der beiden Männer blickte, die vor ihr standen, beschlich sie ein seltsames Gefühl.

»Ja?«, fragte sie.

»Sind Sie Frau Evelyn Jancke?«

»Die bin ich, und wer sind Sie?«

»Mein Name ist Garner«, erklärte der etwas kräftigere Schwarzhaarige. »Das ist mein Kollege Poll. Wir kommen vom Landeskriminalamt.«

»Landeskriminalamt? Was kann ich für Sie tun? Möchten Sie reinkommen?«

»Nein, danke. Es geht um Ihren Bruder und seine Frau.«

»Oh«, sagte Evelyn und ahnte im selben Moment, was nun kommen würde.

»Man hat ihre sterblichen Überreste bei Bauarbeiten in der Nähe von Dijon gefunden. Sie wurden eindeutig identifiziert. Es tut uns sehr leid.«

Einen Moment lang konnte Evelyn nichts sagen, sie

starrte die beiden Männer nur an. Dann erwiderte sie: »Und Sie sind ganz sicher?«

»Ja, es besteht kein Zweifel.«

»Ich verstehe.«

»Können wir noch etwas für Sie tun?«

»Nein, danke, es ist gut.«

Sie wandte sich ab und ging ins Haus zurück.

»Wer war das?«, wollte Jasper von oben wissen.

»Polizei«, sagte sie ruhig. »Man hat Fabians Leiche gefunden.«

Erst als Jasper sich Sekunden später neben sie setzte und sie in den Arm nahm, begann sie zu weinen.

Nicht vor Schmerz, den hatte sie hinter sich gelassen. Evelyn weinte vor Erleichterung.

HAT IHNEN »DER TRIP« GEFALLEN?

Dann lesen Sie gleich weiter –
hier die exklusive Leseprobe zu
»STALKER«,
dem neuen Psychothriller von Arno Strobel.

Ab **28.08.2024** überall da, wo es Bücher gibt.

1

Das Feuer ist überall.

Als er einsehen musste, dass alle Wege aus dem Haus hinaus durch die Flammen versperrt sind, als er seine Kehle wund gebrüllt hat mit den Rufen nach seiner Mutter und seinem Vater, hat er sich in einer Ecke des Zimmers auf dem Boden zusammengekauert, die Arme um die angezogenen Beine geschlungen und das Gesicht gegen seine zitternden Knie gepresst.

Immer wieder wird er von krampfhaftem Husten geschüttelt, ausgelöst durch den dichten Rauch, der ihm die Luft zum Atmen nimmt. Jedes Mal fährt er erschrocken zusammen, wenn irgendwo etwas polternd herunterfällt oder umstürzt.

Er weint, weil er trotz seines jungen Alters glasklar realisiert hat, dass er gleich sterben wird. Sein ganzes Denken ist nur noch von dieser Angst vor dem Tod beherrscht.

Er bittet Gott, ihn zu verschonen, auch wenn er bisher noch nie gebetet hat. Er fleht mit bebenden Lippen und heiserer Stimme seinen Vater an, ihn aus dieser Feuerhölle herauszuholen, und versteht nicht, dass das nicht schon längst geschehen ist. Sein Vater würde ohne Rücksicht auf sein eigenes Leben alles tun, um ihn zu retten, das weiß er. Dass er trotzdem noch nicht da ist, kann nur eines bedeuten: dass er ihn nicht mehr retten kann, weil er nicht mehr lebt.

Die Verzweiflung greift mit derart brutaler Wucht nach ihm, dass er fast das Bewusstsein verliert. Er kämpft dagegen an, weil etwas ihm sagt, dass er nicht mehr aufwachen wird, wenn er jetzt ohnmächtig wird.

Er hebt den Kopf, um nachzusehen, wie nah das Feuer schon gekommen ist, und reißt die Augen auf, als er registriert, dass die ersten Flammen bereits gierig nach ihm greifen.

Aber da ist noch etwas anderes, das ihm in diesem Moment bewusst wird und das seltsam ist: Es müsste unerträglich heiß sein. So heiß, dass seine Haut Blasen werfen und seine Haare schmelzen würden.

Aber er spürt nichts. Und fragt sich trotz seiner Panik, wie das möglich ist.

Ein Geräusch lässt ihn erschrocken nach oben blicken. Etwas löst sich von der Decke, ein großer Schatten, der plötzlich zwischen den Flammen auftaucht und auf ihn zurast …

Eric fuhr mit einem Stöhnen auf und sah sich schwer atmend um. Kein Feuer. Im Gegenteil, Dunkelheit. Schemenhaft als schwarze Fläche erkennbar ein Schrank. *Sein* Schrank. Sein Schlafzimmer.

»Hast du wieder geträumt?«, fragte Paula neben ihm mit verschlafener Stimme. Eric blickte zu ihr hinüber, ahnte ihr Gesicht jedoch mehr, als dass er es sehen konnte.

»Ja.«

Seine Erleichterung darüber, dass die Feuerhölle nur ein Albtraum gewesen war, wurde getrübt von dem Bewusstsein, dass dieser Traum wiederkommen würde, so, wie schon sein ganzes Erwachsenenleben. Nicht dass der Traum ihn Nacht für Nacht plagte, aber er tauchte regelmäßig im Abstand von drei, vier Wochen auf, und er war immer gleich. Meistens kündigte er sich dadurch an, dass Eric nicht einschlafen konnte und sich Stunde um Stunde im Bett hin und her wälzte, bis ihm schließlich doch die Augen zufielen und er sich kurz darauf in dem brennenden Haus wiederfand.

Wenn der Traum ihn quälte, schwappte die Angst, die er dabei empfand, stets in den folgenden Tag hinein, so dass er sogar alltägliche Dinge wie betäubt erlebte.

Er tippte auf das Display seines Smartphones, das auf dem Nachttisch lag, und warf einen Blick auf die Uhr. Fünf Uhr dreiundfünfzig. Nach kurzem Nachdenken fiel ihm ein, dass es Sonntagmorgen war. Es stand nichts an. Bis zum Abend. Zu *dem* Abend, der ein Meilenstein in seiner Karriere werden konnte.

Allein der Gedanke daran beschleunigte seinen Puls und ließ ihn die schlimme Nacht vergessen. Heute würde es anders sein.

Seit drei Jahren war Eric festes Ensemblemitglied des Münchner Residenztheaters. Hauptrollen hatte er dort noch keine gespielt, aber er hatte es immerhin geschafft, sich aus der dritten Reihe des Ensembles zumindest in die zweite vorzuarbeiten. Was aber noch immer nicht bedeutete, dass er sich als erfolgreich hätte bezeichnen können.

Dann war plötzlich diese Anfrage gekommen. Man wollte eine der Hauptrollen des neuen *Tatorts* aus München ausgerechnet mit ihm besetzen. Nicht mit einem der Hauptdarsteller des Theaters, sondern mit ihm, Eric Sanders.

Es war eine schwierige Figur, die er spielen sollte, das hatte er gleich erkannt, als er das Drehbuch in Händen hielt. Ein einsamer, depressiver Familienvater, dem das Leben durch die Finger geglitten war. Schon vor Jahren verlassen von seiner Frau, von den eigenen Kindern verachtet, im Job nur ein blasser Mitläufer, war er der Hauptverdächtige, als seine Ex-Frau ermordet wurde. Es gab einige Indizien, die auf ihn hindeuteten, und er hatte kaum die Kraft, sich gegen die Anschuldigungen zur Wehr zu setzen, was ihn noch verdächtiger machte.

Eric hatte sich bei den Dreharbeiten die Seele aus dem Leib gespielt. Dabei konnte ihm die schwere Krise, die er mit Paula gehabt hatte, sogar helfen. Er hatte sich daran erinnert, wie sich diese taube Leere anfühlte bei der Erkenntnis, dass die eigene Ehe den Bach runterging und jede Anstrengung, sie zu retten, ins Gegenteil verkehrt wurde. So lange, bis man resigniert aufgab.

Letztendlich war es die Liebe zu seinem Sohn gewesen, die dazu geführt hatte, dass er auf alles eingegangen war, was Paula verlangt und als Kompromiss bezeichnet hatte. Hätten sie sich getrennt, wäre Paula mit Leon in ihr Heimatdorf in der Nähe von Calw im Schwarzwald gezogen, zu weit für Eric, um seinen Sohn regelmäßig zu sehen.

Paula hatte Eric in einem Streitgespräch klargemacht, dass dem jeder Richter zustimmen würde, weil er durch seinen Job am Theater nicht die Zeit hatte, sich allein um Leon zu kümmern. Und er wusste, dass sie damit wahrscheinlich recht hatte.

Eric schüttelte den Gedanken an diese schlimme Zeit ab. Paula und er hatten sich wieder zusammengerauft und einen Konsens für ihre Beziehung gefunden, mit dem sie beide zurechtkamen. Gut, es gab keine Schmetterlinge mehr im Bauch, wenn sie sich ansahen, kein Kribbeln mehr beim Gedanken an den nächsten Kuss. Schon lange nicht mehr. Eher Pragmatismus. Wer brachte Leon zum Fußball? Wer geht einkaufen? Sie kamen klar. Und hin und wieder loderte sogar für kurze Momente die alte Leidenschaft erneut auf.

Eric blickte zur Seite und lauschte. Gleichmäßige Atemgeräusche deuteten darauf hin, dass seine Frau wieder eingeschlafen war.

Er hob die Decke an und schob die Beine aus dem Bett. Heute war ein wichtiger Tag. Der wichtigste seiner bisherigen Schauspielerkarriere. Er konnte nicht mehr im Bett liegen bleiben, an Schlaf war sowieso nicht mehr zu denken.

Im Dunkeln tastete er sich aus dem Raum und schaltete das Licht im Flur erst an, nachdem er die Tür hinter sich leise geschlossen hatte. Vor dem Kinderzimmer blieb er kurz stehen und lauschte erneut, konnte aber nichts hören. Leon schlief noch. Als Elfjähriger würde er an einem Sonntag sicher nicht vor zehn Uhr aufwachen. Vielleicht sogar noch später.

Nachdem Eric sich im Bad seinen Morgenmantel angezogen hatte, stellte er sich vor den Spiegel und betrachtete sein Abbild.

Vierundvierzig war er, und unter normalen Umständen sah er auch so aus, aber nach diesen Träumen schien er jedes Mal um Jahre gealtert. Die Augen waren gerötet, die Gesichtshaut fahl, fast grau. Selbst seine vollen schwarzen Haare, in die sich bisher zum Glück noch keine grauen Fäden eingeschlichen hatten, wirkten stumpf und kraftlos.

Mit einem Seufzer wandte er sich ab, verließ das Badezimmer und ging hinunter ins Erdgeschoss und dort in die Küche, schloss die Tür hinter sich und schaltete den Kaffeevollautomaten ein.

Während die Maschine aufheizte, steckte er zwei Scheiben Toast in den Toaster und holte Butter, Wurst und Käse aus dem Kühlschrank. Minuten später saß er kauend am Tisch und las auf seinem Smartphone zum wahrscheinlich fünfzigsten Mal die Vorankündigung des *Tatorts* durch.

Dieser Abend konnte alles ändern. Wenn die richtigen Leute seine Interpretation des hoffnungslosen Mannes sahen – und gut fanden –, dann konnte ihm das Türen aufstoßen, die seinem Leben eine neue Wendung geben würden.

Er sah vom Display seines Smartphones auf und dachte an Martina und Jürgen, die am Abend zu ihnen kommen wollten, um diese *Tatort*-Folge mit ihnen gemeinsam anzuschauen. Dr. Jürgen Gernot war Zahnarzt, seine Frau Martina Inhaberin einer gutgehenden Parfümerie im Tal, einer belebten Straße in der Münchner Innenstadt.

In den zweieinhalb Jahren, die sie sich nun kannten, war der zweiundvierzigjährige Zahnarzt zu Erics engstem Freund geworden. Ein paarmal in dieser Zeit war Eric an einem Punkt gewesen, an dem er hinschmeißen und sich einen *anständigen* Job suchen wollte, doch immer wieder hatte Jürgen ihm Mut gemacht und ihm erklärt, was er natürlich selbst wusste, was aber dennoch eine andere Wirkung hatte, wenn man es von jemand anderem hörte: Dass in der Schauspielerei wie in vielen kreativen Berufen das Talent zwar Grundvoraussetzung, aber noch lange keine Garantie für den Erfolg war. Wichtig war, im richtigen Moment das Quäntchen Glück zu haben, das die Wende brachte. Und dass es diesen Moment nur geben konnte, wenn man am Ball blieb.

Vielleicht war an diesem Abend sein richtiger Moment.

»Wow!«, sagte Martina, als der Abspann lief, und sah zu Eric hinüber, während sie sich eine Strähne ihrer langen braunen Haare hinters Ohr strich. »Das war … ich weiß gar nicht, was ich sagen soll … einfach phantastisch. Ich habe dich ja schon ein paarmal im Theater gesehen, und das hat mir auch immer gut gefallen, aber das da gerade … Respekt. Ich habe mit dir gelitten und dir die Verzweiflung voll abgenommen.«

»Du hast geweint«, sagte Jürgen grinsend. »Ich hab's gesehen.« Und an Eric gewandt: »Mein Freund, ich lehne mich mal aus dem Fenster und sage: Das ist dein Durchbruch. Wenn man dir nach dieser Leistung nicht die Türen einrennt mit Angeboten, dann weiß ich's auch nicht.«

»Danke.« Tränen füllten Erics Augen und schwappten über. Er ließ es geschehen und wischte sie nicht weg, denn er schämte sich nicht deswegen. Er war unendlich erleichtert. Und glücklich.

»Ich gratuliere dir«, sagte Paula lächelnd, beugte sich zu Eric und gab ihm einen Kuss auf die Wange. »Ich habe es ja schon vorab sehen dürfen, aber ich finde auch beim zweiten Mal, dass das ganz hervorragend war.«

»Danke«, wiederholte Eric und trank einen großen Schluck Wein.

Es war bereits nach Mitternacht, als Martina und Jürgen sich verabschiedeten.

Eric und Paula räumten noch gemeinsam auf, dann gingen sie zu Bett.

»Denkst du auch, dass das mein Durchbruch gewesen sein könnte?«, fragte Eric, als sie im Dunkeln nebeneinander lagen.

»Ich würde es dir wünschen, aber wir beide wissen, wie schwierig es in dieser Branche ist und dass Begabung allein einfach nicht ausreicht.«

»Ja, ich weiß«, entgegnete Eric, und er hörte die Enttäuschung, die in seiner Stimme mitschwang. »Ich hätte es trotzdem schön gefunden, wenn du mir ein bisschen Mut gemacht hättest.«

Das Rascheln der Bettdecke neben ihm ließ ihn ahnen, dass Paula sich zu ihm gedreht hatte. Er blieb auf dem Rücken liegen.

»Möchtest du wirklich, dass ich irgendetwas behaupte, an das ich nicht glaube? Ich dachte, wir sagen uns die Wahrheit?«

»Das meinte ich damit, Paula. Ich habe gehofft, du würdest es vielleicht wirklich für möglich halten, dass dieser Film meine Karriere voranbringen kann. So wie unsere Freunde.«

»Unsere Freunde werden dir nichts sagen, was dich enttäuscht, und das kann man ihnen auch nicht verübeln. Aber ich bin deine Frau. Ich fände es nicht in Ordnung, wenn ich nur deshalb etwas Bestimmtes sagen würde, weil ich weiß, dass du es gern hörst, obwohl ich anders darüber denke.«

»Also glaubst du nicht, dass dieser *Tatort* eine positive Auswirkung auf meine Arbeit haben wird?«

Es verging eine Weile, bis Paula sagte: »Noch einmal:

Ich würde es dir wünschen, aber du solltest nicht damit rechnen. Dann wirst du auch nicht enttäuscht werden.«

»Danke für deine Ehrlichkeit«, antwortete Eric. »Schlaf gut.«

Er drehte sich zur Seite und wandte Paula den Rücken zu. In diesem Moment fühlte er sich ein kleines bisschen wie Peter Borchert. Die Figur, die er im *Tatort* dargestellt hatte.

In der Nacht wurde Eric plötzlich wach und öffnete die Augen. Ein Gedanke brannte in seinem Kopf, und er fragte sich, ob der ihn aus dem Schlaf gerissen hatte. Vorsichtig tastete er nach seinem Smartphone, damit er Paula nicht weckte.

Während er das Gerät entsperrte, wunderte er sich darüber, nicht schon früher im Internet nachgesehen zu haben, was die Zuschauer über den *Tatort* dachten. Normalerweise gab es die ersten Posts dazu bereits während der Sendung. Vielleicht würde er auch Meinungen zu seiner Darstellung des Peter Borchert finden.

Er fand sie. Und während er sich durch die Vielzahl von Kommentaren auf den verschiedensten Social-Media-Plattformen arbeitete, besserte sich seine Laune von Minute zu Minute. Wo immer seine schauspielerischen Fähigkeiten erwähnt wurden, waren fast alle Verfasser voll des Lobes. Hier und da bescheinigte man ihm lediglich ein durchschnittliches schauspielerisches Talent, aber das waren die Ausnahmen. Die allermeisten Kritiken überschlugen sich förmlich vor Anerkennung für seine Leistung.

Als Eric seine eigenen Instagram- und Facebook-

Accounts anklickte, wollte er seinen Augen nicht trauen. Hatte er am Vortag bei Instagram noch bei rund viertausendzweihundert Followern gelegen und bei Facebook bei knapp über siebentausend, waren es nun bei Instagram schon elftausend und bei Facebook fast fünfzehntausend.

Eric musste sich zusammenreißen, um nicht vor Freude laut aufzulachen.

Wenig später legte er das Smartphone schweren Herzens zur Seite, weil ihm die Augen fast zufielen. Am liebsten hätte er noch für den Rest der Nacht immer wieder die Kritiken gelesen.

Anders als noch kurz zuvor fühlte er sich wie ein Gewinner.

2

Im Laufe des nächsten Vormittags verdoppelten sich Erics Follower-Zahlen fast noch einmal, und das sowohl bei Facebook als auch bei Instagram. Er bekam minütlich Mails und Nachrichten über alle Plattformen.

Fast in jeder wurde seine schauspielerische Leistung gelobt, in vielen wurde ihm versichert, seit der Ausstrahlung des *Tatorts* einen neuen, *riesengroßen* Fan zu haben, und auch Autogrammanfragen erreichten ihn.

»Das nimmt überhaupt kein Ende«, erklärte er Paula, als sie gegen dreizehn Uhr zusammen mit Leon zu Mittag aßen. Montags war der einzige Tag, an dem sie gemeinsam essen konnten, weil das Paulas freier Tag in der Apotheke war und ihr Sohn schon um halb eins nach Hause kam. Die restlichen Wochentage war Leon in der Nachmittagsbetreuung des Gymnasiums bis sechzehn Uhr zwanzig, und inklusive Busfahrt erst gegen siebzehn Uhr zu Hause.

»Bist du jetzt berühmt?«, wollte der Elfjährige wissen, bevor er sich ein Fischstäbchen in den Mund steckte.

Eric lachte. »Na ja, so weit würde ich nicht gehen, aber eine ganze Menge Leute haben gestern Abend den Krimi gesehen, in dem ich mitgespielt habe, und fanden ihn wohl gut.«

»Und ich durfte ihn nicht schauen, das ist gemein. Sogar

der Kalle aus meiner Klasse hat ihn gucken dürfen. Und sein Vater hat nicht da mitgemacht.«

»Wir hätten dich auch gern mitschauen lassen, Leon, aber diese Folge war einfach nicht für dein Alter geeignet. Sie war freigegeben ab sechzehn Jahren, und das hatte auch seinen Grund. Wenn Kalles Eltern das anders sehen, ist das ihre Sache. Ich verspreche dir, in ein paar Jahren kannst du sie auch anschauen. Und wer weiß, vielleicht spiele ich ja bis dahin noch in anderen Filmen mit, die auch für *dein* Alter geeignet sind.«

Damit gab sein Sohn sich zufrieden.

Als Leon nach dem Essen in seinem Zimmer verschwunden war und Eric und Paula den Tisch abräumten, sagte er: »Ich denke, ich muss jetzt mal etwas auf meinen Social-Media-Kanälen posten. Das erwarten die Leute.«

Eric wusste nicht, ob er Paulas Lächeln als nachsichtig oder mitleidig einstufen sollte, als sie erwiderte: »Du wirst mir das wahrscheinlich wieder übelnehmen …« Sie wandte sich ihm, eine Schüssel in der Hand, zu. »Ich gönne dir wirklich, dass du so viel Zuspruch bekommst, aber du bist jetzt nicht plötzlich der große Star, von dem die Leute erwarten, dass er zu ihnen spricht.«

Es verstrichen einige Sekunden, die Eric dazu nutzte, Paulas Kommentar innerlich wegzustecken, dann sagte er: »Ich gebe dir absolut recht, dass ich kein Star bin, doch auch ein kleiner Schauspieler wie ich hat Menschen, die das, was er tut, gut finden. Die Anzahl dieser Leute hat sich über Nacht vervielfacht, und das macht mich stolz. Und eigentlich wollte ich dich fragen, ob du vielleicht eine Idee hast, was ich schreiben könnte. Aber das hat sich wohl gerade erledigt.«

Erneut lächelte Paula. »Ich wollte deinen Ruhm nicht schmälern. Ich helfe dir natürlich gern.«

Auch wenn sie Eric in diesem Moment vorkam wie eine Erwachsene, die einem kleinen Kind sagte, dass sein Gekritzel auf einem Blatt Papier *natürlich* ein tolles Bild war, lächelte er zurück. »Schön.«

»Ich denke, du solltest dich bei den vielen neuen Followern bedanken für die Nachrichten, in denen du für deine Rolle gelobt wurdest.«

Auch wenn das selbstverständlich genau das war, was Eric sowieso hatte schreiben wollen, nickte er. »Das ist eine gute Idee.«

»Und du könntest noch ein bisschen von den Dreharbeiten erzählen. Die Leute lieben Anekdoten. Keine Ahnung, vielleicht sind ja am Set irgendwelche lustigen Dinge passiert?«

Dass du keine Ahnung hast, könnte daran liegen, dass du nie danach gefragt hast, dachte Eric, sagte aber: »Ja, stimmt, ich muss mal nachdenken, was ich darüber schreiben kann.«

Eine halbe Stunde später saß Eric am PC und verfasste den ersten Beitrag für seine mittlerweile insgesamt rund fünfzigtausend Follower.

Hallo zusammen!
Ich bin noch völlig geplättet von den unfassbar vielen Nachrichten, die mich auf allen Kanälen seit gestern Abend erreicht haben, und, ja … ich möchte euch dafür danken. Ihr ahnt nicht, wie sehr ich mich über das Lob gefreut habe. Das zeigt mir, dass es sich irgendwann doch auszahlt, wenn man alles gibt, um seinen Job so gut zu machen, wie es irgendwie möglich ist.

Die Dreharbeiten haben mir sehr viel Spaß gemacht, und es war mir eine Ehre, mit so vielen großartigen und erfahrenen Kollegen zusammenarbeiten zu dürfen. Alle haben mich sehr unterstützt und mir immer wieder wertvolle Tipps gegeben, um diese wirklich schwierige Rolle möglichst authentisch interpretieren zu können.

Wie auch immer – was gerade geschieht, ist einfach unbeschreiblich, und ich würde mich sehr freuen, wenn ihr mir einen kleinen Kommentar unter diesem Post hinterlasst.

Euer Eric

Sein Post war noch keine Minute auf Instagram und Facebook zu sehen, da gab es schon die ersten Kommentare. Nach einer halben Stunde waren es auf beiden Kanälen bereits über hundert, und fast alle waren positiv.

Eric schaltete den Computer aus und verließ das Büro. Er brauchte einen kleinen Spaziergang an der frischen Luft. Wenn er zurückkam, würde er seinen Agenten anrufen. Vielleicht hatte der ja Neuigkeiten für ihn.

Kurz darauf überquerte Eric die Straße, in der ihr gemietetes Haus lag, und spazierte in Richtung des kleinen Parks, der keine fünfhundert Meter entfernt war. Er hatte den Eingang gerade erreicht, als Jürgen anrief.

»Sag mal«, begann sein Freund mit der für ihn typischen Floskel, »ich habe gerade ein bisschen auf deinen Social-Media-Kanälen herumgelesen. Ist ja irre, was da abgeht.«

»Solltest du dich nicht um die Zähne deiner Patienten kümmern?«, scherzte Eric gutgelaunt.

»Ich habe noch eine halbe Stunde, bevor es mit den

Nachmittagsterminen losgeht, und dachte, ich frage mal, ob du gesehen hast, dass jemand bei Facebook in deinem Namen die Kommentare deiner Fans beantwortet. Ich hoffe zumindest, dass das nicht du warst.«

»Wie, in meinem Namen?« Eric blieb stehen.

»Du hast es also noch nicht gesehen. Vielleicht schaust du es dir besser mal an. Es gibt sicher Leute, die nicht merken, dass das nicht von dir kommen kann. Wirft kein gutes Licht auf dich.«

»Ja, gut ... ich schaue sofort rein. Danke.«

»Keine Ursache. Am besten blockierst du den Clown direkt. Melden brauchst du den nicht, die Arbeit kannst du dir sparen. Die tun bei Facebook und Instagram sowieso nichts gegen diese Idioten.«

»Okay, danke.«

»Und mach dir nichts daraus. Das ist der Preis des Ruhms.«

Eric beendete das Gespräch und öffnete gleich darauf Facebook. Mittlerweile war die Anzahl der Kommentare auf über zweihundert angewachsen, und gleich der erste, der ihm angezeigt wurde, hatte eine Antwort von *Eric Sanders – Actor*. So lautete Erics Accountname.

Danke für deinen netten Kommentar, liebe Sabine_1983. Ich habe mir dein Profil angeschaut und finde dich sehr interessant. Vielleicht können wir uns ja mal im wahren Leben treffen. Würde mich freuen.

Sabine_1983 hatte diesen Kommentar wiederum kommentiert.

Ähm … nein, können wir ganz sicher nicht! Und ich finde es befremdlich, von dir als Person, die in der Öffentlichkeit steht, hier so plump angebaggert zu werden. Sehr enttäuschend!

»Scheiße!«, stieß Eric aus, scrollte tiefer und musste feststellen, dass etliche Kommentare von diesem Fake-Account beantwortet worden waren, und alle diese Antworten waren mehr als ärgerlich.

Danke für deinen Kommentar, aber ich finde dich uninteressant, als Frau, als Mensch, überhaupt, stand zum Beispiel da, oder weiter unten: *Hey, Chrissy, du bist ja ein echter Hingucker. Sehr schön. Schreib mir gern mal eine private Nachricht.*

»So ein Arschloch!«, zischte Eric, scrollte wieder nach oben, und erzeugte mit fliegenden Fingern einen neuen Post.

Es tut mir leid, aber jemand antwortet auf eure Kommentare mit einem Fake-Account unter meinem Namen. Diese Antworten stammen NICHT von mir. Ich würde so etwas nie schreiben. Ich werde ihn gleich blockieren, dann ist hoffentlich Ruhe.

Nachdem er den Post veröffentlicht hatte, navigierte er zu den Einstellungen und blockierte den Fake-Account, woraufhin dessen Kommentare nicht mehr zu sehen waren.

Eine Weile blieb er noch stehen und aktualisierte immer wieder die Ansicht, doch es gab keine neuen Fake-Kommentare.

Schließlich steckte er das Smartphone ein und ging weiter.

Das ist der Preis des Ruhms, hatte Jürgen gesagt. Bei allem Ärger über den Autor der gefakten Kommentare lächelte Eric. Wenn das der einzige negative Preis für seinen Erfolg war, konnte er damit leben.

Wie hätte er auch ahnen sollen, dass das erst der Anfang gewesen war?

3

»Wo sind Sie jetzt?«

Die Stimme klang sanft und einfühlsam.

»In einem Haus.«

»Kennen Sie das Haus?«

»Ich glaube, ich wohne hier.«

»Sie *glauben*? Warum glauben Sie das nur? Man weiß doch, wo man wohnt.«

»Ich … ich bin mir nicht sicher.«

»Sehen Sie sich um. Was sehen Sie?«

»Es ist alles seltsam. Verschwommen … verzerrt.«

»Was meinen Sie damit?«

»Da sind Einrichtungsgegenstände. Eine Couch, ein Tisch, ein Schrank. Aber ich kann sie nicht richtig erkennen.«

»Gibt es noch weitere Zimmer?«

»Das weiß ich nicht.«

»Schauen Sie sich weiter um, ist da irgendwo eine Tür?«

»Ich glaube, ja.«

»Öffnen Sie sie.«

Eric ging auf die Tür zu, die – wie alles andere auch – zu verschwimmen schien, legte die Hand auf die Stelle, an der er die Klinke vermutete, und zog die Tür auf. In der nächsten Sekunde stieß er einen Schrei aus und hob die Arme vors Gesicht, um es vor der Flammenhölle zu schützen, die ihm entgegenschlug. »Feuer! Alles brennt!«, rief er panisch. »Feuer!«

»Wachen Sie auf!« Es war ein Befehl, und die Stimme schien direkt in seinem Ohr zu sein.

Eric riss die Augen auf und blickte schnell atmend in das Gesicht von Dr. Roberts.

»Geht es Ihnen gut?«, fragte der Psychotherapeut mit besorgter Miene, die sein für einen Fünfzigjährigen jungenhaftes Gesicht zumindest ein wenig älter erscheinen ließ.

»Nein, nicht wirklich.« Eric richtete sich auf, schob die Beine von dem gepolsterten Hocker, der vor dem Sessel stand, und rieb sich mit beiden Händen über das Gesicht. »Ich hatte Angst.«

»Erinnern Sie sich an die letzten Minuten?«

Eric sah Dr. Roberts nachdenklich an. »Ja. Ich war im Haus, alles war verschwommen. Und dann war da wieder das Feuer.«

Eric beobachtete Roberts dabei, wie er sich Notizen machte.

»Wieso war da Feuer? Ich meine, Sie sagten doch, wir gehen in der Zeit zurück zu einem Punkt vor dem Unglück.«

Der Therapeut nickte ernst. »Ja, das haben wir auch getan. Dass Sie hinter dieser Tür ein Feuer gesehen haben, obwohl wir uns an einem Zeitpunkt Tage vor dem Unglück befunden haben müssten … Ich schätze, Sie assoziieren dieses einschneidende traumatische Erlebnis unbewusst mit Ihrer gesamten Kindheit in diesem Haus.«

»Aber warum habe ich meine Umgebung so verschwommen gesehen?«

»Könnte es vielleicht Rauch gewesen sein?«

Eric schüttelte den Kopf. »Nein, es war anders, kein Rauch. Eher so, als würde ich durch eine Brille schauen, die die falsche Stärke hat.«

»Hm …«, brummte Dr. Roberts und machte Notizen.

»Und warum kam mir der Raum, in dem ich war, so seltsam vor? Ich weiß, dass ich in diesem Haus meine ganze Kindheit verbracht habe, und trotzdem war mir alles fremd. Ich hatte keine …« Eric suchte nach dem richtigen Wort.

»Bindung?«, half Dr. Roberts ihm.

»Ja, genau. Es war, als wäre ich dort nur zu Gast. Ich habe die Einrichtung zwar gekannt, mich aber nicht zu Hause gefühlt.«

Roberts nickte, als hätte er damit gerechnet, dass Eric das sagen würde. »Das kann damit zusammenhängen, dass Sie nach dem traumatischen Erlebnis innerlich auf Distanz zu dem Haus gegangen sind, in dem alles passiert ist.« Dr. Roberts lehnte sich zurück und schlug die Beine übereinander. »Herr Sanders, Sie haben bei diesem Feuer damals Ihre Eltern verloren. Das ist eine der schlimmsten Erfahrungen, die ein Kind machen kann. Danach haben Sie sich wahrscheinlich von allem distanziert, was mit dieser Tragödie zusammenhängt. Dazu gehört auch das Haus, in dem Sie aufgewachsen und in dem Ihre Eltern ums Leben gekommen sind. Ihr Unterbewusstsein hat die Assoziationskette zu dem Haus und allem anderen aus dieser Zeit unterbrochen. Das ist ein Schutzmechanismus. Indem Sie sich in dem Haus nur als Gast fühlen, können Sie Distanz wahren und müssen sich nicht auf den Schmerz einlassen, der mit der Erkenntnis und vor allem dem Gefühl einhergehen würde, dass es sich um Ihr Elternhaus handelt, in dem Ihr Vater und Ihre Mutter ums Leben gekommen sind.«

Eric dachte eine Weile darüber nach, bevor er nickte. »Das verstehe ich. Aber … wird das je aufhören? Die Schlaflosigkeit. Die Träume. Sie begleiten mich schon, solange ich zurückdenken kann.«

Roberts‹ Brauen hoben sich kurz. »Herr Sanders, Sie sind erst zum zweiten Mal bei mir, da fällt es mir noch schwer, Prognosen abzugeben. Drücken wir es mal so aus: Ich kann Ihnen nichts versprechen, aber ich sehe durchaus die Chance, dass wir es gemeinsam schaffen. Aber … was ich Sie schon bei Ihrem ersten Besuch fragen wollte: Wenn diese Träume Sie bereits seit so langer Zeit begleiten, warum haben Sie sich erst jetzt Hilfe gesucht?«

Eric zuckte mit den Schultern. »Meine Großmutter hat mir immer davon abgeraten. Sie meinte, diese neue Mode, für jede Kleinigkeit zu einem Psychotherapeuten zu rennen, würde unsere ganze Gesellschaft verrückt machen. Sie meinte, das seien letztendlich nur Träume.«

»Hm …«, brummte Dr. Roberts erneut und kritzelte wieder etwas in sein Notizbuch.

»Sie hat es gut gemeint.« Eric fühlte sich verpflichtet, seine Großmutter zu verteidigen. »Sie liebt mich und wollte immer nur das Beste für mich.«

»Ja, das glaube ich Ihnen.« Dr. Roberts warf einen Blick auf seine Armbanduhr, für Eric ein Zeichen, dass sie am Ende der Sitzung angekommen waren. Er erhob sich und sagte: »Ich danke Ihnen.«

Auch Dr. Roberts stand auf und nickte Eric zu. »Wir sehen uns in zwei Wochen wieder.«

Als Eric kurz darauf die Praxis verließ, wunderte er sich, wie sehr die Temperaturen innerhalb der Stunde, die er bei Dr. Roberts gewesen war, gestiegen waren. Er schätzte, dass es mindestens schon fünfundzwanzig Grad waren, und das um kurz nach zehn am Morgen Anfang Juni.

Er wandte sich nach rechts, wo er zwanzig Meter weiter sein Auto am Straßenrand geparkt hatte. Als er eingestiegen war, zog er ein kleines Ledermäppchen aus der Innentasche des dünnen Sakkos, das er über seinem weißen T-Shirt trug, und klappte es auf. Die linke obere Ecke des Fotos fehlte, die unregelmäßigen, dunklen Ränder zeugten davon, dass sie verbrannt waren. Die beiden lachenden Gesichter im Zentrum des Bildes waren aber zum Glück nicht zerstört.

Eric betrachtete die Fotografie eine Weile, dann strich er mit dem Zeigefinger sanft die Konturen seines Vaters und seiner Mutter nach. Es war das einzige Foto, das ihm von ihnen nach dem Brand geblieben war. Es war kurz vor dem Unglück aufgenommen worden, hatte seine Großmutter ihm erzählt. Er selbst konnte sich nicht mehr an die Zeit davor erinnern. An nichts davon.

Eric sah sich jedes kleine Detail der beiden Gesichter an, die man auf der Aufnahme erkennen konnte. Er betrachtete lange die Augen seiner Mutter, danach die seines Vaters, und hoffte wie jedes Mal dabei auf Anzeichen der Erinnerung. Auf ein kleines Fragment, das er aufgreifen und benutzen konnte, um sein Gedächtnis wieder zum Funktionieren zu bringen, doch wie bei allen vorherigen Versuchen gelang es ihm nicht.

Ja, er wusste, dass diese beiden Menschen auf dem Foto seine Eltern waren. Fühlen konnte er es aber nicht.

Er steckte die Fotografie wieder ein und startete den Motor. Sein nächstes Ziel war klar.

Als er seinen Wagen auf dem Parkplatz des Pflegeheimes in Schwabing-Freimann abstellte, war es kurz nach halb elf. Während er auf den Eingang zuging, hoffte er, dass seine Großmutter einen guten Tag hatte.

Seit Erics Großvater eineinhalb Jahre zuvor gestorben war, lebte sie in der Einrichtung, und von Monat zu Monat wurde ihr Zustand problematischer. Mittlerweile erkannte sie Eric nur noch ab und zu, wenn er sie besuchte, und es schmerzte ihn, die Frau, die ihn nach dem Tod seiner Eltern aufgenommen hatte, so vor sich hin siechen zu sehen.

Soweit Eric sich zurückerinnern konnte, hatten sie und sein Großvater sich liebevoll um ihn gekümmert und ihm trotz der Tragödie einen guten Start ins Leben ermöglicht.

Eric betrat das Gebäude und wandte sich nach links, wo am Ende eines hellen Flurs das Zimmer seiner Großmutter lag. Jemand hatte einen Blumen-Aufkleber mit ihrem Namen auf der Tür angebracht.

Der Form halber klopfte er an, wartete aber nicht auf eine Reaktion, die erfahrungsgemäß ausbleiben würde, sondern öffnete die Tür und trat ein.

Der Raum war etwa sechzehn Quadratmeter groß. An der Wand rechts neben der Tür stand ein Bett mit Seitenwänden aus hellem Holz. Am Kopfende war ein verchromter Bettgalgen angebracht, von dem ein grauer Plastikgriff herabhing, wie man ihn von Krankenhausbetten kannte. Daneben ein rollbarer Nachttisch. Der Kleiderschrank an der rechten Längswand war nur etwa eins achtzig hoch und aus dem gleichen hellen Holz, ebenso wie das hüfthohe Sideboard gegenüber. Auf dem quadratischen Tisch mit zwei Stühlen in der Mitte des Zimmers lag ein sommergelbes Deckchen, das Erics Großmutter in einer besseren Zeit selbst gehäkelt hatte. Darauf stand eine Holzschale. Sie war leer.

Komplettiert wurde die Einrichtung von einem bequemen braunen Ledersessel, der einmal das Lieblingsmöbel von Erics Großvater gewesen war und in dem Mathilde Krämer nun wie so oft vor dem Fenster saß. Sie blickte nach draußen. Ob sie allerdings etwas von dem registrierte, was dort vor sich ging – und das war wenig genug –, wusste er nicht.

Als sie den Kopf wandte und ihm mit leerem Blick entgegensah, ahnte Eric, dass er an diesem Tag nicht das Glück haben würde, erkannt zu werden.

»Guten Morgen, Oma«, begrüßte er sie betont gut gelaunt und ging auf sie zu.

»Guten Morgen«, antwortete sie und beobachtete ihn interessiert. »Sind Sie Arzt?«

»Nein, Oma, ich bin's, Eric. Dein Enkel.« Eric hob den Stuhl hoch, der vor dem kleinen Tisch stand, stellte ihn neben dem Sessel ab und setzte sich.

Als er die Hand seiner Großmutter in seine nahm, ließ sie es geschehen, betrachtete ihn dabei aber weiterhin interessiert und so, als hätte sie ihn noch nie gesehen.

»Die Blumen haben zu wenig Wasser«, erklärte sie.

»Welche Blumen meinst du, Oma?«

»Die da draußen. Schauen Sie doch nur, wie sie die Köpfe hängen lassen. Können Sie dafür sorgen, dass die Blumen Wasser bekommen?«

Eric richtete sich auf und warf einen Blick durch das Fenster. Tatsächlich sahen die verschiedenfarbigen Nelken, die zu beiden Seiten des Treppenaufgangs angepflanzt waren, so aus, als bräuchten sie dringend Wasser, was bei den Temperaturen kein Wunder war. Ihn wunderte eher, dass es seiner Großmutter aufgefallen war.

»Du hast recht«, bestätigte Eric und setzte sich wieder. »Ich werde nachher vorn Bescheid sagen, dass sie gegossen werden müssen.«

»Sind Sie Arzt?«, erkundigte Mathilde Krämer sich erneut. Eric ignorierte die Frage. Er hatte gelernt, dass es in solchen Momenten nichts brachte, ihr wieder und wieder zu erklären, wer er war. Stattdessen nahm er die Fotografie seiner Eltern und zeigte sie seiner Großmutter.

»Schau mal, weißt du, wer das ist?« Er hatte die Hoffnung, dass der Anblick ihrer Tochter und ihres Schwiegersohnes vielleicht die Erinnerung in ihr weckte, doch nachdem sie einen kurzen Blick auf das Foto geworfen hatte, schüttelte sie den Kopf und sah ihn verständnislos an. »Nein.«

»Das ist deine Tochter.«

»Meine Tochter?«

»Ja, Oma.« Nachdem ein paar Sekunden verstrichen waren, fügte er leiser hinzu: »Meine Mutter.«

»Nein.«

»Doch.«

Sie sah ihn an, als hätte sie ihn nicht verstanden, dann wanderte ihr Blick erneut zu der Aufnahme in seinen Händen, wo er kurz verweilte, bevor sie sich wieder dem Fenster zuwandte. »Die Blumen brauchen Wasser.«

»Ja, Oma«, entgegnete Eric traurig. »Ich sage Bescheid.«

Als er sich zehn lange Minuten später von ihr verabschiedet hatte, sprach er auf dem Weg nach draußen eine Mitarbeiterin an, die ihm auf dem Flur entgegenkam und ihn freundlich grüßte. Man kannte ihn hier mittlerweile.

»Ich soll Ihnen von meiner Großmutter ausrichten, dass die Blumen draußen neben der Treppe Wasser brauchen.«

»Oh, danke, ich gebe es gleich weiter«, entgegnete die etwa vierzigjährige Frau lächelnd. »Ich weiß, dass Ihre Großmutter sonst keine Ruhe findet.«

Kurz darauf stieg Eric in sein Auto und griff, einer Eingebung folgend, nach seinem Handy. Mit einigen wenigen Klicks hatte er Facebook geöffnet und überprüfte zuerst die Anzahl seiner Follower. Sie war mittlerweile bei fast vierzigtausend angekommen und stieg damit nicht mehr so rasant wie am ersten Tag nach der Ausstrahlung des *Tatorts*, war aber trotzdem beachtlich. Anschließend scrollte Eric nach unten zu seinem Beitrag und stieß gleich darauf einen Fluch aus. Der obenstehende Kommentar stammte von *LissyLady74* und lautete:

Wollte nur mal loswerden, dass das wirklich eine tolle Leistung war im Tatort. Weiter so!

Darunter stand als Antwort:

Danke Lissy, ich weiß selbst, dass ich gut war. Und entschuldige bitte, aber das Recht, mir ein »weiter so« zu sagen, hat mein Agent oder ein Produzent, aber kein Fan. Vielleicht nimmst du dich ein bisschen zu wichtig?

Geschrieben hatte das *Eric Sanders – Actor*.

Hedderichstraße 114, 60596 Frankfurt am Main

ISBN 978-3-596-70923-6

ca. 368 Seiten, ca. 18 € (D) / 18,50 € (A)